AGENTE EM CAMPO

OUTRAS OBRAS DO AUTOR PUBLICADAS
PELA EDITORA RECORD

O canto da missão
O espião que sabia demais
O espião que saiu do frio
Nosso fiel traidor
O jardineiro fiel
Uma verdade delicada
Um legado de espiões
Agente em campo

MEMÓRIAS
O túnel de pombos

JOHN LE CARRÉ

AGENTE EM CAMPO

1ª edição

TRADUÇÃO
Marta Chiarelli

EDITORA RECORD
RIO DE JANEIRO • SÃO PAULO
2021

EDITORA-EXECUTIVA
Renata Pettengill

SUBGERENTE EDITORIAL
Mariana Ferreira

ASSISTENTE EDITORIAL
Pedro de Lima

AUXILIAR EDITORIAL
Júlia Moreira

REVISÃO
José Roberto O'Shea
Renato Carvalho
Tuca Mendes

CAPA
Adaptada do design original de Paul Buckley

ILUSTRAÇÃO DE CAPA
Matthew Taylor

DIAGRAMAÇÃO
Abreu's System

TÍTULO ORIGINAL
Agente Running in the Field

CIP-BRASIL. CATALOGAÇÃO NA PUBLICAÇÃO
SINDICATO NACIONAL DOS EDITORES DE LIVROS, RJ

L466a

Le Carré, John, 1931-2020
    Agente em campo / John le Carré; tradução de Marta Chiarelli de Miranda. – 1ª ed. – Rio de Janeiro: Record, 2021.

    Tradução de: Agent Running in the Field
    ISBN 978-65-55-87243-9

    1. Ficção inglesa. I. Miranda, Marta Chiarelli de. II. Título.

21-72337
    CDD: 823
    CDU: 82-3(410.1)

Camila Donis Hartmann – Bibliotecária – CRB-7 / 6472

Copyright © 2019, David Cornwell

Texto revisado segundo o novo Acordo Ortográfico da Língua Portuguesa.

Todos os direitos reservados. Proibida a reprodução, no todo ou em parte, através de quaisquer meios. Os direitos morais do autor foram assegurados.

Direitos exclusivos de publicação em língua portuguesa somente para o Brasil adquiridos pela
EDITORA RECORD LTDA.
Rua Argentina, 171 – Rio de Janeiro, RJ – 20921-380 – Tel.: (21) 2585-2000,
que se reserva a propriedade literária desta tradução.

Impresso no Brasil

ISBN 978-65-55-87243-9

Seja um leitor preferencial Record.
Cadastre-se no site www.record.com.br e receba informações sobre nossos lançamentos e nossas promoções.

Atendimento e venda direta ao leitor:
sac@record.com.br

I

Nosso encontro não foi planejado. Nem por mim, nem por Ed, nem pelas mãos ocultas que supostamente controlavam os seus movimentos. Eu não era um alvo. Ed não foi induzido a fazer isso. Não estávamos sendo secreta nem ostensivamente observados. Ed propôs um desafio esportivo. Aceitei. Jogamos. Não houve planejamento, nem conspiração, nem conluio. Há eventos na minha vida — poucos, ultimamente, é verdade — que admitem uma única versão. Nosso encontro é um deles. Meu relato sobre o que se passou jamais se alterou em todas as vezes que me fizeram repeti-lo.

É noite de sábado. Estou sentado em uma espreguiçadeira estofada ao lado da piscina interna do Clube Atlético em Battersea, do qual sou secretário honorário, um título que de modo geral não quer dizer nada. A área de convivência do clube, adaptada de uma antiga cervejaria, é ampla, escura, com vigas altas no teto, tem a piscina de um lado e o bar do outro, e entre os dois uma passagem que leva aos vestiários feminino e masculino e aos chuveiros.

Estou de frente para a piscina em um ângulo oblíquo em relação ao bar. Depois do bar fica a entrada para a área de convivência, em seguida o saguão e por fim a saída para a rua. Portanto, a minha posição não me permite ver quem entra na área de convivência ou quem circula pelo saguão lendo avisos, reservando quadras ou inscrevendo-se no torneio pirâmide do clube. O bar funciona em ritmo acelerado. Garotas e seus pretendentes respingam água e conversam.

Estou usando meu traje de badminton: short, camisa de moletom e tênis novos, que são gentis com os meus tornozelos. Comprei-os para me defender de uma dor persistente no tornozelo esquerdo, originada durante uma caminhada pelas florestas da Estônia um mês atrás. Após temporadas consecutivas e prolongadas no exterior, estou aproveitando um período bem merecido de férias em casa. Uma nuvem paira sobre minha vida profissional e estou fazendo o possível para ignorá-la. Acredito que serei dispensado na segunda-feira. Bem, que seja, repito a mim mesmo. Estou adentrando meu quadragésimo sétimo ano de vida, foi um belo caminho até aqui, o combinado sempre foi esse, então sem reclamações.

Um consolo maior ainda para mim é saber que, apesar da idade avançada e de um tornozelo problemático, sigo reinando supremo como campeão do clube, tendo garantido no sábado passado o título do torneio de simples contra um competidor talentoso e mais jovem. Partidas de simples são em geral vistas como domínio exclusivo dos ágeis de vinte e poucos anos, mas até agora tenho dado conta. Hoje, de acordo com a tradição do clube, como campeão recém-coroado, eu me absolvi em um amistoso contra o campeão do nosso clube rival do outro lado do rio, em Chelsea. E cá está ele, sentado ao meu lado, no esplendor que sucedeu ao nosso combate, copo de cerveja na mão, um jovem advogado indiano, ambicioso e esportista. Fui severamente pressionado até os últimos pontos, quando o jogo virou a meu favor graças à experiência e a um pouco de sorte. Talvez esses fatos simples sejam úteis para explicar minha atitude benevolente quando Ed lançou o desafio, e minha sensação, embora fugaz, de que existia vida após a demissão.

Meu adversário derrotado e eu estamos conversando amigavelmente. O assunto, lembro-me como se fosse ontem, eram nossos pais. Descobrimos que ambos tinham sido jogadores entusiásticos de badminton. O dele fora vice-campeão do All-India. O meu, durante uma temporada áurea, consagrara-se campeão do Exército britânico em Cingapura. Enquanto trocamos ideia, dessa maneira divertida, dou-me conta de que Alice, nossa recepcionista e contabilista de origem caribenha, avança sobre mim, acompanhada de um jovem muito alto e ainda irreconhecível. Alice tem 60 anos, é extravagante, corpulenta e sempre um pouco ofegante. Somos dois dos membros mais antigos do clube, eu como jogador, ela como alicerce. Onde quer que eu estivesse alocado no mundo, nunca deixamos de trocar cartões de Natal. Os meus eram atrevidos; os dela, respeitosos. Quando digo que avançavam sobre mim, digo literalmente, pois os dois estavam me atacando pela retaguarda, com Alice liderando a marcha; primeiro precisaram passar por mim, depois se viraram, coisa que conseguiram fazer de modo comicamente sincronizado.

— Sr. Nat, senhor — anuncia Alice com ar bastante cerimonioso. Com mais frequência sou lorde Nat para ela, mas nesta noite sou um cavaleiro comum. — Este jovem extremamente bonito e educado precisa falar com o senhor *muito* em particular. Mas não quer *perturbá-lo* no seu momento de glória. O nome dele é *Ed*. *Ed*, diga oi ao *Nat*.

Durante um longo tempo, na minha memória, Ed permanece alguns passos atrás dela, este jovem de mais de um metro e oitenta, desengonçado, usando óculos, com um quê de solitário e um sorriso meio tímido. Lembro-me de como duas fontes de luz opostas convergiam sobre ele: o facho de luz laranja do bar, que lhe conferia um brilho celestial, e, por trás dele, os refletores da piscina, que lhe moldavam uma silhueta avantajada.

Ele dá um passo à frente e se torna real. Dois passos grandes, desajeitados, pé esquerdo, pé direito, e para. Alice se afasta apressadamente. Aguardo até ele falar. Ajusto minhas feições para mostrar um sorriso paciente. Um metro e noventa, pelo menos, cabelo escuro e desgrenhado, olhos grandes, castanhos e atentos que lhe conferem um ar etéreo por causa dos óculos, e o tipo de bermuda até o joelho, branca, esportiva, mais comum a iatistas ou filhos da elite bostoniana. Idade em torno de 25, mas, com aquelas feições de eterno aluno, poderia facilmente ter menos ou mais idade.

— Senhor? — pergunta, por fim, embora não exatamente de modo respeitoso.

— *Nat*, se não se importa — corrijo-o, com outro sorriso.

Ele assimila. Nat. Pensa a respeito. Franze o nariz adunco.

— Bem, eu sou *Ed* — propõe, repetindo a informação dada por Alice, para meu melhor entendimento. Na Inglaterra para a qual retornei recentemente ninguém tem sobrenome.

— Bem, oi, *Ed* — respondo com alegria. — Em que posso ajudá-lo?

Outro hiato enquanto ele pensa. Então, a revelação:

— Quero jogar contra você, sabe? Você é o campeão. O problema é que acabei de entrar no clube. Na semana passada. Pois é. Eu me inscrevi no torneio e tudo mais, mas a pirâmide demora *meses*. — Assim, as palavras se libertam do confinamento.

Então se segue uma pausa enquanto ele olha para nós dois, um de cada vez, primeiro para meu cordial adversário, em seguida de volta para mim.

— *Escuta* — prossegue, argumentando comigo, apesar de eu não ter contestado coisa alguma —, não conheço o protocolo do clube, sabe? — O tom de voz subindo com indignação. — O que não é culpa minha. Só que eu perguntei para a Alice. E *ela* respondeu: "Pergunta para ele, ele não morde." Por isso estou perguntando. — E, caso fosse necessária mais alguma explicação: — É que eu vi você jogando, sabe? E ganhei de algumas pessoas de quem você ganhou. E de uma ou duas que ganharam de você. Tenho certeza de que poderíamos fazer uma boa partida. Uma partida muito boa. Pois é. Uma *ótima* partida, na verdade.

E a voz em si, da qual a essa altura tenho uma boa amostra? No consagrado jogo de salão britânico de situar nossos compatriotas na pirâmide social pela virtude da sua dicção, sou na melhor das hipóteses um jogador ruim, tendo passado tempo demais da minha vida em terras estrangeiras. Mas, ao ouvido da minha filha Stephanie, uma igualitária declarada, suponho que a dicção de Ed passaria como *razoável*, o que significa nenhuma evidência direta de educação privada.

— Posso saber onde você joga, Ed? — indago, uma pergunta-padrão entre nós.

— Em todo lugar. Onde eu encontrar um adversário decente. Pois é. — E, depois de refletir: — Daí ouvi dizer que você era sócio daqui. Alguns clubes deixam a gente jogar e pagar. Aqui não. Aqui é preciso se associar antes. É um trambique, na minha opinião. Então me associei. Custou uma puta fortuna, mas enfim.

— Bem, sinto muito que você tenha precisado desembolsar essa grana, Ed — respondo o mais cordialmente que posso, atribuindo ao nervosismo o palavrão gratuito. — Mas, se você quer uma partida, por mim tudo bem — acrescento, notando que a conversa ao redor do bar está diminuindo e cabeças estão começando a se virar. — A qualquer hora, definimos uma data. Será um prazer.

Mas isso não é nem de longe o suficiente para Ed.

— Então, quando você acha que seria possível? Concretamente. Não só *a qualquer hora* — insiste, e recebe uma chuva de risadas do bar, o que, a julgar pela sua careta, o irrita.

— Bem, não pode ser na próxima semana nem na seguinte, Ed — respondo com bastante sinceridade. — Tenho um negócio meio sério para resolver. Férias muito atrasadas com a família, na verdade — acrescento, na esperança de um sorriso e recebendo um olhar inexpressivo.

— Quando você volta, então?

— Uma semana depois de sábado, se nós não quebrarmos nenhum osso. Vamos esquiar.

— Onde?

— Na França. Perto de Megève. Você esquia?

— Já esquiei. Na Baviera. Que tal no domingo seguinte?

— Receio que teria de ser num dia de semana, Ed — respondo firmemente, já que fins de semana com a família, agora que Prue e eu conseguimos concretizá-los, são sagrados e hoje é uma rara exceção.

— Então um dia de semana a partir de segunda, daqui a duas semanas, certo? Qual? Escolhe um. Você decide. Para mim, tanto faz.

— Provavelmente uma *segunda* seria melhor para mim — sugiro, porque nas noites de segunda Prue faz o seu atendimento jurídico *pro bono*.

— Segunda-feira, daqui a duas semanas então. Seis da noite? Sete? A que horas?

— Bem, me diz o que é melhor para *você* — sugiro. — Meus planos estão um pouco em aberto. — Em aberto do tipo provavelmente estarei no olho da rua até lá.

— Às vezes me fazem ficar até mais tarde nas segundas — diz, em tom de queixa. — Que tal às oito? Às oito está bom para você?

— Tudo bem às oito para mim.

— Pode ser na quadra um, se eu conseguir? Alice me falou que não gostam de ceder quadras para jogos de simples, mas com você é diferente.

— Pode ser em qualquer quadra, Ed — asseguro perante mais risadas e um punhado de aplausos do bar, pela persistência, suponho.

Trocamos números de celular, sempre um pequeno dilema. Dou-lhe o número pessoal e sugiro que me mande uma mensagem se houver qualquer imprevisto. Ele faz o mesmo pedido a mim.

— Ah, Nat — diz, suavizando repentinamente o tom de voz bastante carregado.

— Quê?

— Aproveite as férias com a família, viu? — E, para o caso de eu ter me esquecido: — Segunda-feira, daqui a duas semanas então. Oito da noite. Aqui.

A essa altura todos estão rindo ou batendo palmas enquanto Ed, depois de um aceno fraco e apático com o braço direito, trota para o vestiário masculino.

— Alguém o conhece? — pergunto, descobrindo que inconscientemente me virei para vê-lo sair.

Cabeças balançam. Foi mal aí, parceiro.

— Alguém o viu jogar?

Foi mal aí de novo.

Escolto meu adversário visitante até o saguão e, no caminho de volta ao vestiário, coloco a cabeça dentro do escritório. Alice está debruçada sobre o computador.

— Ed de quê?

— Shannon — entoa, sem levantar a cabeça. — Edward Stanley. Adesão individual. Pagamento por transferência programada, sócio efetivo.

— Profissão?

— O Sr. Shannon é *pesquisador*. *Quem* pesquisa ele não diz. *O que* pesquisa ele não diz.

— Endereço?

— Hoxton, no distrito de Hackney. Mesmo lugar onde moram as minhas duas irmãs e a minha prima Amy.

— Idade?

— O Sr. Shannon *não* se qualifica para ser sócio júnior. O quanto não se qualifica, ele não diz. Só sei que é um garoto ávido pelo senhor, pedalando por toda Londres só para desafiar o campeão do sul. Ele ouviu falar do senhor, agora veio derrotá-lo, com certeza do jeito que Davi fez com Golias.

— Ele *disse* isso?

— O que ele não disse eu adivinhei. Você é campeão de simples já há muito tempo para a sua idade, Nat, igual a Golias. Quer o nome da mamãe e do papai dele? O valor da hipoteca dele? O tempo de cadeia?

— Boa noite, Alice. E obrigado.

— Boa noite também, Nat. E não deixe de mandar minhas lembranças para Prue. E vê se não começa a se sentir inseguro por causa daquele rapaz, viu? Você vai botar ele pra correr, como faz com todos os moleques metidos.

2

Se este fosse o histórico de um caso oficial, eu iniciaria com o nome completo de Ed, filiação, data e local de nascimento, profissão, religião, origem racial, orientação sexual e todos os outros dados essenciais que estão faltando no computador de Alice. Sendo o que é, começo pelos meus dados.

Fui batizado Anatoly, mais tarde anglicizado Nathaniel, Nat para abreviar. Tenho um metro e setenta e oito, barba feita, cabelos cheios de redemoinhos ficando grisalhos, casado com Prudence, sócia no que diz respeito a questões jurídicas gerais de natureza solidária em um antigo escritório de advocacia da City de Londres, mas atuando principalmente em casos *pro bono*.

Em termos de compleição, sou magro. Prue prefere *esguio*. Amo todo tipo de esporte. Além de badminton, faço jogging, corro e malho uma vez por semana em uma academia que não é aberta ao público em geral. Possuo um *charme rústico* e a *personalidade acessível de um homem do mundo*. Em termos de aparência e maneiras, sou *um arquétipo britânico*, capaz de *argumentação fluente e persuasiva em curto prazo*. Eu sou *adaptável às circunstâncias* e *não* tenho *nenhum escrúpulo moral insuperável*. Posso ser *irascível* e *não sou de maneira alguma imune aos encantos femininos*. *Não tenho vocação para serviço burocrático ou vida sedentária*, o que é o maior eufemismo de todos os tempos. Posso ser *obstinado* e *não sou naturalmente disciplinável*. Isso pode ser *tanto um defeito quanto uma virtude*.

Estou citando os relatórios confidenciais dos meus antigos chefes sobre meu desempenho e meu charme em geral, escritos nos últimos

25 anos. Você também vai gostar de saber que, quando for preciso, pode *confiar* que demonstrarei *a insensibilidade necessária*. Necessária para quem, e em que grau, isso não é declarado. Por outro lado, tenho uma *leveza e uma natureza acolhedora que inspira confiança.*

No plano mais mundano, sou um súdito britânico, de nascimento misto, filho único nascido em Paris, e meu falecido pai, na época da minha concepção, era um pobre major da Guarda Escocesa, destacado para a sede da Otan em Fontainebleau, e minha mãe, filha de inexpressiva nobreza russa branca, residia em Paris. *Russa branca* significa também uma boa porção de sangue alemão que ela tinha por parte de pai, fato que ela alternadamente invocava ou negava como bem queria. Reza a lenda que o casal se encontrou pela primeira vez em uma recepção promovida pelos últimos remanescentes do autointitulado governo russo em exílio, na época em que minha mãe ainda se dizia aluna de belas-artes e meu pai estava perto dos 40 anos. Na manhã seguinte, já estavam noivos; ou assim contava a minha mãe, e, dada a sua passagem na vida com relação a outros assuntos, eu não tenho muitos motivos para questionar sua palavra. Depois que meu pai se aposentou do Exército — o que fora prontamente imposto, considerando que na época de sua paixão ele tinha uma esposa e outras incumbências —, os recém-casados se estabeleceram no subúrbio parisiense de Neuilly, em uma bonita casa branca cedida por meus avós maternos, onde nasci dentro de pouco tempo; permitindo, assim, que minha mãe fosse buscar outras distrações.

Deixei para mencionar por último a pessoa grandiosa e onisciente que foi minha querida tutora de línguas, cuidadora e, na prática, governanta, Madame Galina, supostamente uma condessa empobrecida, proveniente da região russa do Volga, que alegava ter sangue Romanov. Como ela chegou ao nosso lar ingovernável ainda não é claro para mim. Meu melhor palpite é que ela fora a amante rejeitada de um tio-avô materno, que, depois de fugir de Leningrado, como se chamava na época, e ganhar uma segunda fortuna como negociante de arte, dedicou a vida à aquisição de mulheres bonitas.

Madame Galina tinha pelo menos 50 anos quando apareceu no nosso lar, bem rechonchuda, mas com um sorriso sedutor. Usava vestidos longos, de seda preta farfalhante, confeccionava os próprios chapéus e ocupava os dois quartos do nosso sótão com tudo o que possuía no mundo: seu gramofone; seus ícones; uma pintura completamente escura da Virgem Maria, que ela insistia ser de Leonardo; caixas sobre caixas de cartas antigas e fotografias dos avós, de quando eram jovens príncipes e princesas, na neve, rodeados de cães e criados.

A grande paixão de Madame Galina, depois do meu bem-estar, eram as línguas, das quais falava várias. Eu mal havia dominado os elementos ortográficos do inglês e ela já me empurrava a escrita cirílica. Nossas leituras antes de dormir eram um revezamento do mesmo conto infantil, numa língua diferente a cada noite. Em encontros da comunidade cada vez mais diminuta de descendentes russos brancos, exilados da União Soviética, em Paris, eu atuava como sua criança poliglota modelo. Dizem que falo russo com entonação francesa, francês com entonação russa, e alemão com mistura de ambos. Por outro lado, meu inglês, bem ou mal, permanece o do meu pai. Dizem-me que tem até a cadência escocesa dele, se não o rugido alcoólico que a acompanhava.

Quando completei 12 anos, meu pai sucumbiu ao câncer e à melancolia, e, com a ajuda de Madame Galina, atendi às suas necessidades no leito de morte. Minha mãe estava ocupada com o seu admirador mais rico, um belga negociante de armas por quem eu não tinha nenhuma consideração. No desconfortável triângulo que se sucedeu ao falecimento de meu pai, fui considerado excedente de acordo com os requisitos e despachado para as fronteiras escocesas, sendo alojado durante as férias na casa de uma tia paterna austera e durante o período letivo em um internato espartano nas Highlands. Apesar de todo empenho da escola em não me educar em matérias ministradas dentro de sala de aula, ingressei em uma universidade nas industriais Midlands inglesas, onde dei meus primeiros passos desajeitados com o sexo feminino e de raspão consegui um diploma de terceira categoria em estudos eslavos.

Há vinte e cinco anos sou membro atuante do Serviço de Inteligência Secreto Britânico. Para os iniciados, a Central.

★

Até hoje meu recrutamento à bandeira secreta parece predestinado, pois não me lembro de jamais ter considerado ou desejado seguir qualquer outra carreira, exceto possivelmente badminton ou alpinismo nas Cairngorms. Desde que meu orientador na universidade me perguntou timidamente, segurando uma taça morna de vinho branco, se eu já havia considerado fazer algo "um pouquinho sigiloso pelo seu país", meu coração bateu forte em aceitação, e percebi que minha mente retornou a um apartamento escuro em Saint-Germain que Madame Galina e eu havíamos frequentado todos os domingos até a morte de meu pai. Foi lá que vibrei pela primeira vez com o burburinho da conspiração antibolchevique enquanto meus meios-primos, tios por afinidade e tias-avós de olhos arregalados trocavam mensagens sussurradas provenientes da pátria onde poucos deles haviam pisado — antes de se darem conta da minha presença e exigirem que eu jurasse guardar segredo, independentemente de eu ter entendido ou não o segredo que não deveria ter escutado. Também lá adquiri o fascínio pela Mãe Rússia de cujo sangue eu compartilhava, por sua diversidade, sua imensidão e seus caminhos insondáveis.

Uma carta insossa cai na minha caixa de correio, avisando que eu me apresente em um prédio com pórtico próximo ao Palácio de Buckingham. Por trás de uma mesa grande, que parece mais uma torre de artilharia, um almirante reformado da Marinha Real me pergunta quais esportes pratico. Respondo badminton, e ele fica visivelmente comovido.

— Sabia que eu joguei badminton com o seu querido pai em Cingapura e ele me deu uma verdadeira surra?

Não, senhor, respondo, eu não sabia, e me pergunto se deveria pedir desculpas pelo meu pai. É provável que tenhamos falado de outras coisas, mas não me recordo.

— E onde ele está *enterrado*, o seu pobre velho? — pergunta, enquanto me levanto para ir embora.

— Em Paris, senhor.

— Ah, bem. Boa sorte para você.

Recebo ordens para me apresentar na estação ferroviária de Bodmin Parkway, levando um exemplar da edição da semana anterior da revista *Spectator*. Depois de apurar que todos os exemplares não vendidos foram devolvidos ao atacadista, furto um da biblioteca local. Um homem usando um chapéu fedora verde me pergunta a que horas parte o próximo trem para Camborne. Respondo que não sei dizer, pois estou a caminho de Didcot. Sigo-o de longe até o estacionamento, onde uma van branca está aguardando. Após três dias de perguntas inescrutáveis e jantares pomposos, durante os quais meus atributos sociais e resistência ao álcool são testados, sou convocado perante o conselho reunido.

— *Então*, Nat — diz uma senhora grisalha no centro da mesa. — Agora que perguntamos tudo sobre você, há alguma pergunta que gostaria de *nos* fazer, para variar?

— Bem, na verdade, *sim* — respondo, depois de demonstrar a mais sincera reflexão. — Os senhores me perguntaram se podem contar com a minha lealdade, mas eu posso contar com a dos *senhores*?

Ela sorri, e, logo, todos sentados à mesa sorriem com ela: o mesmo sorriso triste, esperto, introspectivo, que é o máximo que o Serviço oferece de reconhecimento.

Eloquente sob pressão. Boa agressividade latente. Recomendado.

★

No mesmo mês em que completei o curso de treinamento básico em artes das trevas, tive a sorte de conhecer Prudence, minha futura esposa. Nosso primeiro encontro não foi auspicioso. Depois da morte de meu pai, um regimento de esqueletos escapara do armário da família. Meios-irmãos e meias-irmãs, dos quais jamais tinha ouvido falar, passaram a reivindicar um espólio que durante os últimos quatorze anos vinha sendo disputado, litigado e depenado por seus administradores escoceses de bens. Um amigo recomendara um escritório de advocacia em Londres. Após cinco minutos ouvindo minhas lamúrias, o sócio sênior apertou uma campainha.

— Uma das melhores entre os nossos jovens advogados — assegurou-me.

A porta se abriu e uma mulher da minha idade marchou sala adentro. Vestia um terninho preto intimidador do tipo preferido pelos profissionais de advocacia, óculos de professora e botas pesadas e pretas de estilo militar calçando pés minúsculos. Trocamos um aperto de mãos. Ela não me olhou duas vezes. Ao som das suas botas batendo no chão, ela me guiou até um cubículo onde se podia ler "Srta. P. Stoneway" no vidro jateado.

Nós nos sentamos um diante do outro, ela coloca o cabelo castanho para trás da orelha austeramente e retira um bloco de notas amarelo pautado de uma gaveta.

— Sua profissão? — solicita.

— Membro, Serviço Estrangeiro de Sua Majestade — respondo e, por alguma razão desconhecida, sinto o rosto corar.

Depois disso, eu me lembro mais de sua postura ereta, de seu queixo resoluto e de um errante facho de luz solar tocando os pelinhos de sua bochecha, enquanto relato detalhes sórdidos da minha saga familiar, um atrás do outro.

— Posso chamar você de Nat? — pergunta, no fim de nossa primeira sessão.

Ela pode.

— As pessoas me chamam de *Prue* — diz, e marcamos uma reunião para duas semanas depois, e é quando, com a voz impassível de sempre, ela me informa sobre suas pesquisas.

— Cabe a mim informar, Nat, que, se todos os bens disputados de seu falecido pai fossem colocados nas suas mãos amanhã, eles não seriam suficientes para sequer pagar os honorários do meu escritório, muito menos para retirar as alegações remanescentes contra você. *Entretanto* — continua antes que eu possa me manifestar e dizer que não vou incomodá-la mais —, *há* provisões no nosso escritório para tratar de casos carentes e dignos, sem custo. E tenho a satisfação de lhe informar que o seu caso se enquadra nessa categoria.

Ela precisa de mais uma reunião, no prazo de uma semana, mas sou obrigado a adiá-la. Um agente letão tem de ser infiltrado no Exército Vermelho, sinaliza a nossa base em Belarus. No meu regresso às margens britânicas, convido Prue para jantar, só para ser secamente advertido de que é política do seu escritório que as relações com clientes se mantenham no nível impessoal. No entanto, ela tem a satisfação de me informar que, em consequência das ações do seu escritório de advocacia, todas as alegações contra mim foram retiradas. Agradeço profusamente e pergunto se, neste caso, o caminho está livre para ela jantar comigo. Está.

Vamos ao Bianchi's. Ela usa um vestido de verão decotado, o cabelo agora saiu de trás das orelhas e todos os homens e mulheres no recinto olham para ela. Percebo rapidamente que minha lábia habitual não funciona. Mal chegamos ao prato principal e sou presenteado com uma dissertação sobre a lacuna entre a lei e a justiça. Quando chega a conta, ela se apossa do papel, calcula sua metade até o último centavo, acrescenta dez por cento pelo serviço e me paga em dinheiro, que retira da bolsa. Digo a ela com indignação simulada que jamais havia deparado com integridade tão descarada, e ela quase cai da cadeira de tanto rir.

Seis meses depois, com o consentimento prévio de meus chefes, pergunto a ela se consideraria se casar com um espião. Ela diz que sim. Agora é a vez de o Serviço levá-la para jantar. Duas semanas depois, ela me informa que decidiu suspender temporariamente sua carreira jurídica e participar do treinamento oferecido pela Central para cônjuges que em breve serão enviados a regiões hostis. Ela quer que eu saiba que a decisão foi tomada por sua livre e espontânea vontade, e não por amor a mim. Estava dividida, mas foi persuadida por seu senso de dever para com a nação.

Ela conclui o curso com louvor. Uma semana depois, sou enviado à embaixada britânica em Moscou como segundo-secretário (Comercial), acompanhado de minha esposa, Prudence. No fim das contas, Moscou foi o único posto que compartilhamos. As razões para isso não desonram Prue. Em breve chegarei a esse ponto.

Por mais de duas décadas, primeiro com Prue, depois sem ela, servi minha rainha sob cobertura diplomática ou consular em Moscou, Praga, Bucareste, Budapeste, Tbilisi, Trieste, Helsinque e mais recentemente em Talin, recrutando e operando agentes secretos de todo tipo. Jamais fui convidado à alta cúpula das decisões políticas e sou feliz por isso. O operador de agentes nato é dono de si mesmo. Pode receber as ordens de Londres, mas, quando está em campo, é senhor do seu destino e do destino de seus agentes. E, quando terminam seus anos de atividade, não há muitos postos à espera de um espião experiente, quarentão, que detesta trabalho burocrático e tem o *curriculum vitae* de um diplomata mediano que nunca esteve à altura da função.

★

O Natal se aproxima. O dia do meu juízo final. No fundo das catacumbas da sede do meu Serviço, ao lado do Tâmisa, sou levado até uma sala de interrogatório pequena e sem ventilação e recebido por uma mulher sorridente, inteligente, de idade indefinida. É Moira dos recursos humanos. Sempre houve algo meio estranho nas Moiras do Serviço. Elas sabem mais sobre você do que você mesmo, mas não lhe dizem o quê, nem se gostam ou não daquilo que sabem.

— Então, e a sua *Prue*? — pergunta Moira com entusiasmo. — Ela sobreviveu à fusão recente do escritório de advocacia dela? Deve ter sido perturbador, aposto.

Obrigado, Moira, não foi nem um pouco perturbador, e parabéns por ter feito o dever de casa. Eu não esperava menos de você.

— E ela está *bem*, não está? Vocês *dois* estão bem? — pergunta com uma nota de ansiedade que decido ignorar. — Agora que você está em *casa*, a salvo.

— Estamos muito bem, Moira. Muito felizes por estarmos juntos de novo, obrigado.

E agora faça a gentileza de ler minha sentença de morte e vamos acabar logo com isso. Mas Moira tem seus métodos. A próxima da lista é minha filha Stephanie.

— E ela não tem mais aquelas *dores de crescimento*, creio eu, agora que está sã e salva na universidade?

— Nenhuma dor, Moira, obrigado. Os professores dela estão nas nuvens — respondo.

Mas na verdade estou pensando é no seguinte: agora me diga que minha festa de despedida foi marcada para uma quinta-feira porque ninguém gosta de sexta-feira, e peça que eu leve a xícara de café frio três portas adiante, até o setor de reinserção, que vai me oferecer vagas tentadoras na indústria de armas, no serviço privado ou em outros depósitos para espiões velhos, como o Fundo Nacional, a Associação Automobilística e escolas particulares em busca de assistentes de tesoureiro. Por isso, é uma surpresa para mim quando ela anuncia animadamente:

— Bem, na verdade, nós temos *um* lugar para você, Nat, pressupondo que esteja disposto a assumi-lo.

Disposto? Moira, estou disposto como ninguém na face da terra. Mas apenas cautelosamente disposto, porque imagino o que você está prestes a me oferecer: uma suspeita que se transforma em certeza quando ela inicia um relato infantil sobre a atual ameaça russa.

— Não preciso te dizer que o Centro de Moscou está *acabando* com a gente em Londres e em todo lugar, Nat.

Não, Moira, não precisa me dizer. É o que tenho dito ao Escritório Central há anos.

— Eles estão mais desagradáveis do que nunca, mais descarados, mais intrometidos e mais numerosos. Você diria que é uma descrição justa?

Sim, Moira, diria. Leia meu relatório de final de temporada escrito na ensolarada Estônia.

— E, desde que expulsamos os espiões *legais* deles aos montes — referindo-se a espiões com cobertura diplomática, como eu —, eles têm inundado a gente com os *ilegais* — continua, indignada —, os quais, penso que você concorda comigo, são os mais problemáticos da espécie *e* os mais difíceis de farejar. Você quer fazer uma pergunta.

Arrisque. Vale a pena tentar. Nada a perder.

— Bem, antes de você continuar, Moira.

— Sim?

— Acaba de me ocorrer que talvez haja um lugar para mim no departamento da Rússia. Eles têm uma equipe completa de analistas jovens e sofisticados, todos nós sabemos *disso*. Mas que tal um apagador de incêndios visitante que é experiente; alguém, como eu, que fala russo como um nativo, que pode viajar para qualquer lugar num piscar de olhos e dar a primeira dentada em qualquer potencial desertor ou agente russo que brote em uma estação onde ninguém fala uma palavra da língua?

Moira já está balançando a cabeça.

— Sem chance, lamento, Nat. Sugeri você para Bryn. Ele está irredutível.

Tem apenas um Bryn na Central: Bryn Sykes-Jordan, para dizer seu nome completo, abreviado para Bryn Jordan no uso corrente, soberano vitalício do departamento da Rússia e meu antigo chefe na Estação em Moscou.

— Então, sem chance *por quê?* — insisto.

— Você sabe muito bem por quê. Porque a idade média do departamento da Rússia é 33 anos, mesmo contando com a idade de Bryn. A maioria é Ph.D., *todos* têm cabeça aberta, e *todos* têm conhecimento avançado em computação. Mesmo sendo perfeito em todos os requisitos, você não preenche mesmo esses critérios. Não é, Nat?

— E Bryn não está aqui, por acaso? — pergunto, num apelo derradeiro.

— Bryn Jordan, neste exato momento, está atolado até o pescoço em Washington, fazendo o que só Bryn pode fazer para salvar nosso relacionamento especial sitiado com o serviço de inteligência do presidente Trump pós-Brexit, e não pode, *em hipótese nenhuma*, ser incomodado, muito obrigada, nem por você, para quem ele manda cumprimentos afetuosos e condolências. Ficou claro?

— Sim.

— Porém — continua ela, ficando animada — tem uma vaga para a qual você *é* eminentemente qualificado. Qualificado até *demais*.

Lá vamos nós. A oferta tenebrosa que previ desde o início.

— Desculpe, Moira — interrompo —, se é no setor de treinamento, prefiro me aposentar. Muita bondade sua, muita consideração, *et cetera*, *et cetera*.

Parece que a ofendi, então peço desculpas novamente e digo que tenho todo respeito pelos homens e pelas mulheres honrados do setor de treinamento, mas continua sendo um obrigado, mas não, obrigado. Nesse momento, surge no rosto dela um sorriso surpreendentemente afetuoso, ainda que um tanto piedoso.

— Na verdade, *não é* o setor de treinamento, Nat, embora eu tenha certeza de que você se sairia muito bem lá. Dom quer muito dar uma palavrinha com você. Ou devo dizer a ele que você está se aposentando?

— *Dom?*

— Dominic Trench, nosso recém-nomeado chefe do Geral de Londres. Seu antigo chefe na Estação em Budapeste. Diz ele que vocês se deram incrivelmente bem. Tenho certeza de que vão se dar bem de novo. Por que você está me olhando com essa cara?

— É sério que Dom Trench é chefe do Geral de Londres?

— Eu não *mentiria* para você, Nat.

— Quando isso aconteceu?

— Há um mês. Enquanto você dormia em Talin, sem ler os nossos boletins. Dom vai te receber amanhã de manhã às dez em ponto. Confirme com Viv.

— Viv?

— A assistente dele.

— Claro.

3

— Nat! Você está ótimo! De fato, o marinheiro que retornou do mar. Em excelente forma e parece ter a metade da sua idade! — exclama Dominic Trench, saindo de trás da sua mesa de diretor e agarrando minha mão direita com as suas duas mãos. — Toda aquela dedicação na academia, sem dúvida. Prue está bem?

— Pronta para o combate, Dom, obrigado. E Rachel?

— Fantástica. Sou o homem mais sortudo do mundo. Você precisa conhecê-la, Nat. Você e Prue. Vamos marcar um jantar, nós quatro. Você vai adorar Rachel.

Rachel. Aristocrata do reino, poderosa no Partido Tory, segunda esposa, união recente.

— E as crianças? — pergunto com cautela. Foram duas com sua simpática primeira esposa.

— Esplêndidas. Sarah está se saindo maravilhosamente bem em South Hampstead. Oxford à vista, pode acreditar.

— E Sammy?

— Fase complicada. Logo ele sai dessa e vai seguir os passos da irmã.

— E Tabby?, se me permite perguntar. — Tabitha tinha sido sua primeira esposa e um poço de neurose na época em que se separaram.

— Segue com dignidade. Nenhum homem à vista, pelo que se sabe, mas a esperança é a última que morre.

Penso que existe um Dom na vida de todo mundo: o tipo de homem — ao que parece, é sempre um homem — que chama você no canto, diz que você é o único amigo dele no mundo, o entretém com detalhes de sua vida particular que você preferia não ouvir, implora pelo seu conselho, você não dá, ele jura que vai seguir sua sugestão e na manhã seguinte ele acaba com você. Cinco anos atrás, em Budapeste, ele estava chegando aos 30 anos, e agora ainda está chegando aos 30: a mesma aparência admirável de crupiê, camisa listrada de punhos brancos com abotoaduras de ouro, suspensórios amarelos mais condizentes com alguém de 25 anos, e sorriso multiuso; o mesmo hábito irritante de unir a ponta dos dedos em forma de arco enquanto se recosta e sorri criteriosamente por trás das mãos.

*

— Bem, meus parabéns, Dom — digo, com um gesto indicando as poltronas de modelo executivo e a mesa de centro de cerâmica da Central, disponibilizada aos funcionários a partir do nível três.

— Obrigado, Nat. Você é muito gentil. Me pegou de surpresa, mas, quando o chamado vem, a gente responde. Café? Chá?

— Café, por favor.

— Leite? Açúcar? O leite é de soja, devo avisar.

— Puro mesmo, obrigado, Dom. Sem soja.

Ele realmente disse *soja*? *Soja* é a nova versão do homem com classe? Ele põe a cabeça para fora da porta de vidro jateado, faz uma cena trocando gracejos com Viv e se senta novamente.

— E o Geral de Londres ainda tem a mesma jurisdição? — pergunto casualmente, recordando que uma vez Bryn Jordan o descrevera, na minha presença, como um lar para cães perdidos da Central.

— Com certeza, Nat. Com certeza. A mesma de sempre.

— Então todas as subestações de Londres estão nominalmente sob o seu comando.

— Em escala nacional. Não apenas Londres. Toda a Grã-Bretanha. Exceto a Irlanda do Norte. E ainda com total autonomia, fico feliz em dizer.

— Autonomia administrativa? Ou operacional também?

— Em que sentido, Nat? — pergunta, franzindo a testa para mim, como se eu tivesse falado um absurdo.

— Como chefe do Geral de Londres, você pode autorizar as suas próprias operações?

— É um limite meio indefinido, Nat. A partir de agora, qualquer operação proposta por uma subestação, teoricamente, precisa ser aprovada pelo respectivo departamento regional. Digamos que estou lutando contra isso neste exato momento.

Ele sorri. Eu sorrio. A batalha começou. Com movimentos sincronizados, provamos nosso café sem soja e recolocamos a xícara no respectivo pires. Será que ele está prestes a confidenciar alguma intimidade indesejada sobre a nova esposa? Ou a me explicar por que estou aqui? Ainda não, aparentemente. Primeiro, precisamos bater um papo sobre os velhos tempos: agentes que compartilhamos, eu como operador deles, Dom como meu supervisor inútil. O primeiro da sua lista é Polônio, atualmente da rede Shakespeare. Alguns meses atrás fui a Lisboa, a negócios da Central, e passei para ver o velho Polônio no Algarve, em uma casa nova que tínhamos comprado para ele, cheia de eco e ao lado de um campo de golfe vazio, como parte de seu pacote de reinserção.

— Ele vai bem, Dom, obrigado — digo efusivamente. — Sem problemas com a nova identidade. Parece que superou a morte da esposa. Ele está bem, de verdade. Sim.

— Escuto um *porém* na sua voz, Nat — diz em tom de censura.

— Bem, nós prometemos um passaporte britânico para ele, se você se recorda, não foi, Dom? Parece que se perdeu na máquina de lavar depois do seu retorno a Londres.

— Vou dar uma olhada nisso imediatamente. — E, como prova, um lembrete escrito com uma caneta esferográfica.

— Ele também está um pouco aborrecido porque não conseguimos colocar a filha dele em Oxbridge. Ele acha que bastaria um empurrãozinho da nossa parte, e não fizemos nada. Ou você não fez. Que é como ele vê.

Dom nunca demonstra culpa. Ele oscila entre parecer ofendido ou nada. Opta por ofendido.

— São as *universidades*, Nat — reclama, demonstrando cansaço. — Todo mundo pensa que as universidades antigas são uma *entidade*. Isso está errado. É preciso ir de uma universidade a outra com o chapéu na mão. Vou averiguar. — E mais um lembrete com a caneta esferográfica.

O segundo item da sua lista é Dalila, mulher vivaz, húngara, de setenta e poucos anos, membro do Parlamento, que optara pelo rublo russo e depois decidira que preferia a libra britânica, antes de sua queda.

— Dalila vai muito bem, Dom, obrigado, muito bem mesmo. Ligeiramente contrariada ao descobrir que minha sucessora seria uma mulher. Ela disse que, durante o período em que eu era seu operador, ela podia sonhar que o amor estava prestes a acontecer.

Ele sorri e balança os ombros por Dalila e seus vários amantes, mas não ri. Um pequeno gole no café. Recoloca a xícara no pires.

— *Nat* — diz melancolicamente.

— Dom.

— Eu realmente pensei que este momento seria inesquecível para você.

— E por que seria, Dom?

— Bem, pelo amor de Deus! Estou lhe oferecendo uma oportunidade de ouro para remodelar, sozinho, dentro do seu país, uma estação auxiliar da Rússia, que está esquecida há tempo demais. Com a sua perícia, você põe tudo em ordem, vamos dizer, em seis meses, no máximo? É criativo, é operacional, é você. O que mais pode querer neste momento da vida?

— Sinto muito, mas não estou acompanhando, Dom.

— Não está?

— Não. Não estou.

— Quer dizer que eles não te *contaram*?

— Eles me disseram para falar com você. Estou falando com você. Não passamos disso.

— Você veio aqui *às cegas*? Meu *Deus*. Às vezes me pergunto que diabos aquela gente dos recursos humanos pensa que está fazendo. Foi Moira que conversou com você?

— Vai ver ela achou que seria melhor se você me contasse, Dom, seja lá o que for. Acho que você mencionou uma estação auxiliar da Rússia localizada aqui que está esquecida há tempo demais. Que eu saiba, só existe uma e é o Refúgio. *Não* é uma estação auxiliar, é uma subestação defunta sob a égide do Geral de Londres e um depósito de lixo para desertores reinseridos que têm valor zero e informantes de quinta categoria que estão indo mal. Pelo que ouvi, o Tesouro estava prestes a acabar com ela. Vai ver esqueceram. Você está realmente me oferecendo isso?

— O Refúgio *não* é um depósito de lixo, Nat, muito longe disso. Não comigo aqui. É verdade que tem um ou dois oficiais que já passaram da idade. E informantes que ainda estão esperando para realizar seu potencial. Mas tem material de primeira categoria lá, para o homem ou a mulher que souber procurar. E, é claro — continua, como se só tivesse pensado nisso agora —, está aberta a qualquer um que se saia bem no Refúgio a possibilidade de ser promovido para o departamento da Rússia.

— Então, por acaso, está considerando isso para você mesmo, Dom? — inquiro.

— Isso o quê, meu caro?

— Subir na carreira para o departamento da Rússia. Usando o Refúgio como trampolim.

Ele franze a testa e pressiona os lábios em desaprovação. Dom é totalmente transparente. Trabalhar no departamento da Rússia, de preferência como chefe, é o sonho de sua vida. Não por conhecer o terreno, pela experiência ou por falar russo. Ele não possui nenhuma dessas habilidades. É um garoto da City que começou tarde, recrutado por razões que suspeito que nem ele consiga conceber, com nenhuma qualificação linguística que valha qualquer coisa.

— Porque, se for isso que você tem em mente, Dom, eu gostaria de seguir o mesmo caminho, junto com você, se não tiver problema — pressiono, de brincadeira, deboche ou raiva, não sei bem dizer. — Ou a sua intenção é arrancar as etiquetas dos meus relatórios e colar as suas, como fez em Budapeste? Só para saber, Dom.

Dom pensa a respeito, o que significa primeiro olhar para mim por trás dos dedos em formato de arco, em seguida para o nada, e de volta para mim a fim de confirmar se ainda estou ali.

— Esta é a minha oferta para você, Nat, é pegar ou largar. Na minha condição de chefe do Geral de Londres, estou formalmente oferecendo a você a oportunidade de suceder a Giles Wackford como chefe da subestação Refúgio. Enquanto eu o mantiver ocupado, em um esquema temporário, você vai estar sob minhas graças. Vai assumir imediatamente os espiões de Giles *e* o adiantamento de despesas da Estação. E também o subsídio de entretenimento, ou o que resta dele. Sugiro que você comece logo e desfrute mais tarde do restante das suas férias. Qual é a sua dúvida?

— Não funciona para mim, Dom.

— E, por gentileza, por que não?

— Preciso conversar sobre tudo isso com Prue.

— E quando você e Prue terão concluído a conversa?

— Nossa filha Stephanie faz 19 anos em breve. Prometi a ela e Prue que iríamos esquiar por uma semana antes de ela voltar para Bristol.

Ele se inclina para a frente, franzindo a testa dramaticamente enquanto olha para um calendário de parede.

— Começa quando?

— Ela está no segundo semestre.

— Pergunto quando é a sua viagem.

— Às cinco da manhã no sábado, saindo de Stansted, se está pensando em nos acompanhar.

— Supondo que você e Prue conversem até lá e cheguem a uma conclusão satisfatória, acho que posso pedir a Giles que aguente firme no Refúgio por mais uma semana, se ele não tiver batido as botas até lá. Isso te deixaria feliz, ou infeliz?

Boa pergunta. Será que eu ficaria feliz? Estaria na Central, trabalhando no alvo russo, ainda que vivendo com as sobras da mesa de Dom.

Mas será que Prue vai ficar feliz?

★

A Prue de hoje em dia não é mais a esposa dedicada à Central de mais de vinte anos atrás. Tão altruísta, sim, e íntegra como antes. E tão divertida quanto, quando está à vontade. E tão determinada quanto antes a servir o mundo em geral, só que nunca mais de maneira secreta. A admirável jovem advogada que havia feito cursos de contravigilância, sinais de segurança e manuseio de *dead letter boxes* havia de fato me acompanhado até Moscou. Durante quatorze meses exatos compartilhamos o estresse perpétuo de saber que nossos momentos mais íntimos eram escutados, vigiados e analisados em busca de qualquer sinal de fraqueza humana ou lapso de segurança. Sob a impressionante orientação de nosso chefe de Estação — o mesmo Bryn Jordan que hoje estava reunido num ansioso conclave com nossos parceiros de inteligência em Washington —, Prue tinha sido a atriz principal na farsa das cenas de marido e mulher armadas para ludibriar os olheiros da oposição.

Mas foi durante nossa segunda temporada seguida em Moscou que Prue descobriu que estava grávida, e com a gravidez veio a repentina desilusão com a Central e seu funcionamento. Uma vida de falsidade não a atraía mais, se é que algum dia havia atraído. Muito menos lhe agradava a ideia de nossa filha nascer no exterior. Voltamos à Inglaterra. Talvez ela mude de ideia quando o bebê nascer, disse a mim mesmo. Mas pensar isso era não conhecer Prue. No dia em que Stephanie nasceu, o pai de Prue morreu de um infarto fulminante. Com a herança deixada por seu pai, ela comprou à vista uma casa vitoriana em Battersea com amplo jardim e uma macieira. Se ela tivesse fincado uma bandeira no chão e dissesse "Aqui eu fico", não teria deixado mais clara a sua intenção. Nossa filha, Steff, como logo começamos a chamá-la, jamais seria como os pirralhos diplomáticos que havíamos visto aos montes, entregues às babás e arrastados de país em país, de escola em escola, no encalço dos pais. Ela ocuparia sua posição natural na sociedade, frequentaria escolas públicas, jamais escolas particulares ou internatos.

E o que faria Prue pelo resto da vida? Poderia recomeçar de onde parou. Ela se tornaria advogada na área de direitos humanos, uma campeã jurídica dos oprimidos. Mas sua decisão não implicava qualquer separação repentina. Compreendia o meu amor pela rainha, pelo país e pelo Serviço. Eu compreendia o seu amor pela lei e pela justiça. Ela havia se doado ao máximo ao Serviço, e não tinha mais o que dar. Desde os primeiros dias do nosso casamento, nunca havia sido o tipo de esposa que mal podia esperar pela festa de Natal do chefe, ou pelos velórios de membros respeitáveis, ou recepções para novos funcionários e seus dependentes. E, quanto a mim, nunca foi meu forte participar de encontros com os colegas jurídicos de Prue de tendências radicais.

Mas nenhum de nós poderia ter previsto que, à medida que a Rússia pós-comunista, contrariando toda esperança e expectativa, emergia como ameaça clara e ativa à democracia em todo o mundo, postos estrangeiros apareceriam um atrás do outro e eu me tornaria de fato um pai e marido ausentes.

Bem, agora eu era um marinheiro que retornou do mar, como Dom dissera gentilmente. Não foi fácil para nenhum de nós, especialmente para Prue, que tinha todos os motivos para acreditar que eu estava de volta a terra firme para ficar, em busca de uma vida nova no que costumava se referir como — até com muita frequência — o mundo real. Um antigo colega meu havia fundado um clube campestre para crianças carentes em Birmingham e jurava que jamais fora tão feliz. Eu já não disse uma vez que faria exatamente isso?

4

Pelo resto da semana, até a nossa partida de Stansted ao raiar do dia, eu simulei, para o bem-estar da família, que hesitava entre aceitar o *emprego lúgubre* que me fora oferecido pela Central ou romper de vez com eles, como Prue defendia havia muito tempo. Ela se contentava em esperar. Steff se declarou indiferente. Para ela, eu não passava de um burocrata de quinta categoria que jamais seria bem-sucedido em nada que fizesse. Ela me amava, mas com distanciamento e certa superioridade.

— Convenhamos, parceiro, eles não vão nos dar o título de embaixador de Beijing ou da ordem dos cavaleiros, não é? — lembrou-me ela alegremente quando a questão surgiu no jantar. Como de costume, escutei de cabeça erguida. Enquanto era diplomata no exterior, pelo menos eu tinha status. De volta à terra natal, fazia parte da massa cinzenta.

Foi só na nossa segunda noite nas montanhas, enquanto Steff tinha saído para farrear com um bando de jovens italianos hospedados no nosso hotel e Prue e eu estávamos nos deliciando silenciosamente com *fondue* de queijo e algumas taças de *kirsch* no Marcel, que a vontade de dizer a verdade a Prue sobre a oferta de trabalho na Central tomou conta de mim — a verdade mesmo, sem rodeios, sem pisar em ovos, como eu havia planejado, sem inventar história, mas contar a ela com toda a sinceridade, que era o mínimo que ela merecia depois de tudo o que a fiz passar durante todos esses anos. Sua expressão de resignação silenciosa me revelou que ela já havia pressentido que eu estava longe de fundar aquele clube campestre para crianças carentes.

— É uma daquelas subestações decrépitas de Londres, vivendo dos louros dos dias de glória na Guerra Fria, sem produzir nada que valha a pena — digo sombriamente. — É uma fantasia de Mickey Mouse, a anos-luz do convencional, e o meu trabalho vai ser ou levantar a subestação, ou acabar com ela de vez.

Com Prue, nas raras ocasiões em que conseguimos conversar tranquilamente sobre a Central, nunca sei se estou nadando contra ou a favor da maré, então costumo tentar um pouco dos dois.

— Que eu saiba você sempre disse que não queria um cargo de chefia — contesta ela suavemente. — Você preferia ser o segundo em comando, sem precisar lidar com verbas, nem ter que mandar em todo mundo.

— Bem, na verdade, não é um cargo de *chefia*, Prue — asseguro-lhe com cuidado. — Ainda vou ser o segundo em comando.

— Bom, então tudo certo, não é? — diz, ficando animada. — Vai ter Bryn para manter você nos trilhos. Você sempre admirou Bryn. Nós dois admiramos — diz, galantemente deixando de lado os próprios escrúpulos.

Trocamos sorrisos nostálgicos enquanto nos recordamos de nossa efêmera lua de mel como espiões em Moscou, com o chefe de Estação Bryn como nosso guia e mentor sempre atento.

— Bem, eu não vou estar *diretamente* abaixo de Bryn, Prue. Bryn é o tsar de todas as Rússias, hoje em dia. Uma atração secundária como o Refúgio está um pouco abaixo do nível salarial dele.

— Então quem é o sortudo que vai ser responsável por você? — indaga.

Não é mais a total transparência que eu tinha em mente. Dom é anátema para Prue. Ela o conheceu quando me visitou em Budapeste com Steff, deu uma olhada na esposa e nos filhos aflitos de Dom e interpretou os sinais.

— Bem, oficialmente, eu vou estar abaixo do que chamam de *Geral de Londres* — explico. — Mas, na realidade, é claro, se houver algo *muito* sério, sobe a pirâmide até Bryn. É só enquanto eles precisam de mim, Prue. Nem um dia a mais — acrescento a título de consolação, apesar de não ficar claro quem de nós dois eu estou consolando.

Ela dá uma garfada no *fondue*, toma um gole de vinho, um gole de *kirsch* e, agora fortalecida, leva ambas as mãos até o outro lado da mesa e segura as minhas. Ela *adivinhou* que se trata de Dom? Ela *intuiu*? As percepções meio mediúnicas de Prue são quase perturbadoras.

— Bem, é o seguinte, Nat — diz, após devida reflexão. — Acho que é seu direito fazer exatamente o que quiser, durante o tempo que quiser, e que se dane o resto. E eu vou fazer a mesma coisa. E é a minha vez de pagar a conta, aqui. Inteira, desta vez. Devo isso à minha integridade descarada — acrescenta, com uma piada que nunca perde a graça.

E foi nesse clima feliz, enquanto estamos deitados na cama, eu agradecendo a Prue sua generosidade de espírito ao longo dos anos, ela respondendo com palavras meigas sobre mim e Steff dançando a noite toda em algum lugar — ou assim esperamos —, que me veio a ideia de que essa é a oportunidade ideal de confessar à nossa filha a verdadeira natureza do meu trabalho, ou pelo menos o quanto o Escritório Central permite. Já é tempo de ela saber, concluí, e muito melhor saber por mim que por qualquer outra pessoa. Eu poderia ter acrescentado, mas não o fiz, que desde meu retorno à família e ao lar tenho ficado cada vez mais aborrecido com seu divertido desprezo por mim e com seu hábito, remanescente da adolescência, de me tolerar como se eu fosse um estorvo doméstico necessário, ou de se jogar no meu colo como se eu fosse um sujeito careta no entardecer da vida, normalmente para chamar a atenção do seu mais recente admirador. Também me aborrecia, para falar com brutal franqueza, que a muito merecida eminência de Prue como advogada de direitos humanos incentivasse Steff a crer que eu tinha ficado para trás.

A princípio, a mãe e a advogada que existem em Prue estão receosas. Exatamente *quanto* eu me propunha a contar a ela? Era de supor que havia limites. Quais eram, precisamente? Quem os estabeleceu? A Central ou eu? E como eu pretendia lidar com perguntas que surgissem, se é que haveria alguma, eu tinha pensado *nisso*? E como eu poderia ter certeza de que não perderia o controle? Nós dois sabíamos que as reações de Steff jamais eram previsíveis, e Steff e eu somos muito bons em magoar um ao outro rapidamente. Éramos profissionais nisso. E por aí vai.

E as palavras de advertência de Prue, como sempre, eram eminentemente sensatas e bem fundamentadas. O início da adolescência de Steff tinha sido um tanto quanto um pesadelo, e Prue nem precisava me lembrar. Rapazes, drogas, competições de gritos — todos os problemas habituais dos tempos modernos, pode-se dizer, mas Steff os havia transformado em arte. Enquanto eu gravitava entre postos no exterior, Prue havia passado todas as suas horas livres conversando com diretores e professores, comparecendo a reuniões de pais, mergulhando em livros e artigos de jornal, vasculhando serviços de consulta na internet em busca de orientação a fim de lidar da melhor maneira possível com a filha rebelde e se culpando por tudo o que acontecia.

Quanto a mim, fiz o melhor que pude para dividir o fardo, voltando para casa nos fins de semana, participando de conclaves com psiquiatras e psicólogos e todos os outros tipos de especialista. O único ponto no qual eles pareciam concordar é que Steff era superinteligente — o que não foi grande surpresa para nós —, sentia-se entediada na companhia dos colegas, rejeitava a disciplina como se fosse uma ameaça existencial, considerava seus professores insuportavelmente monótonos, e do que ela realmente precisava era de um ambiente intelectualmente desafiador que estivesse à sua altura: uma conclusão de obviedades, na minha opinião, mas não na opinião de Prue, que confia muito mais que eu no parecer dos especialistas.

Bem, agora Steff tinha seu ambiente intelectualmente desafiador. Na Universidade de Bristol. Matemática e Filosofia. E estava iniciando seu segundo semestre.

Então conte a ela.

— Não acha que você se sairia melhor que eu, querida? — sugiro em um momento de fraqueza a Prue, guardiã da sabedoria da família.

— Não, querido. Já que você está determinado a contar, vai ser *muito* melhor partindo de você. Mas lembre-se de que você *tem* pavio curto, e não faça comentários autodepreciativos de jeito nenhum. Isso só tiraria ela do sério.

★

Depois de percorrer o olhar por locais possíveis, utilizando o mesmo método com que eu calcularia uma aproximação arriscada a um alvo em potencial, concluí que o melhor lugar e o mais natural com certeza seria o teleférico de esqui, na encosta norte do Grand Terrain, usado por eventuais praticantes de *slalom*. Nele havia uma barra em formato de T no estilo antigo: duas pessoas subiam uma ao lado da outra, sem necessidade de contato visual, longe do alcance de qualquer escuta, floresta de pinheiros à esquerda, descida íngreme do vale à direita. Uma descida curta e acentuada até a base do único elevador, então sem risco de perdermos o contato, interrupção obrigatória no topo, quaisquer perguntas pendentes ficam para a próxima subida.

É uma manhã radiante de inverno, neve perfeita. Prue alegou um problema estomacal fictício e foi fazer compras. Steff tinha ficado na farra com os jovens italianos só Deus sabe até que horas, mas parecia estar bem e contente de passar um tempo a sós com o pai. Obviamente eu não poderia de modo algum entrar em detalhes sobre meu passado obscuro, além de explicar que jamais fora um diplomata de verdade, só fingia ser um, e que esse era o motivo de eu nunca ter obtido o título de cavaleiro ou o cargo de embaixador em Beijing, então quem sabe ela poderia deixar esse tema de lado, agora que eu tinha voltado para casa, porque isso estava seriamente me dando nos nervos.

Eu *gostaria* de ter lhe dito por que não liguei no seu aniversário de 14 anos, porque sabia que isso ainda a incomodava muito. *Gostaria* de ter explicado que eu estava sentado do lado estoniano da fronteira russa em meio à neve espessa, pedindo a Deus que meu agente conseguisse atravessar sem ser visto pelos soldados por baixo de uma pilha de toras de madeira. *Gostaria* de ter lhe dado alguma ideia de como eu e a sua mãe nos sentimos vivendo juntos sob vigilância ininterrupta como membros da Estação da Central em Moscou, onde às vezes se levava dez dias para extrair ou instalar informações numa *dead letter box*, sabendo que, se você pusesse um pé no lugar errado, seu agente provavelmente queimaria no inferno. Mas Prue havia insistido em que nossa estada em Moscou era uma parte da sua vida que ela não queria revisitar, acrescentando com o seu jeito pragmático de sempre:

— E também acho que ela não precisa saber que transamos na frente das câmeras russas, querido — comentou, desfrutando da nossa vida sexual redescoberta.

*

Steff e eu agarramos a barra em T do teleférico e lá vamos nós. Na primeira subida, conversamos sobre meu regresso para casa e como não sei nada a respeito do antigo país que tenho servido durante metade da minha vida, então tenho muito o que aprender, Steff, muito com o que me acostumar, tenho certeza de que você compreende.

— Tipo, acabou a maravilhosa bebida sem imposto que a gente comprava quando ia te visitar! — queixa-se ela, e compartilhamos uma calorosa risada entre pai e filha.

Hora de desacoplar, e deslizamos montanha abaixo, Steff à frente. Então, foi um bom começo para nosso *tête-à-tête*.

— E não é *nenhuma* vergonha servir o próprio país em *qualquer* função, querido. — O conselho de Prue ressoa na minha memória. — Tudo bem que eu e você enxergamos patriotismo de modo diferente, mas Steff entende como se fosse uma maldição sobre a humanidade, perdendo só para a religião. E controle o humor. Humor em momentos de seriedade é só uma tentativa de fuga, na visão de Steff.

Acoplamos pela segunda vez e partimos morro acima. É *agora*. Sem piadas, sem comentários autodepreciativos, sem desculpas. E siga o roteiro que Prue e eu discutimos juntos, sem desviar. Olhar fixo à frente, escolho um tom sério, mas sem ser pomposo.

— Steff, tem uma coisa sobre mim que sua mãe e eu pensamos que já é hora de você saber.

— Eu sou ilegítima — diz ansiosamente.

— Não, mas eu sou um espião.

Ela também está com o olhar fixo à frente. Não foi bem assim que eu tinha planejado começar. Não faz mal. Falo a minha parte conforme o previsto, e ela escuta. Sem contato visual, então sem estresse. Sou breve e me mantenho calmo. Então é isso, Steff, agora você já sabe. Tenho vivido uma mentira necessária, e é só isso que tenho permissão para lhe dizer. Pode parecer que sou um fracasso, mas na verdade tenho certo status no meu próprio Serviço. Steff se mantém calada. Chegamos ao topo, desacoplamos e descemos o morro, ainda sem dizer uma palavra. Ela é mais rápida que eu, ou gosta de pensar que é, então a deixo levar vantagem. Nós nos encontramos de novo na base do teleférico.

De pé na fila, não nos falamos e ela não olha para mim, mas isso não me desconcerta. Steff vive em seu próprio mundo, e agora ela sabe que eu também vivo no meu, e não é um abatedouro para pessoas pouco ambiciosas do Ministério das Relações Exteriores. Ela está na minha frente, então agarra a barra do teleférico primeiro. Mal partimos e ela pergunta, num tom corriqueiro, se já matei alguém. Eu dou risada, digo não, Steff, de jeito nenhum, graças a Deus, o que é verdade. Outros, sim, ainda que indiretamente, mas eu não. Nem de perto, nem de longe, nem do jeito que a Central chama de *autoria negável*.

— Bem, se você *não* matou ninguém, o que você fez de *pior* como espião? — pergunta no mesmo tom casual.

— Bem, Steff, acho que o que fiz de *pior* foi persuadir alguns sujeitos a fazerem coisas que talvez não fizessem se eu não os tivesse persuadido, por assim dizer.

— Coisas ruins?

— Pode-se dizer que sim. Depende de que lado do muro você está.

— Como o quê, por exemplo?

— Bem, trair o país deles, para começar.

— E você os persuadiu a fazer isso?

— Se já não tivessem decidido por conta própria, sim.

— Só sujeitos *homens*, ou você persuadiu *mulheres* também? — Essa pergunta, caso você tenha escutado Steff falar sobre feminismo, não é tão despretensiosa como pode parecer.

— Na maioria sujeitos homens, Steff. Sim, homens, quase sempre homens — asseguro-lhe.

Chegamos ao topo. Novamente desacoplamos e descemos, Steff disparando à frente. Novamente nos encontramos na base do teleférico. Sem fila. Até agora, ela vinha levantando os óculos de proteção até a testa para fazer o percurso de subida. Desta vez, ela os mantém no lugar. São daqueles espelhados que não dá para enxergar dentro.

— Persuadir *como*, exatamente? — continua, assim que partimos.

— Bem, não estamos falando de *instrumentos de tortura*, Steff — respondo, o que é um erro grave da minha parte: *Humor em momentos de seriedade é só uma tentativa de fuga, na visão de Steff.*

— Como, então? — persiste, inquieta com o assunto de persuasão.

— Bem, Steff, muita gente faz muita coisa por *dinheiro* e muita gente faz coisas por *ressentimento* ou *ego*. Também tem gente que faz coisas por um *ideal*, e que não se vende nem se você lhe enfiar dinheiro goela abaixo.

— E que ideal seria esse, exatamente, *pai*? — pergunta por trás dos óculos de proteção espelhados.

É a primeira vez em semanas que ela me chama de pai. Também percebo que não está dizendo palavrões, o que no caso de Steff pode significar sinal de alerta.

— Bem, digamos, por exemplo, que uma pessoa tem uma visão idealista da Inglaterra e a considera a mãe de todas as democracias. Ou então ama nossa querida rainha com um fervor inexplicável. Talvez seja uma Inglaterra que não existe mais para *nós*, se é que existiu um dia, mas a pessoa acha que existe, então entra nessa.

— *Você* acha que existe?

— Com ressalvas.

— Sérias ressalvas?

— Bem, quem não teria, pelo amor de Deus? — respondo, irritado com a sugestão de que eu não fui capaz de notar que o país está em queda livre. — Um governo de minoria Tory de quinta categoria. Um ministro das Relações Exteriores ignorante feito uma toupeira, a quem supostamente sirvo. O Partido Trabalhista também vai mal. A insanidade total do Brexit. — Eu me interrompo. Também tenho sentimentos. Que meu silêncio indignado fale o resto.

— Então você *tem* sérias ressalvas? — insiste em seu tom mais puro. — Até muito sérias. Certo?

Percebo tarde demais que baixei a guarda, mas talvez tenha sido essa a minha intenção desde o início: dar a ela a vitória, reconhecer que não estou à altura de seus brilhantes professores, e então podemos todos voltar a ser o que éramos.

— Então, se entendi bem — retoma, quando embarcamos na nossa próxima subida —, pelo bem de um país sobre o qual você tem sérias ressalvas, até *muito* sérias, você induz *outros* cidadãos a traírem seus *próprios* países. — E, refletindo, continua: — E a razão disso é que *eles* não compartilham das mesmas ressalvas que *você* tem sobre o *seu* país, mas eles *têm* ressalvas sobre seus próprios países. Certo?

Nesse ponto, solto uma exclamação alegre, que reconhece a derrota honrosa e ao mesmo tempo pede trégua.

— Mas eles não são cordeirinhos inocentes, Steff! Eles se oferecem *voluntariamente*. Ou a maior parte deles. E nós cuidamos deles. Oferecemos auxílio financeiro. Se estão atrás de dinheiro, nós lhes damos um monte. Se gostam de Deus, nós gostamos de Deus com eles. Vale tudo, Steff. Somos amigos deles. Confiam em nós. Provemos as necessidades deles. Eles provêm as nossas. É assim que o mundo funciona.

Mas ela não está interessada no jeito como o mundo funciona. Está interessada no meu jeito, fato que se torna evidente na subida seguinte.

— Quando você ficava falando para os *outros* quem eles deveriam ser, alguma vez já parou para pensar em quem *você* era?

— A única coisa que eu sabia é que estava do lado certo, Steff — respondo, minha raiva começando a se intensificar, apesar das melhores recomendações de Prue.

— E que lado é esse?

— Meu Serviço. Meu país. E o seu também, aliás.

E, durante nossa última subida, depois de me recompor:

— Pai?

— Diga.

— Você teve *casos* enquanto estava fora?

— Casos?

— Casos amorosos.

— A sua mãe disse que eu tive?

— Não.

— Então por que diabos você não cuida da droga da sua própria vida? — solto rispidamente, antes que consiga me conter.

— Porque eu não sou a droga da minha mãe! – grita ela em resposta na mesma intensidade.

Nesse clima infeliz, desacoplamos pela última vez e descemos separados até o vilarejo. À noite, ela recusa todos os convites para cair na farra com os amigos italianos e insiste em que precisa dormir. O que ela realmente faz, depois de beber uma garrafa de borgonha tinto.

E eu, depois de um intervalo razoável, transmito a Prue a ideia geral da conversa, omitindo, para o nosso bem, a pergunta gratuita de Steff no fim. Tento até convencer a nós dois de que o bate-papo foi uma missão cumprida, mas Prue me conhece bem demais. No voo de volta a Londres, na manhã seguinte, Steff se senta do outro lado do corredor. No dia seguinte, véspera de seu regresso a Bristol, ela e Prue têm uma briga horrorosa. A fúria de Steff, pelo que vem à tona, não é dirigida ao pai por ser espião, nem mesmo por ele persuadir outros a serem espiões, homens ou mulheres, mas à própria mãe sofredora, por esconder tal segredo monumental da própria filha e por conseguinte violar a sagrada confiança feminina.

E, quando Prue salienta delicadamente que não cabia a ela contar o segredo por não ser dela, e sim meu, e provavelmente nem meu, mas da Central, Steff sai de casa bruscamente, refugia-se na casa do namorado e viaja sozinha para Bristol, chegando dois dias atrasada para o início do semestre, depois de mandar o namorado buscar sua bagagem.

*

Ed tem participação especial em algum ponto dessa novela familiar? Claro que não. Como poderia ter? Ele nunca saiu da ilha. No entanto, houve um momento — equivocado, apesar de memorável — em que surgiu um jovem que poderia ser um sósia de Ed quando eu e Prue estávamos apreciando *croûtes au fromage* e uma jarra de vinho branco na cabana de esqui do Trois Sommets, com vista para as montanhas. Era ele em carne e osso. Não uma efígie, mas o próprio.

Steff dormia até tarde naquele dia. Prue e eu tínhamos saído para esquiar cedo e planejávamos uma suave descida no morro e depois dormir. Eis que entra essa figura tipo Ed, usando gorro com pompom. A mesma altura, o mesmo jeito de quem está sozinho, aflito e ligeiramente perdido. Na entrada, bate a neve dos sapatos, insistentemente, atrasando a fila, e em seguida arranca os óculos protetores, piscando enquanto passa os olhos por todo o ambiente, como se tivesse perdido os óculos. Eu tinha até começado a estender o braço para cumprimentá--lo, mas me detive.

Prue, no entanto, esperta como sempre, interceptou o gesto. E, quando, por razões que ainda me escapam, hesitei, ela exigiu uma explicação completa e sincera. Então dei a ela a versão resumida: apareceu esse rapaz no Atlético que não me deixou em paz até que eu aceitasse marcar um jogo com ele. Mas Prue precisava saber mais. O que me afetara tanto em relação a esse rapaz durante um encontro tão breve? Por que eu reagira tão espontaneamente a um sósia dele? — o que não é nem um pouco o meu estilo.

Diante dessa pergunta, parece, recitei uma série de respostas das quais, tratando-se de Prue, ela se lembra melhor que eu: um esquisitão — aparentemente, eu disse isso — com um quê de corajoso; e como ele insistiu até conseguir o que queria, mesmo depois de um grupo arruaceiro no bar tentar debochar dele, e então, implicitamente mandando todos se danarem, foi embora.

*

Se você adora montanhas tanto quanto eu, ir embora sempre vai ser deprimente, mas a visão de uma feiura decadente de três andares de tijolos vermelhos em uma rua isolada em Camden às nove da manhã de uma segunda-feira debaixo de chuva quando não se faz a menor ideia do que se vai fazer com aquilo quando entrar é difícil de superar.

Como uma subestação veio parar nesse lugar era um mistério. Como adquiriu a alcunha irônica de *o Refúgio* era outro. Havia uma teoria de que o lugar fora utilizado como abrigo para espiões alemães capturados na Segunda Guerra Mundial; havia outra de que um antigo chefe mantivera sua amante no local; e ainda outra de que o Escritório Central, em uma de suas inesgotáveis guinadas normativas, decretara que a segurança seria mais bem garantida se subestações fossem espalhadas por Londres, e o Refúgio, por causa de sua absoluta insignificância, tinha ficado esquecido depois que a norma foi abolida.

Subo os três degraus rachados. A porta de entrada de pintura descascando se abre antes de eu ter a chance de introduzir minha chave antiga da Yale. Diante de mim está o outrora formidável Giles Wackford, agora acima do peso e com olhos lacrimejantes; no seu tempo, era um dos mais inteligentes operadores de espiões da equipe da Central, e era apenas três anos mais velho que eu.

— Meu caro colega — declara com rouquidão através do odor pungente de uísque da noite anterior. — Pontual como sempre! Meu mais caloroso salamaleque, senhor! Que honra! Não consigo imaginar ninguém melhor que você para ser meu sucessor.

Então conheço sua equipe, dispersa em baias duplas acima e abaixo de uma estreita escada de madeira:

Igor, um lituano deprimido de 65 cinco anos, que durante a Guerra Fria fora responsável pela melhor rede dos Bálcãs que a Central já dirigiu, agora limitado a cuidar de um grupo de simples faxineiros de escritório, porteiros e datilógrafos contratados por embaixadas estrangeiras sem importância.

A próxima, *Marika*, suposta amante estoniana de Igor e viúva de um agente secreto da Central, aposentado, que morrera em Petersburgo quando ainda era Leningrado.

E *Denise*, rechonchuda, enérgica, escocesa falante de russo e filha de meio-noruegueses.

Por último, o pequeno *Ilya*, rapaz esperto que fala russo, de ascendência anglo-finlandesa, e que eu recrutara cinco anos atrás como agente duplo em Helsinque. Tinha ido trabalhar para meu sucessor com a promessa de reinserção no Reino Unido. No início, o Escritório Central nem chegava perto dele. Foi somente depois de meus apelos insistentes a Bryn Jordan que eles concordaram em admiti-lo oficialmente na modalidade mais baixa da vida secreta: assistente administrativo júnior com acesso ao Grau C. Com gritos de júbilo em finlandês, ele me agarra num abraço à moda russa.

E, no último andar, condenado à eterna escuridão, encontra-se a ralé da minha equipe auxiliar de assistentes administrativos de origem bicultural e treinamento operacional básico.

Apenas depois de aparentemente termos concluído nossa visita guiada e eu começar a me perguntar se meu prometido número dois de fato existe, Giles bate cerimoniosamente a uma porta de vidro jateado, aonde se chega pelo seu próprio escritório bolorento, e lá dentro, no que suspeito ter sido um dia quarto de empregada, tenho o primeiro vislumbre da figura jovial, audaciosa e imponente que é Florence, fluente em russo, segundo ano de estágio probatório, adição mais recente da subestação Refúgio e, de acordo com Dom, sua grande aposta.

— Então por que ela não foi direto para o departamento da Rússia? — eu perguntara a ele.

— Porque julgamos que ela era um pouco *inexperiente*, Nat — respondera Dom com arrogância, usando termos emprestados e sugerindo que estivera no centro da decisão. — Talentosa, sim, mas achamos que deveríamos dar a ela mais um ano para se adaptar.

Talentosa, mas precisa se adaptar. Eu havia pedido a Moira que me deixasse dar uma olhada no arquivo pessoal dela. Como imaginado, Dom roubara a melhor frase.

★

De repente, tudo o que o Refúgio realiza é guiado por Florence. Ou pelo menos que eu me lembre. Talvez houvesse outros projetos relevantes, mas, a partir do momento em que coloquei os olhos no esboço da *Operação Rosebud*, isso se tornou a atração do momento em nossa minúscula cidade, e Florence era a única estrela.

Por iniciativa própria, ela recrutara a amante insatisfeita de um oligarca ucraniano de codinome Orson, residente em Londres, que possuía relações bem documentadas tanto com o Centro de Moscou quanto com os elementos pró-Putin dentro do governo ucraniano.

O plano ambicioso de Florence, sensacionalista e exagerado, exigia que uma equipe furtiva do Escritório Central invadisse o duplex de setenta e cinco milhões de libras de Orson na Park Lane, grampeasse-o de cima a baixo e fizesse ajustes úteis em um monte de computadores instalados atrás da porta de aço localizada na metade de uma escada de mármore que conduzia ao salão panorâmico.

No modo como foi apresentada, as chances de a Operação Rosebud ser aprovada pelo Diretório de Operações, a meu ver, eram nulas. Invasão ilegal era uma área altamente competitiva. Equipes furtivas valiam ouro. A Operação Rosebud em seu atual estado seria apenas mais uma voz ignorada em um mercado barulhento. No entanto, quanto mais me aprofundava na apresentação de Florence, mais convencido ficava de que, submetida a uma edição impiedosa e a um timing inteligente, a Operação Rosebud poderia produzir inteligência concreta de alta qualidade. E em Florence, conforme Giles se esforçara para me informar enquanto tomava uma garrafa noturna de uísque Talisker na cozinha dos fundos do Refúgio, a Operação havia encontrado uma defensora implacável, até obsessiva.

— A garota já fez *todo* o trabalho braçal, preparou sozinha *toda* a papelada. Desde o dia em que ela desenterrou Orson dos arquivos, só vive e sonha em função do patife. Perguntei a ela: você está se vingando desse sujeito? Nem riu. Disse que ele era uma praga para a humanidade e precisava ser destruído.

Gole demorado de uísque.

— A garota não só se aproxima de Astra e faz dela uma amiga para o resto da vida — *Astra* é o codinome da amante insatisfeita de Orson —, ela manipula o vigia noturno do edifício-alvo. Conta uma lorota para o cara, diz que está trabalhando disfarçada para o *Daily Mail*, escrevendo uma reportagem sobre o estilo de vida dos oligarcas de Londres. O vigia noturno se apaixona por ela, acredita em cada palavra que ela diz. Sempre que ela quer dar uma olhada dentro da jaula do leão, cinco mil pratas saem da verba para suborno do *Daily Mail* e a jaula se abre. *Imatura* uma ova. Ela tem colhões de elefante.

★

Organizo um almoço tranquilo com Percy Price, o chefe todo-poderoso da Vigilância, um império em si. O protocolo exige que eu convide Dom também. Logo fica evidente que Percy e Dom não são feitos um para o outro, mas Percy e eu temos um passado. Ele é um ex-policial, magro e taciturno, por volta dos 50 anos. Há dez anos, com a assistência de uma de suas equipes furtivas e de um espião que eu operava, roubamos um protótipo de míssil do estande russo em uma feira de armas internacional.

— Meus meninos e meninas estão sempre esbarrando com esse sujeito, Orson — reclama ele com ar pensativo. — Toda vez que a gente investiga um bilionário suspeito que está envolvido com os russos Orson aparece. Não somos policiais encarregados de casos, somos vigilantes. Vigiamos o que nos mandam vigiar. Mas que bom que alguém resolveu ir atrás dele afinal, porque ele e seu bando têm me incomodado faz tempo.

Percy vai ver se pode facilitar a nossa entrada. Vai ser uma situação arriscada, pode crer, Nat. Se o Diretório de Operações decidir na hora H que outra aposta é melhor, não há nada que Percy ou qualquer outra pessoa possa fazer.

— E é claro que tudo passa por mim, Percy — diz Dom, e nós dois dizemos "sim, Dom, é claro".

Três dias depois, Percy liga para o meu celular da Central. Parece que vem uma chance por aí, Nat. Acho que vale a pena tentar. Obrigado, Percy, digo, vou passar a notícia para Dom, como esperado, e com isso quero dizer o mais tarde possível ou nunca.

O cubículo de Florence fica a um passo do meu escritório. A partir de agora, eu lhe informo, ela passará o tempo necessário na companhia da amante insatisfeita de Orson, codinome Astra. Vai passear de carro com ela pelo campo, acompanhá-la em suas expedições de compras e almoçar só as duas no Fortnum's, o preferido de Astra. Também vai intensificar o relacionamento com o vigia noturno do edifício-alvo. Ignorando Dom, autorizo um suborno de quinhentas libras para esse fim. Sob minha orientação, Florence também vai elaborar uma solicitação formal para um primeiro reconhecimento sigiloso no interior do duplex de Orson, a ser conduzido por uma equipe furtiva do Diretório de Operações. Ao envolver o Diretório nesta fase inicial, mostramos seriedade no nosso propósito.

*

Meu instinto inicial tem sido apreciar Florence com cautela: uma daquelas meninas da classe alta que cresceram com pôneis e que nunca se sabe no que estão pensando. Steff a detestaria à primeira vista, Prue ficaria preocupada. Seus olhos são grandes, castanhos e impassíveis. No local de trabalho, para disfarçar a silhueta, ela privilegia saias largas de lã, sapatos baixos e não usa maquiagem. De acordo com seu arquivo pessoal, ela mora com os pais em Pimlico e não tem companheiro indicado. Sua orientação sexual é, por vontade própria, *não declarada*. O que eu interpreto como um sinal de "mantenha distância" é um anel de ouro com sinete, masculino, que ela ostenta no anelar. Seus passos são largos e ligeiramente cadenciados. A mesma cadência é reproduzida na sua voz, que é totalmente do Cheltenham Ladies' College, entremeada com termos chulos dignos de um peão de obra. Minha primeira experiência com essa improvável combinação ocorre durante um debate sobre a Operação Rosebud. Somos cinco: Dom, Percy Price, eu, um pomposo invasor da Central chamado Eric e Florence, em estágio probatório. A questão do momento é se um corte de energia poderia ajudar a desviar a atenção enquanto os meninos e as meninas de Eric realizam o reconhecimento no duplex de Orson. Florence, que até agora esteve quieta, ganha.

— Mas, *Eric* — contesta ela —, o que vocês acham que fornece energia para os computadores de Orson? As merdas de umas pilhas?

Um problema urgente que me aguarda é retirar o tom de indignação que permeia o projeto inscrito por ela no Diretório de Operações. Posso não ser o rei da papelada da Central — meus relatórios pessoais sugerem o contrário, inclusive —, mas sei o que incomoda nossos queridos planejadores. Quando lhe digo isso, palavra por palavra, ela fica furiosa. É com Steff que estou lidando, ou com minha número dois?

— Ai, *Deus* — suspira. — Daqui a pouco vai me dizer que você é contra advérbios.

— Não estou dizendo nada disso. O que sei é que é um empecilho, como você diria, para o Diretório de Operações *e* para o departamento da Rússia entrar no mérito de Orson ser o homem mais corrupto do mundo ou um modelo de virtude. Portanto, deletamos todas as referências às causas justas e às quantias absurdas roubadas de povos oprimidos. Escrevemos sobre finalidades, dividendos, nível de risco e isenção de responsabilidades e nos certificamos de que a marca-d'água do Refúgio esteja em todas as páginas e não seja misteriosamente substituída por nenhuma outra.

— Como pela marca de Dom?

— Pela marca de ninguém.

Ela retorna ao seu cubículo e bate a porta. Não foi à toa que Giles se apaixonou por ela: ele não tem filha. Ligo para Percy, digo a ele que o projeto preliminar da Operação Rosebud está em andamento. Quando todas as minhas desculpas sobre o atraso se esgotam, forneço um relato franco e completo a Dom do nosso progresso até o momento — com isso, quero dizer o suficiente para mantê-lo em silêncio. Na noite de segunda-feira, com um sentimento perdoável de satisfação própria, desejo boa noite ao Refúgio e parto para o Atlético, para o meu há muito adiado confronto de badminton com o pesquisador Edward Stanley Shannon.

5

De acordo com minha agenda de compromissos, que jamais em sua existência conteve informações que eu não pudesse largar dentro de um ônibus ou em casa, Ed e eu jogamos no total quinze partidas de badminton no Atlético, a maioria às segundas-feiras, mas nem sempre, e ocasionalmente duas vezes por semana, quatorze antes da Queda, uma depois. Meu uso de *Queda* é arbitrário. Não tem nada a ver com a queda das folhas do outono ou com Adão e Eva. Não sei se a palavra é adequada para esse caso, mas já procurei, em vão, por uma melhor.

Quando me dirijo ao Atlético pelo lado norte, tenho o prazer de percorrer o último trecho com uma caminhada revigorante pelo parque de Battersea. Quando venho diretamente de casa, é uma caminhada de menos de quinhentos metros. O Atlético tem sido meu clube improvável e um local distante de tudo durante grande parte da minha vida adulta. Prue diz que é o meu cercadinho. Quando estava no exterior, me mantinha sócio do clube e usava o truque de "estar de licença" para me manter na pirâmide. Sempre que a Central me trazia de volta para uma reunião operacional, eu encontrava tempo para uma partida. No Atlético, sou Nat para o mundo inteiro, ninguém dá a mínima para qual é o meu trabalho, ou o de qualquer outra pessoa, e ninguém pergunta. Os sócios chineses e outros asiáticos superam a nós, caucasianos, numa proporção de três para um. Steff se recusa a jogar desde que aprendeu a dizer "não", mas houve um tempo em que eu a trazia comigo para tomar sorvete e nadar. Prue, como boa parceira, viria se eu pedisse, mas a contragosto, e nos últimos tempos, por causa do trabalho *pro bono* e das ações coletivas em que seu escritório se envolve, nem assim.

Temos um barman shantonês sem idade definida e insone chamado Fred. Nós temos uma filiação júnior que é completamente não lucrativa, mas apenas até os 22 anos. Depois disso, são duzentas pratas por ano e uma taxa de adesão pesada. E seríamos obrigados a vender o clube ou aumentar ainda mais as taxas se um sócio chinês chamado Arthur não tivesse feito do nada uma doação anônima de cem mil euros, e tem mais coisa por trás dessa história. Como secretário honorário do Clube, fui um dos poucos que tiveram permissão para agradecer a Arthur sua generosidade. Numa noite fui informado de que ele estava no bar. Tinha a minha idade, mas já de cabelos brancos, vestindo um terno elegante e gravata e olhando fixamente para a frente. Sem bebida.

— Arthur — digo, sentando-me ao seu lado —, não sabemos como lhe agradecer.

Espero-o virar a cabeça para mim, mas seu olhar continua fixo para o nada.

— É para o meu garoto — responde, depois de um longo tempo.

— Então o seu garoto está aqui conosco? — pergunto, observando um grupo de crianças chinesas à beira da piscina.

— Não mais — responde, ainda sem virar a cabeça.

Não mais? O que isso quer dizer?

Faço uma pesquisa discreta. Nomes chineses são complicados. Havia um sócio júnior que parecia ter o mesmo sobrenome do nosso doador, mas sua filiação anual estava vencida fazia seis meses e ele tinha ignorado a sequência de lembretes. Precisei de Alice para identificá-lo. Kim, ela se lembrou. Aquele menino agitado e magro. Meigo como era, revelou que tinha 16 anos, embora parecesse ter 60. Uma mulher chinesa que chegou com ele, muito educada, poderia ser sua mãe, ou quem sabe a babá. Pagou por um curso inicial de seis aulas, à vista, em dinheiro, mas aquele garoto não conseguia acertar a peteca, nem mesmo com máquina de arremesso. O treinador sugeriu que ele praticasse em casa, apenas a coordenação, peteca na raquete, e que voltasse, digamos, em algumas semanas. O garoto jamais voltou. A babá também não. Pensamos que ele havia desistido ou voltado para casa, na China. Ai, meu Deus, não diga. Bem, que Deus abençoe o pobre Kim.

Não sei por que relato esse episódio com tantos detalhes, exceto pelo fato de que amo o lugar e o que ele tem representado para mim ao longo dos anos; e foi o lugar onde joguei minhas quinze partidas com Ed e apreciei todas, exceto a última.

★

Nossa primeira segunda-feira não foi exatamente o início divertido que o registro sugere. Sou um homem pontual — insuportável de tão pontual, segundo Steff. Em nosso encontro marcado três semanas antes, ele chegou ofegante com menos de três minutos de antecedência, vestindo um terno amarrotado e presilhas de calça para bicicleta. Estava munido de uma maleta marrom de couro sintético e de um humor péssimo.

Agora tenha em mente que eu o tinha visto apenas uma vez, com roupas de badminton. Vale lembrar ainda que ele era uns vinte anos mais novo que eu, tinha me desafiado sob o olhar atento de outros sócios companheiros meus e eu aceitara o desafio em parte para protegê-lo. Além disso, vale lembrar também que eu não era apenas o campeão do clube, mas havia passado a manhã conduzindo sucessivas reuniões de transferência de atividades com duas das agentes secretas menos promissoras e menos produtivas de Giles, ambas ressentidas, por motivos óbvios, com a mudança de chefia; no horário de almoço, tentara acalmar Prue depois de ela ter recebido um e-mail desaforado de Steff pedindo que seu celular, que tinha deixado em cima da mesa do hall de entrada, fosse enviado por carta registrada para um endereço desconhecido aos cuidados de Juno — quem diabos é Juno?; e tinha passado a tarde eliminando mais afirmações inúteis sobre o estilo de vida infame de Orson, mesmo depois de instruir Florence duas vezes a removê-las.

Por último, vale ressaltar que, no momento em que Ed corre até o vestiário, fazendo uma boa imitação de um foragido, eu já estava esperando, aflito, com o equipamento completo de badminton há dez minutos de olho no relógio. Ao começar a se despir, ele resmunga de maneira um tanto ininteligível sobre "o filho da puta do motorista de caminhão que odeia ciclistas" que teve atitudes maldosas no sinal e sobre os chefes que "me seguraram até tarde sem a merda de motivo nenhum"; em resposta a tudo isso, posso apenas dizer "coitado", e então me sento no banco e observo o restante do progresso caótico dele em frente ao espelho.

Se eu sou um homem menos descontraído do que aquele que ele conheceu há poucas semanas, o Ed à minha frente também tem pouca semelhança com o jovem tímido que precisou da assistência de Alice para me abordar. Livre do paletó, abaixa-se sem dobrar os joelhos, abre com força o armário, pesca de lá de dentro um tubo de petecas e duas raquetes, depois, uma trouxa enrolada contendo camiseta, bermuda, meias e tênis.

Pés grandes, observo. Pode ser lento. E, enquanto estou pensando nisso, ele joga a maleta marrom dentro do armário e *vira a chave*. Por quê? O cara ainda está no meio do processo de vestir o traje de badminton. Em trinta segundos ele vai jogar as roupas do trabalho dentro do mesmo armário, no mesmo ritmo frenético com o qual se despe agora. Então por que trancar o armário *agora*, se vai ter que *destrancá-lo* meio minuto depois? Será que ele tem medo de alguém roubar a maleta enquanto está de costas?

Não faço um esforço consciente para pensar nisso tudo. É minha *déformation professionnelle*. É o que fui ensinado a fazer e tenho feito durante toda a minha vida profissional, seja Prue meu objeto de interesse, maquiando-se na sua penteadeira em Battersea, ou o casal de meia-idade no canto de um café, sentado há tempo demais, conversando com sinceridade demais e sem jamais olhar na minha direção.

Ele puxa a camisa pela cabeça e exibe o torso nu. Bom físico, um pouco ossudo, sem tatuagens, sem cicatrizes, sem marcas peculiares e, de onde estou sentado, vejo que é muito, muito alto. Retira os óculos, destranca o armário, joga-os lá dentro e *volta a trancá-lo*. Veste uma camiseta, depois a mesma bermuda que usava quando me abordou pela primeira vez e um par de meias curtas, originalmente brancas.

Seus joelhos agora estão na altura do meu rosto. Sem os óculos, seu rosto fica à mostra e ele parece ainda mais jovem do que quando se aproximou de mim pela primeira vez. Vinte e cinco anos, no máximo. Inclina-se acima de mim, olhando-se no espelho da parede. Está colocando as lentes. Pisca para clarear a visão. Também noto que, durante essas contorções, ele ainda não dobrou os joelhos nenhuma vez. Tudo depende da cintura, seja para amarrar o cadarço ou quando se posiciona para colocar as lentes. Então, apesar da altura, talvez tenha dificuldade de alcance, nos lances baixos e abertos. Mais uma vez, ele destranca o armário, enfia o terno, a camisa e os sapatos dentro, bate a porta, gira e remove a chave, olha para ela na palma da mão, dá de ombros, solta a fita presa a ela, abre a lata de lixo com o pé, joga fora a fita e guarda a chave no bolso direito da bermuda.

— Pronto, então? — indaga, como se fosse eu, e não ele, a causa da demora.

Vamos para a quadra, Ed com passos pesados à frente, girando a raquete e ainda furioso, fosse por causa do motorista de caminhão que odiava ciclistas, fosse por causa dos seus chefes cabeças de bagre, ou ainda por outro motivo a ser revelado. Ele conhece o caminho. Tem praticado aqui em segredo, aposto, provavelmente desde que me desafiou. Meu trabalho requer que eu me dê bem com pessoas que normalmente eu não receberia nem no quintal de casa, mas esse jovem está testando a minha paciência e a quadra de badminton é o lugar perfeito para acertar as contas.

★

Naquela primeira noite, jogamos sete games difíceis. Não me lembro de me empenhar tanto ou de ficar tão determinado a enquadrar um jovem adversário, mesmo nos campeonatos. Ganhei quatro deles, mas foi suado. Ele era bom, mas felizmente inconsistente, o que me deu vantagem. Apesar de ser jovem, avaliei que o jogo dele não evoluía, mesmo tendo em vista que seu alcance era pelo menos quinze centímetros maior que o meu. E a concentração, instável, graças a Deus. Durante doze pontos, ele atacava, se lançava, dava *smash*, *lob*, *drop-shot*, recuava, e forçava o corpo em ângulos improváveis, e eu lutava para acompanhar. Então, durante os próximos três ou quatro rallies ele se desligava e parecia que vencer não lhe importava mais. Depois se recuperava, mas aí já era tarde demais.

E do primeiro ao último rally não trocamos uma palavra, exceto por sua meticulosa anunciação do placar, uma responsabilidade que ele arrogou para si desde o primeiro ponto, e o ocasional *merda!* quando errava. Ao chegarmos no game decisivo, tínhamos atraído cerca de uma dúzia de espectadores e houve até aplauso no fim. E sim, ele tinha pés lentos. E sim, suas rebatidas de ângulos baixos eram frenéticas, como se fossem de última hora, apesar de ele ser mais alto.

Mas, depois disso tudo, fui forçado a admitir que ele jogara e perdera com inesperada elegância, sem contestar sequer uma decisão de linha ou exigir repetição, fato que jamais acontecia no Atlético ou em qualquer outro lugar. E, assim que o jogo terminou, ele deu um sorriso largo, o primeiro desde o dia em que se aproximou de mim pela primeira vez — chateado, mas com espírito genuinamente esportivo, e foi melhor ainda por ser inesperado.

— Foi um jogo muito, muito bom, Nat, o melhor de todos, pois é — garante ele com sinceridade, pegando minha mão e bombeando-a para cima e para baixo. — Tem tempo para um trago? Por minha conta.

Trago? Fiquei tempo demais fora da Inglaterra. Será que isso quer dizer cheirar? O pensamento absurdo de que ele vai tirar cocaína da maleta marrom passa pela minha mente. Então percebo que está apenas sugerindo que tomemos uma bebida civilizada no bar, então digo hoje não, lamento, Ed, obrigado, tenho compromisso, o que era verdade: tinha mais uma reunião de transferência tarde da noite, desta vez com a última espiã de Giles, codinome Luz Estelar, uma chata, e a meu ver claramente não confiável, mas Giles está convencido de que a conhece muito bem.

— Que tal uma revanche semana que vem, então? — pede Ed com a perseverança que estou aprendendo a esperar dele. — Sem problema se um de nós precisar cancelar. Reservo de qualquer maneira. Topa?

Ao que respondo, mais uma vez com sinceridade, que estou um tanto sobrecarregado, então ficamos de confirmar. E, de qualquer forma, eu é que farei a reserva, é minha vez. Depois disso, ele me dá mais um dos seus estranhos apertos de mão que subia e descia. A última coisa que vejo, depois de nos despedirmos, é ele se abaixando com as presilhas de calça já nos tornozelos, destrancando a corrente da bicicleta antediluviana. Alguém lhe diz que ele está bloqueando o caminho, e ele manda à merda.

Na ocasião, precisei lhe enviar uma mensagem de texto, cancelando a partida na segunda seguinte por causa da Operação Rosebud, que estava vingando graças à relutante aquiescência de Florence em baixar o tom da indignação moral e ao lobby que eu fazia nos bastidores. Então ele propôs quarta, mas tive que lhe dizer que estaria muito ocupado a semana inteira. E, quando a segunda-feira seguinte chegou, ainda estávamos de confirmar, e com as devidas desculpas precisei cancelar mais uma vez, e nos outros dias daquela semana também não seria possível. Não me senti bem por ter desmarcado tantas vezes e fiquei mais que aliviado quando recebi em cada ocasião um cortês "sem problema". Na terceira sexta-feira à noite, eu ainda não sabia se estaria livre na segunda-feira seguinte ou em qualquer outro dia, o que significaria três cancelamentos seguidos.

Passa do fim do expediente. O turno de trabalho do Refúgio já está se encaminhando para a escala do fim de semana. O pequeno Ilya mais uma vez se oferece. Ele precisa do dinheiro. Meu telefone da Central toca. É Dom. Minha vontade é deixar tocar, mas acabo cedendo.

— Tenho notícias gratificantes para você, Nat — anuncia com sua voz de eventos públicos. — Uma certa senhorita chamada Rosebud caiu nas graças dos nossos lordes do departamento da Rússia. Encaminharam a nossa proposta para o Diretório de Operações para uma decisão final e linha de ação. Bom fim de semana para você. Se me permite dizer, você merece.

— *Nossa* proposta, Dom? Ou só a proposta do Geral de Londres?

— Nossa proposta *conjunta*, Nat, conforme combinamos. O Refúgio e o Geral de Londres marchando lado a lado.

— E o crédito de autor é de quem, exatamente?

— Sua intrépida número dois foi designada autora da operação, apesar de estar em estágio probatório, e, enquanto tal, vai fazer uma apresentação formal de acordo com a prática vigente na sala de Operações, na próxima sexta às dez e meia da manhã em ponto. Satisfeito?

Não até que eu tenha isso por escrito, Dom. Ligo para Viv, que tem se revelado uma aliada. Ela me manda por e-mail a confirmação formal. Dom e eu compartilharemos os créditos igualmente. Florence, autora reconhecida. Só agora me sinto livre para enviar uma mensagem para Ed. Desculpe por falar em cima da hora e tal, mas será que ele ainda poderia na próxima segunda-feira?

Pode.

*

Sem terno cinza suado nem presilhas de calça desta vez, nem resmungos sobre motoristas de caminhão ou chefes cabeças de bagre, nem maleta de couro sintético. Apenas jeans, tênis, camisa de colarinho aberto e um sorriso bem grande e feliz por baixo do capacete de ciclista que ele está retirando. E devo dizer que, depois de três semanas seguidas de trabalho pesado, dia e noite, aquele sorriso e o aperto de mão que sobe e desce são um bálsamo.

— Primeiro você amarelou, depois criou coragem, não é?

— Tremendo na base — respondo alegremente enquanto damos passos de infantaria ligeira até o vestiário.

A partida foi de novo acirrada. Mas desta vez sem espectadores, então não houve nenhuma tensão além da adequada. Como antes, foi páreo duro até os últimos rallies, mas, para o meu constrangimento — e alívio, porque, afinal, quem quer um adversário que sempre perde? —, na última hora ele me derrotou de maneira justa, e nesse momento fui ainda mais rápido que ele em insistir em que fôssemos até o bar para aquele trago. Nas segundas-feiras há um número pequeno de sócios, mas por impulso ou hábito me dirigi ao canto tradicional de observação, uma mesa de dois lugares com tampo de metal distante da piscina e próxima à parede, possibilitando a visão da entrada.

E daquele momento em diante, sem nenhuma troca de palavras, aquela mesa de metal isolada se tornou o que minha mãe nos seus momentos de inspiração alemã teria chamado de nosso *Stammtisch* — ou, como diriam meus *chers collègues*, a cena do crime —, tanto para as nossas segundas-feiras de costume quanto para outras noites não planejadas na semana.

*

Eu não esperava que aquela primeira cerveja pós-badminton fosse algo mais que uma formalidade: o perdedor paga a primeira rodada; o vencedor, a segunda, se alguém quiser; troca de cordialidades; marcar a próxima data; tomar banho; se despedir. E, como Ed estava na idade em que a vida começa às nove da noite, imaginei que iríamos tomar apenas uma cerveja e eu iria para casa fazer um ovo para mim, porque Prue ainda estaria presa em Southwark com seus queridos clientes *pro bono*.

— Então, Nat, você é um homem de Londres? — pergunta Ed, quando nos sentamos com nossos copos de cerveja.

Reconheço que, de fato, sou esse tipo de homem.

— Que tipo, então?

Isso vai além do que os frequentadores do clube costumam perguntar, mas tudo bem.

— Só procurando umas coisas aqui e ali, na verdade — respondo. — Por algum tempo meu ganha-pão foi no exterior. Agora voltei para casa e estou buscando algo a que me dedicar. — E por precaução: — Enquanto isso, ajudo um velho amigo a recuperar seu negócio — acrescento, em uma coreografia já muito usada. — E você, Ed? A Alice deixou escapar que você é um *pesquisador*. É isso mesmo?

Pondera minha pergunta como se jamais lhe tivessem perguntado isso. Parece ligeiramente irritado com a definição.

— Pesquisador, sim. É o que sou. — E, após um momento de reflexão, continua: — Pesquisa. Chegam coisas. Organizo. Envio para os clientes. Pois é.

— Então notícias do dia, basicamente?

— Pois é. Qualquer coisa. Doméstica, estrangeira, falsa.

— E empresarial, imagino — sugiro, recordando-me dos seus xingamentos contra os chefes.

— Pois é. Muito *mindset* empresarial. Ou anda na linha ou está fodido.

Presumo que ele tenha dito tudo o que queria, porque divagou novamente. Mas continua:

— Mesmo assim, passei dois anos na Alemanha graças a esse trabalho, não é? — diz, consolando-se. — Adorei o país. Não gostei muito do emprego. Então voltei para casa.

— Para o mesmo tipo de trabalho?

— É, bem, a mesma merda, filial diferente. Pensei que talvez melhorasse.

— Mas não melhorou.

— Não muito. Mesmo assim, é tocar para a frente, acho. Aproveitar o máximo possível. Pois é.

E esse foi o resultado da nossa troca de informações sobre nossas respectivas profissões, o que para mim estava ótimo — para nós dois, suponho, pois não me recordo de alguma vez retomarmos o assunto, por mais que meus *chers collègues* quisessem acreditar no contrário. Mas eu me lembro, como se fosse hoje, de como a nossa conversa mudou abruptamente de rumo depois de deixarmos de lado o tópico de nossas profissões.

Durante algum tempo, Ed ficara olhando para o nada, franzindo a testa e, a julgar pela sua careta fixa, debatia consigo mesmo algum assunto importante.

— Você se incomoda se eu fizer uma pergunta, Nat? — indaga, denotando uma resolução repentina.

— Claro que não — digo com boa vontade.

— É que eu tenho muito respeito por você, sabe. Apesar de nos conhecermos há pouco tempo. Não demora muito para se conhecer uma pessoa depois de enfrentá-la na quadra.

— Pode continuar.

— Obrigado. Vou, sim. Minha opinião é que, para a Grã-Bretanha e para a Europa, e para a democracia liberal no mundo como um todo, a saída da Grã-Bretanha da União Europeia em tempos de Donald Trump, e a consequente dependência irrestrita da Grã-Bretanha aos Estados Unidos numa época em que os Estados Unidos estão indo ladeira abaixo no caminho do racismo e do neofascismo institucionais, é uma cagada como nunca se viu. E o que eu quero saber é o seguinte: você concorda comigo em geral ou eu o ofendi e seria melhor que eu me levantasse e fosse embora agora? Sim ou não?

Surpreso por esse apelo espontâneo às minhas afinidades políticas, vindo de um jovem que mal conheço, preservo o que Prue chama de meu silêncio digno. Por algum tempo, ele olha sem realmente ver as pessoas na piscina e depois se volta para mim.

— Meu ponto é que eu *não* gostaria de ficar sentado aqui com você sob falso pretexto, já que admiro o seu jogo e você, pessoalmente. O Brexit é a decisão mais importante que a Grã-Bretanha precisou tomar desde 1939, na minha opinião. As pessoas dizem 1945, mas não entendo por quê, francamente. Então a minha pergunta é só esta: você concorda comigo? Eu sei que sou fervoroso demais. Já me disseram. E muita gente não gosta de mim porque sou franco, o que é verdade.

— No trabalho? — pergunto, ainda ganhando tempo.

— O trabalho é um completo fracasso em termos do que eu considero liberdade de expressão. No trabalho é obrigatório não ter opinião forte definida sobre qualquer assunto. Caso contrário, você é um pária. Então a minha norma é manter a boca bem fechada o tempo todo, e por isso me acham mal-humorado. No entanto, eu poderia mencionar muitos outros lugares onde as pessoas não gostam de ouvir a verdade nua e crua, pelo menos não de mim. Mesmo que tais pessoas professem admiração pela democracia ocidental, ainda preferem a vida fácil em vez de reconhecerem que têm um dever, como adversários responsáveis, de se opor à invasão do inimigo fascista. Mas noto que você ainda não respondeu à minha pergunta.

Deixe-me dizer, aqui e agora, precisamente como repeti a mesma mensagem *ad nauseam* aos meus *chers collègues*, que, apesar da expressão *cagada* não ter entrado no meu vocabulário até aquele momento, há muito tempo o Brexit me tira do sério. Sou europeu, nascido e criado, tenho sangue francês, alemão, britânico e russo antigo nas minhas veias e me sinto tão à vontade no continente da Europa quanto em Battersea. Em relação à questão maior que ele levantou sobre a dominação de supremacistas brancos nos Estados Unidos de Trump, bem, neste ponto também não estávamos em desacordo, assim como muitos dos meus *chers collègues*, por mais que posteriormente se posicionassem de forma mais neutra.

Contudo, eu tinha minhas reservas quanto a responder à sua pergunta. Primeira questão de sempre: será que é uma armadilha, ele está tentando tirar alguma informação de mim ou me comprometer? Quanto a isso, eu poderia com segurança total dizer que não: não aquele jovem, não depois de tanto tempo. Então a próxima questão: devo ignorar a mensagem escrita a mão pelo barman shantonês, o velho Fred, colada no espelho atrás do balcão, "PROIBIDO CONVERSAR SOBRE O BREXIT"?

E, por fim, devo me esquecer de que sou servidor público, embora secreto, e de que jurei defender a política do meu governo, considerando que exista alguma? Ou devo dizer a mim mesmo: este rapaz é corajoso e sincero — sim, excêntrico, não é o tipo que agrada a todo mundo, e melhor assim, na minha opinião —, com a melhor das intenções, precisando de alguém para escutá-lo, apenas sete ou oito anos mais velho que minha filha — cujas opiniões radicais sobre qualquer tópico constituem um fato na vida em família —, e joga um belo badminton?

Então adicione a isso tudo outro elemento, um que só agora estou disposto a admitir, embora acredite que estivesse presente em mim desde nossa primeira e improvável conversa. Estou falando de uma consciência de minha parte de estar na presença de algo raro na vida que eu levara até então, sobretudo em um homem tão jovem: uma profunda convicção; não por interesse próprio, por inveja ou por vingança, nem para se autovangloriar, mas uma convicção genuína, ponto final.

Fred, o barman, serve lagers geladas vagarosa e cautelosamente, nas tulipas adornadas, e foi o copo cheio que fez Ed meditar, enquanto cutucava com os dedos longos suas laterais geladas, cabeça baixa, aguardando minha resposta.

— Bem, Ed — respondo, após deixar passar tempo suficiente para indicar a devida reflexão. — Digamos o seguinte. Sim, o Brexit é de fato uma cagada, mas duvido que agora a gente possa fazer muita coisa para voltar atrás. Satisfeito?

Não, e nós dois sabíamos disso. Meu suposto silêncio digno não é nada perto dos silêncios prolongados de Ed, os quais, com o tempo, passei a encarar como elemento natural em nossas conversas.

— E o *presidente Donald Trump*, então? — indaga, enunciando o nome como se fosse o do próprio diabo. — Você o considera ou não, como eu, uma ameaça e uma provocação a todo o mundo civilizado e que ele está presidindo a nazificação sistemática e sem limites dos Estados Unidos?

Acho que, àquela altura, eu estava sorrindo, mas não vejo sinal de resposta no rosto lúgubre de Ed, rosto este posicionado de lado para mim, como se ele precisasse apenas de minha resposta sonora, sem moderação de qualquer expressão facial.

— Bem, de um jeito menos fundamental, sim, estou de acordo com isso também, Ed, se serve de consolo — concordo delicadamente. — Mas ele não vai ser presidente para sempre, vai? E a Constituição existe para inibir suas ações, para não deixar as rédeas soltas.

Mas isso não basta para ele.

— E o que me diz de todos os fanáticos com antolhos ao redor dele? Os fundamentalistas cristãos que acham que Jesus inventou a ganância? *Eles* não vão a lugar nenhum, não é?

— Ed — digo, fazendo graça agora. — Quando Trump sair, essa gente vai se dispersar igual cinzas ao vento. Agora, pelo amor de Deus, vamos tomar mais uma cerveja.

Neste momento, estou realmente na expectativa do seu sorriso amplo que resolve tudo. Não vem. Em vez disso, ele estica a mão grande e ossuda na minha direção por cima da mesa.

— Então estamos bem, não? — diz.

Retribuo o aperto de mão e digo sim, estamos, e só então ele vai buscar outra lager para nós.

*

Nas doze ou mais partidas seguintes de segunda-feira à noite não fiz o menor esforço para negar ou atenuar qualquer coisa que ele dissera, o que significou que a partir de nosso segundo encontro — Partida Nº 2, na minha agenda — nenhuma sessão pós-badminton em nosso *Stammtisch* estaria completa sem Ed se lançar em um solilóquio político a respeito de algum assunto importante do dia.

E ele melhorou com o tempo. Nada mais daquela sua pancada bruta inicial. Ed não era bruto. Era apenas profundamente engajado. E — é fácil dizer agora —, por ser tão profundamente engajado, era obsessivo. Por volta da Partida Nº 4, no máximo, ele também se revelara viciado em notícias, bem-informado, ciente de todas as voltas e reviravoltas no palco da política mundial — fosse Brexit, Trump, Síria, ou algum outro desastre duradouro —, questão de tamanho interesse pessoal para ele que francamente seria falta de consideração de minha parte não lhe dar espaço. O maior presente que se pode dar aos jovens é tempo, e eu tinha sempre em mente que não dedicara tempo suficiente a Steff, e talvez os pais de Ed também não tenham sido muito generosos nesse sentido.

Meus *chers collègues* gostavam de acreditar que, ao lhe dar atenção, eu o encorajei. Salientaram nossa diferença de idade e, como gostavam de chamar, meu "charme profissional". Pura bobagem. A partir do momento em que Ed estabelecera em seu simples bestiário que eu era de modo geral um ouvinte solidário, eu poderia ser um estranho sentado ao seu lado no ônibus. Mesmo agora não me recordo de uma ocasião sequer na qual minhas próprias opiniões, mesmo as mais empáticas, causaram o menor efeito nele. Sentia-se apenas grato por ter encontrado uma plateia que não se escandalizava, não se opunha a ele nem simplesmente saía de perto para conversar com outro qualquer, porque não tenho certeza de por quanto tempo ele conseguiria sustentar uma discussão ideológica ou política sem perder a calma. O fato de suas opiniões sobre qualquer tópico serem previsíveis antes mesmo de ele abrir a boca não me perturbava. Tudo bem, ele era um homem de causa única. Eu conhecia a espécie. Recrutara alguns. Ele era geopoliticamente alerta. Era jovem, extremamente inteligente dentro dos limites de suas opiniões fixas, e — apesar de não ter havido situação para testá-lo — suponho que se irritasse facilmente quando tais opiniões fossem questionadas.

O que eu consegui pessoalmente com o relacionamento, além de nossos duelos ferrenhos na quadra de badminton? — outra pergunta à qual meus *chers collègues* voltavam persistentemente. Na época do meu interrogatório, eu não tinha uma resposta na ponta da língua. Somente depois me lembrei da noção de comprometimento moral de que Ed partilhava, como isso atuou sobre mim, apelando à minha consciência, seguida pelo sorriso largo e ligeiramente envergonhado que resolve tudo. Somados, davam-me a sensação de estar provendo um tipo de refúgio para uma espécie ameaçada. E devo ter dito algo assim a Prue quando sugeri trazê-lo para tomar uma bebida em casa, ou convidá-lo para um almoço de domingo. Mas Prue, em sua sabedoria, não se convenceu.

— Ao que me parece, vocês estão fazendo bem um para o outro, querido. Guarde ele para você e não deixe que eu atrapalhe.

Então aceitei o conselho dela de bom grado e o guardei para mim. Nossa rotina nunca variou, até o fim. Jogávamos com tudo na quadra, recolhíamos nossos agasalhos, às vezes enrolávamos um cachecol no pescoço, e nos dirigíamos ao nosso *Stammtisch*, o perdedor indo direto para o bar. Trocávamos algumas cortesias — às vezes relembrávamos um ou dois pontos do jogo. Ele perguntava, por alto, sobre minha família, eu lhe perguntava se seu fim de semana tinha sido bom, e nós dois dávamos respostas vagas. Então haveria certa expectativa no seu silêncio, que aprendi rapidamente que não deveria preencher, e ele se lançava na dissertação do dia. E eu concordava com ele, ou concordava em parte com ele, ou no máximo dizia epa, Ed, vai com calma, e dava a risada de homem mais velho e sábio. Foram raras, e com o tom mais leve possível, as vezes que questionei suas afirmações mais radicais — mas sempre com cautela, porque minha intuição quanto a Ed, desde o início, dizia que ele era frágil.

Às vezes era como se outra pessoa estivesse falando de dentro dele. Sua voz, que era boa quando estava em estado normal, subia uma oitava, alcançava aquele nível e ali ficava, num tom didático, não por muito tempo, mas o suficiente para me fazer pensar: alô, conheço esse registro, e Steff tem o mesmo. É do tipo que não se consegue contestar, pois o interlocutor prossegue como se você não estivesse ali, então é melhor assentir e esperar que siga o seu curso.

O conteúdo? De certa forma, sempre o mesmo conjunto. Brexit é autoimolação. A população britânica está sendo empurrada para a beira do penhasco por um bando de oportunistas ricos e elitistas fingindo ser gente do povo. Trump é um anticristo, Putin é outro. Para Trump, o riquinho que cresceu em uma grande, apesar de falha, democracia e que se esquivou do serviço militar, não há redenção neste mundo nem no próximo. Para Putin, que jamais conheceu a democracia, há um vislumbre. Assim é para Ed, cuja visão de mundo não conformista se tornou aos poucos característica notável dessas manifestações.

Houve progresso, Nat?, perguntaram meus *chers collègues*. As opiniões dele *avançaram*? Você percebia que ele se encaminhava para algum tipo de resolução absoluta? Mais uma vez, eu não podia lhes dar qualquer alento. Talvez ele tenha se tornado mais livre e mais franco à medida que se sentiu mais confiante diante de sua plateia: eu. Com o passar do tempo, talvez eu tenha me tornado um ouvinte mais agradável, apesar de não me lembrar de ter sido alguma vez particularmente *des*agradável.

Mas admito que Ed e eu tivemos algumas sessões no *Stammtisch* durante as quais eu não estava preocupado demais com Steff, Prue, ou com algum novo agente secreto problemático, ou com a epidemia de gripe que derrubara metade de nossos operadores durante duas semanas, e eu lhe dedicava praticamente toda a minha atenção. Em tais ocasiões eu me sentia inclinado a discutir sobre uma ou outra de suas manifestações mais radicais, não a ponto de contestar o argumento, mas para moderar a assertividade com a qual ele o defendia. Então, para responder à pergunta: bem, se não houve avanço, houve crescimento de familiaridade da minha parte, e da parte de Ed, a disposição de rir de si mesmo de vez em quando, ainda que relutantemente.

Mas tenha em mente este simples atenuante, que não representa isenção de culpa, mas um fato: nem sempre eu escutava com atenção, e às vezes me desligava por completo. Quando estava sob pressão no Refúgio — fato que ocorria cada vez com maior frequência —, eu colocava meu celular da Central no bolso de trás antes de irmos para o *Stammtisch* e furtivamente consultava o aparelho enquanto ele tagarelava.

E de tempos em tempos, quando os monólogos, em sua jovem inocência e assertividade, me afetavam, em vez de ir direto para casa ao encontro de Prue, depois de nosso último aperto de mão que subia e descia, eu fazia o caminho mais longo para casa, pelo parque, a fim de deixar meus pensamentos se assentarem.

*

Uma palavra final sobre o que o jogo de badminton significava para Ed e, aliás, para mim. Para os descrentes, badminton é uma versão fracote de squash, apropriada para homens acima do peso com medo de infarto. Para os verdadeiros fiéis, não existe esporte melhor. Squash é fumaça e fogo. Badminton é movimento cauteloso, paciência, velocidade e recuperação improvável. É ficar à espreita para dar o bote enquanto o arco tranquilo da peteca se define. Diferentemente do squash, badminton não conhece distinção social. Não é escola pública. Não tem nada da sedução do ar livre do tênis, nem de uma partida de futebol com cinco jogadores de cada lado. Não recompensa uma bela tacada. Não concede perdão, poupa os joelhos, diz-se que é péssimo para os quadris. No entanto, é fato comprovado que requer reação mais rápida que o squash. Há pouco convívio natural entre nós, jogadores, e tendemos a ser solitários de modo geral. Para outros atletas, somos meio esquisitos, de poucos amigos.

Meu pai jogava badminton em Cingapura quando estava alocado lá. Só jogo de simples. Jogava pelo Exército antes de adoecer. Jogava comigo. Durante as férias de verão, nas praias da Normandia. No jardim em Neuilly, por cima de uma corda de varal servindo de rede, segurando na mão livre um copo escuro de scotch. Badminton era o que ele tinha de melhor. Quando fui enviado à Escócia para frequentar sua terrível escola, joguei badminton lá, como ele fizera, e mais tarde pela minha universidade nas Midlands. Enquanto eu passava o tempo na Central, aguardando o primeiro cargo no exterior, reuni um grupo de estagiários e, usando o codinome *os Irregulares*, aceitávamos qualquer iniciante.

E Ed? Como *ele* se converteu ao jogo de todos os jogos? Estamos sentados no *Stammtisch*. Ele olha fixamente para seu copo de cerveja, o que costumava fazer quando estava resolvendo os problemas do mundo ou quebrando a cabeça para tentar descobrir o que havia de errado com suas raquetadas de *backhand*, ou simplesmente quando não falava nada, só ficava pensativo. Nenhuma pergunta era simples para ele. Tudo exigia análise profunda.

— Tive uma professora de educação física no ensino médio — diz, enfim. Sorriso largo. — Um dia ela levou alguns de nós até o clube que frequentava. Foi assim. Ela com sua saia curta e suas coxas brancas e brilhantes. Pois é.

6

Eis aqui, para o enaltecimento de meus *chers collègues,* a soma total de seja lá o que eu tenha ficado sabendo da vida de Ed fora da quadra de badminton até a Queda. Agora que me disponho a escrever, a extensão dos detalhes me surpreenderia não fosse o fato de que sou bom ouvinte e tenho boa memória por treinamento e hábito.

Ele era um de dois filhos nascidos, com diferença de dez anos, de uma família antiga de mineradores metodistas do norte do país. Seu avô viera da Irlanda com vinte e poucos anos. Quando as minas fecharam, o pai se tornou marinheiro mercante:

Na verdade, não o vi muitas vezes depois disso. Voltou para casa e teve câncer como se a doença estivesse esperando por ele — Ed.

O pai também era comunista à moda antiga e havia queimado a carteirinha do partido depois da invasão soviética ao Afeganistão em 1979. Suspeito que Ed o tenha assistido no leito de morte.

Depois da morte do pai, a família se mudou para perto de Doncaster. Ed conseguiu vaga na escola de ensino médio, não me pergunte qual. Sua mãe usava todo o tempo livre do trabalho em aulas para adultos, até elas serem suspensas:

Minha mãe tinha mais capacidade intelectual do que a deixavam usar, e ainda tinha que cuidar de Laura — Ed.

Laura, sua irmã mais nova, tem dificuldades de aprendizado e deficiência leve.

Aos 18 anos, ele renunciou à fé cristã em favor do que chamava de "humanismo inclusivo", o que interpretei como não conformismo sem Deus, mas, por tato, me abstive de dizer isso a ele.

Depois do ensino médio em um colégio tradicional, ele foi para uma "nova" universidade, não tenho certeza de qual foi. Ciência da computação, fez alemão como optativa. Nota do curso não especificada, então suspeito que mediana; o termo depreciativo *nova* foi usado por ele próprio.

Quanto a garotas... no caso de Ed, sempre um assunto delicado, em que eu não me meteria sem ser chamado — ou elas não gostavam dele ou ele não gostava delas. Desconfio que a preocupação urgente com assuntos do mundo e outras leves excentricidades fizessem dele um companheiro exigente. Também desconfio que não tivesse ciência de sua real atração.

E os amigos homens, com os quais ele deveria passar tempo na academia, discutindo sobre o mundo, ou correndo, andando de bicicleta, saindo para beber? Ed nunca mencionou uma única pessoa assim para mim, e me pergunto se existia alguma em sua vida. No fundo, desconfio, ele ostentava o isolamento como medalha de honra.

Ouvira falar a meu respeito no disse me disse do badminton e me garantira como adversário regular. Eu era seu prêmio. Ele não tinha desejo algum de me compartilhar.

Quando tive o bom senso de lhe perguntar por que escolhera um trabalho na mídia que tanto detestava, de início ele foi evasivo:

Vi um anúncio em algum lugar, fiz a entrevista. Me deram um tipo de prova escrita, falaram tudo bem, pode entrar. Foi isso. Pois é. — Ed.

Mas, quando perguntei se tinha afinidade com colegas no trabalho, ele apenas balançou a cabeça como se a pergunta fosse irrelevante.

E a boa-nova no universo de Ed, que de outra forma seria solitário? A Alemanha. E novamente a Alemanha.

Ed tinha, em grande medida, fixação pela Alemanha. Suponho que eu também, mesmo que fosse graças apenas ao relutante lado alemão da minha mãe. Ele passara um ano estudando em Tübingen e dois anos em Berlim trabalhando na mídia. A Alemanha era a melhor do mundo. Os cidadãos alemães eram simplesmente os melhores europeus. *Nenhuma outra nação chega aos pés dos alemães, não quando se trata de compreender o sentido da União Europeia* — assim dizia Ed, do alto de seu pedestal.

Considerara largar tudo e começar uma vida nova por lá, mas não tinha dado certo com a garota, uma estudante pesquisadora na Universidade de Berlim. Foi graças a ela, conforme pude constatar, que ele fez uma espécie de estudo a respeito da ascensão do nacionalismo alemão na década de vinte, o que aparentemente era o objeto de pesquisa dela. Certamente impulsionado por esses estudos arbitrários, sentiu-se fortalecido para traçar paralelos preocupantes entre a ascensão dos ditadores da Europa e a ascensão de Donald Trump. Comece a falar desse assunto com ele e você verá o lado mais prepotente de Ed.

No mundo de Ed não havia diferença entre fanáticos do Brexit e fanáticos de Trump. Ambos eram racistas e xenófobos. Ambos idolatravam o mesmo santuário do imperialismo nostálgico. Uma vez embarcado neste tema, ele perdia toda a objetividade. Apoiadores de Trump e do Brexit estavam conspirando para destituí-lo de seu direito inato de ser cidadão europeu. Mesmo sendo solitário de outras formas, quando se tratava de Europa, ele não demonstrava nenhum peso na consciência ao declarar que falava em nome de sua geração, ou ao apontar o dedo para a minha.

Houve uma ocasião em que estávamos sentados, ainda exaustos, no vestiário do Atlético, depois de mais uma típica partida difícil. Mergulhando em seu armário para pegar o celular, insistiu em me mostrar um vídeo em que os membros do gabinete de Trump sentados em volta de uma mesa manifestavam, um de cada vez, lealdade eterna ao seu líder amado.

— Estão fazendo o raio do juramento ao *Führer* — confiou a mim, ofegante. — É uma gravação, Nat. Assiste.

Assisti obedientemente. E, sim, era repulsivo.

Nunca perguntei a ele, mas acho que foi a expiação da Alemanha pelos seus pecados do passado que tocava mais forte em seu coração secularizado e metodista: a ideia de que uma grande nação que enlouquecera tinha se arrependido de seus crimes perante o mundo. Que outro país havia feito algo assim?, queria saber. Por acaso a Turquia se desculpara por massacrar armênios e curdos? Os Estados Unidos pediram desculpas ao povo vietnamita? Os ingleses buscaram reparação por terem colonizado três quartos do planeta e escravizado inúmeros de seus cidadãos?

E o aperto de mão enfático, que subia e descia? Nunca me contou, mas aposto que aprendeu quando ficou alojado em Berlim com a família prussiana da namorada, e por algum estranho senso de lealdade manteve o costume.

7

São dez da manhã de uma segunda-feira de primavera banhada de sol, e todos os passarinhos percebem. Enquanto isso, Florence e eu, depois de nos encontrarmos para um café, eu chegando de Battersea, e ela, presumo, de Pimlico, caminhamos ao longo do Aterro do Tâmisa em direção ao Escritório Central. Antigamente, ao retornar de estações distantes para alguma conversa com a Central, ou de férias, eu me sentia ocasionalmente intimidado pelo nosso distinto Camelot, com suas torres, elevadores sibilantes, corredores claros como de hospital e turistas olhando da ponte, boquiabertos.

Hoje, não.

Daqui a meia hora Florence apresentará a primeira operação especial completamente desenvolvida pelo Geral de Londres em três anos com *imprimatur* do Refúgio. Ela veste um terninho elegante, com calça comprida, e está apenas com um leve toque de maquiagem. Se tem medo de falar em público, não dá sinal algum. Nas últimas três semanas parecíamos corujas, sentados frente a frente madrugada adentro à mesa de cavalete bamba, na sala de Operações do Refúgio, um cômodo sem janelas, debruçados sobre mapas de ruas, relatórios de vigilância, interceptações de telefonemas e e-mails, e a última informação dada pela amante frustrada de Orson, Astra.

Foi Astra quem comunicou primeiro que Orson estava prestes a ocupar o duplex dele na Park Lane para impressionar uma dupla envolvida em lavagem de dinheiro com boa relação em Moscou, alocada no Chipre, de ascendência eslovaca e dona de um banco particular em

Nicósia, com filial na City de Londres. Ambos são membros bem conhecidos de uma organização criminosa aprovada pelo Kremlin e que opera em Odessa. Ao receber a informação sobre a chegada deles, Orson mandou vascularem o duplex em busca de aparelhos eletrônicos. Dispositivo nenhum foi descoberto. Agora cabia à equipe de invasão de Percy Price remediar essa omissão.

Com o consentimento do diretor ausente, Bryn Jordan, o departamento da Rússia também se envolvera. Um dos seus oficiais se passou por editor de Florence no *Daily Mail* e fechou negócio com o vigia noturno. A companhia de gás que fornece energia ao duplex de Orson foi convencida a comunicar um vazamento. Uma equipe formada por três invasores disfarçados de técnicos, sob a liderança do pomposo Eric, fez o reconhecimento do duplex e fotografou as trancas da porta de aço reforçado que dá acesso à sala de computadores. Os chaveiros britânicos forneceram cópias das chaves e orientações sobre como decodificar a combinação.

Agora só falta a Rosebud receber oficialmente sinal verde de um plenário de grandes feras do Escritório Central, conhecido coletivamente como Diretório de Operações.

*

Meu relacionamento com Florence é próximo, apesar de ser enfaticamente não tátil, visto que fazemos de tudo para não encostar as mãos um no outro ou ter qualquer contato físico. Acontece que nossas vidas se entrecruzam mais do que esperávamos, considerando a diferença de idade. Seu pai, o ex-diplomata, tinha passado duas temporadas seguidas na embaixada britânica em Moscou, levando consigo a esposa e três filhos, dos quais Florence era a mais velha. Prue e eu não os tínhamos encontrado por questão de seis meses.

Ao frequentar a Escola Internacional em Moscou, Florence abraçara a musa russa com todo o ardor da juventude. Ela teve até uma Madame Galina em sua vida: a viúva de um poeta "aprovado" do período soviético que morava em uma *dacha* caindo aos pedaços na antiga colônia dos artistas, Peredelkino. Na época em que Florence estava pronta para ingressar no internato inglês, os caça-talentos do Serviço já estavam de olho nela. Quando ela prestou os exames finais, eles despacharam seu próprio linguista russo para avaliar o conhecimento dela do idioma. Ela foi premiada com a nota mais alta disponível aos não russos e abordada quando tinha apenas 19 anos.

Na universidade, continuou os estudos sob a supervisão da Central e passou parte de cada período de férias participando de treinamentos para iniciantes: Belgrado, Petersburgo e mais recentemente Talin, onde outra vez teríamos nos encontrado, caso ela não estivesse disfarçada de estudante de silvicultura, e eu, de diplomata. Assim como eu, ela adora correr: eu no parque de Battersea; ela, para minha surpresa, em Hampstead Heath. Quando comentei com ela que Hampstead era distante de Pimlico, ela respondeu sem hesitação que um ônibus a deixava em frente. Em um momento ocioso verifiquei, e era verdade: o ônibus 24 ia até lá.

O que mais eu sabia sobre ela? Que tinha um forte senso de justiça, o que me fazia lembrar de Prue. Que adorava a adrenalina do trabalho operacional e tinha talento excepcional para isso. Que a Central frequentemente a irritava. Que era reticente, até reservada, quanto à sua vida particular. E houve uma noite, após um longo dia de trabalho, na qual a avistei agachada em seu cubículo com punhos cerrados e lágrimas escorrendo pelo rosto. Uma coisa que aprendi na marra com Steff: *nunca* pergunte o que há de errado, só dê espaço. Dei espaço a ela, não perguntei, e o motivo das suas lágrimas permaneceu com ela.

Mas hoje nada mais lhe importa além da Operação Rosebud.

★

Minhas memórias da reunião daquela manhã com os figurões da Central têm um quê de onírico, uma sensação do que pode ter acontecido, e uma lembrança dos últimos detalhes: a sala de conferências, no último andar, com a claraboia ensolarada, forro cor de mel nas paredes, e os rostos inteligentes dos ouvintes voltados para Florence e para mim, sentados um ao lado do outro no fim da mesa, reservado aos requerentes. Todos os membros da nossa plateia eram conhecidos meus de vidas passadas, e cada um ou cada uma à sua maneira merecia meu respeito: Ghita

Marsden, minha antiga chefe de Estação em Trieste e a primeira mulher negra a subir ao alto escalão; Percy Price, chefe do ramo de vigilância sempre em expansão do Serviço. A lista continua. Guy Brammel, chefe de Assuntos Russos, corpulento, astuto, com seus 55 anos, naquele momento substituindo Bryn Jordan, ilhado em Washington. Marion, membro sênior do nosso Serviço irmão da Central. Em seguida, duas das mais valiosas colegas de Guy Brammel, Beth (caucasiana do norte) e Lizzie (russa ucraniana). E o último, e enfaticamente o menor, Dom Trench, como diretor do Geral de Londres, que fez questão de não entrar até que todos se acomodassem, por temer que lhe indicassem um assento menos importante.

— *Florence* — diz Guy Brammel suavemente na ponta da mesa. — Vamos dar início à sua apresentação, então?

E de repente lá está ela, não mais ao meu lado, mas de pé a uma distância de quase dois metros de onde estou, no seu terninho. Florence, minha funcionária no segundo ano do estágio probatório, talentosa, para não dizer temperamental, falando com sabedoria para os anciãos enquanto nosso pequeno Ilya do Refúgio está agachado como um elfo na cabine de projeção, acompanhando Florence com um roteiro e exibindo os slides.

Não há nenhuma emoção na voz de Florence hoje, nenhum indício do fogo interior que a tem inflamado nesses últimos meses, ou do lugar especial reservado a Orson no seu inferno particular. Eu a aconselhei a controlar as emoções e manter a linguagem neutra. Percy Price, nosso vigilante-chefe, é um homem religioso pouco afeito a xingamentos anglo-saxônicos. Imagino que Ghita seja similar, apesar de ser flexível aos nossos hábitos pagãos.

E assim Florence se atém à mensagem. Ao ler o despacho de acusação de Orson, não se mostra nem indignada nem enfática — e ela consegue expressar as duas coisas com uma facilidade enorme —, mas tão controlada quanto Prue nas ocasiões em que dou uma passada no tribunal por dez minutos, somente pelo prazer de vê-la destruir a outra parte com toda a cortesia.

Primeiro ela nos demonstra a riqueza inexplicável de Orson — imensa, no exterior, administrada de Guernsey e da City de Londres, como era de esperar —, em seguida, as propriedades de Orson no exterior, na ilha da Madeira, em Miami, em Zermatt e no mar Negro, depois a sua presença inexplicável em uma recepção oferecida pela embaixada da Rússia em Londres para líderes do movimento pró-Brexit, e ainda a sua contribuição de um milhão de libras para um fundo secreto a favor da saída do Reino Unido da União Europeia. Descreve uma reunião secreta na qual Orson compareceu em Bruxelas com seis russos especialistas em cibernética e suspeitos de pirataria em larga escala em fóruns democráticos do Ocidente. Tudo isso e muito mais sem demonstrar nenhum abalo emocional.

É só quando ela introduz o assunto da instalação de microfones ocultos no duplex-alvo que a serenidade a abandona. A exposição de slides projetada por Ilya nos mostra uma dúzia de dispositivos, cada um marcado com um ponto vermelho. Marion pede licença para interromper.

— Florence — diz em tom grave —, não consigo entender por que você propõe instalações especiais contra menores de idade.

Acho que nunca vi Florence emudecer até aquele momento. Sendo seu chefe de subestação, eu me apressei em ajudá-la.

— Suponho que Marion esteja se referindo à nossa recomendação de que *todos* os quartos do duplex de Orson sejam grampeados, independentemente de quem os ocupe — murmuro para ela como um aparte no palco.

Mas Marion não se contenta.

— Estou questionando os princípios éticos de se instalar dispositivos de áudio *e* vídeo em quarto de criança. Também no quarto da babá, o que considero igualmente questionável, se não pior. Ou devemos supor que os filhos de Orson *e* a babá são do interesse da Inteligência?

A essa altura Florence se recompôs. Ou, se você a conhece tão bem quanto eu, preparou-se para o combate. Ela inspira e usa a voz mais encantadora de aluna do Cheltenham Ladies' College.

— O *quarto de criança*, Marion, é aonde Orson leva os colegas de trabalho, quando tem alguma coisa especialmente secreta para lhes dizer. O quarto da *babá* é onde ele trepa com as prostitutas enquanto as crianças estão em Sochi aproveitando o fim de semana na praia com a babá e enquanto a esposa está fora, comprando joias na Cartier. A informante Astra nos disse que Orson gosta de contar vantagem sobre sua habilidade nos negócios enquanto trepa com as mulheres. Pensamos que devíamos escutá-lo nesses momentos.

Mas tudo bem. Todo mundo está rindo. Guy Brammel é o que ri mais alto; até Marion está rindo. Dom está rindo, o que quer dizer que está se sacudindo e com um sorriso nos lábios, ainda que nenhuma risada de fato esteja saindo dele. Nós nos levantamos, pequenos grupos se formam próximos à mesa do café. Ghita parabeniza Florence, como se fosse uma irmã. Uma mão que não se vê agarra o meu braço, gesto que não me agrada na maioria das vezes.

— Nat, *que* reunião boa. Crédito para o Geral de Londres, crédito para o Refúgio, crédito para você pessoalmente.

— Que bom que gostou, Dom. Florence é uma oficial de inteligência promissora. É ótimo que a autoria dela seja reconhecida. Essas coisas às vezes escapam com facilidade.

— E sempre a sua voz moderadora no fundo. — Dom volta ao tema, fingindo não escutar o meu pequeno ataque. — Quase consegui ouvir aquele seu toque paternal.

— Bem, obrigado, Dom. Obrigado — respondo elegantemente, então me pergunto que carta ele está escondendo na manga.

*

Ainda na euforia de um trabalho bem-sucedido, Florence e eu fazemos uma caminhada agradável às margens ensolaradas do rio, tecendo comentários — sobretudo Florence está comentando — sobre o fato de que, se a Rosebud faturar apenas um quarto dos dividendos que estamos prevendo, uma coisa com que podemos contar é que será o fim da participação de Orson como fantoche da Rússia em Londres e o fim — seu mais sincero desejo — de suas pilhas de dinheiro sujo escondidas por todo o hemisfério sul na lavanderia sempre rotativa da City de Londres.

Então, como ainda não comemos e o tempo é de certa forma irreal depois de todas as horas noturnas que investimos nesse momento, desistimos de pegar o metrô, vamos para um pub, encontramos um canto para nós, com torta de peixe e uma garrafa de borgonha tinto — também a bebida de Steff, o que não resisto em dizer a ela, e ambas também fanáticas por peixe —, revisamos em linguagem devidamente evasiva os procedimentos da manhã, que eram de fato muito mais demorados e técnicos do que dei a entender aqui, incluindo contribuições de Percy Price e Eric, o invasor pomposo, sobre assuntos como marcação e monitoramento de alvos de vigilância, grampos nos sapatos e roupas do alvo, uso de helicóptero ou drone, e o que acontecerá no caso de um retorno não previsto de Orson e de sua comitiva ao duplex-alvo enquanto a equipe furtiva ainda estiver no local. Resposta: serão gentilmente informados por um policial fardado que intrusos foram vistos no prédio, e, por favor, respeitáveis senhores e senhoras, tenham a bondade de se dirigir à van da polícia para se servirem de uma xícara de chá enquanto as investigações estão em andamento?

— Então é isso mesmo, não é? — medita Florence ao beber sua segunda ou talvez terceira taça de vinho. — Vamos conseguir. Cidadão Kane, chegou a sua hora.

— Mas não vamos cantar vitória antes da hora — aviso.

— E que hora é essa?

— Um subcomitê do Tesouro precisa dar a sua bênção.

— Que consiste em...?

— Um chefão de cada setor, ou seja, do Tesouro e dos ministérios das Relações Exteriores, do Interior e da Defesa. E mais alguns parlamentares cooptados de confiança que farão o que lhes for mandado.

— Que seria o quê?

— Carimbar a operação e mandar de volta ao Escritório Central para a ação.

— Uma bela perda de tempo, se quer saber.

Voltamos de metrô para o Refúgio e descobrimos que Ilya se antecipou para noticiar a grande vitória, sendo Florence a heroína do momento. Até o ranzinza do Igor, o lituano de 65 anos, sai do seu canto para apertar a mão de Florence e, embora ele desconfie que qualquer substituto de Giles faça parte de uma conspiração russa, me cumprimenta também. Dou uma escapada até a minha sala, jogo a gravata e o paletó por cima de uma cadeira e estou prestes a fechar o computador quando o celular da família grasna para mim. Supondo que seja Prue e torcendo para que seja finalmente Steff, fuço o bolso do paletó. É Ed, com gravidade na voz.

— É você, Nat?

— Por incrível que pareça, sou eu. E você deve ser Ed — respondo frivolamente.

— Sim, claro. — Longa pausa. — É sobre Laura, sabe? Na segunda--feira.

Laura, a irmã com dificuldade de aprendizado.

— Tudo bem, Ed. Se você vai estar ocupado com Laura, deixe para lá. Jogamos numa outra hora. Dá um toque e eu vejo se estou livre.

Entretanto, não foi por isso que ele ligou. Tem alguma outra coisa acontecendo. Com Ed é sempre assim. Espere um pouco mais, ele lhe dirá.

— É que ela quer de duplas, sabe.

— Laura?

— No badminton. Pois é.

— Ah. No badminton.

— Ela pode ser o capeta quando quer. Não é boa, sabe. Quero dizer, não é boa *mesmo*. Mas, você sabe, entusiasta.

— Claro. Por mim, tudo bem. Então, que tipo de duplas?

— Bem, dupla mista, sabe. Com uma mulher. Sua esposa, talvez.

Ele sabe o nome de Prue, mas parece incapaz de pronunciá-lo. Eu digo *Prue* por ele, que diz:

— Sim, Prue.

— Prue não pode, Ed, infelizmente. Nem preciso perguntar a ela. Segunda é noite de trabalho com os clientes menos favorecidos, está lembrado? Não tem alguém no seu escritório?

— Não mesmo. Ninguém que eu possa chamar. Laura é *muito* ruim. Pois é.

A essa altura, meu olhar viajou para a porta de vidro jateado que me separa do cubículo de Florence. Ela está diante da mesa, de costas para mim, também fechando o computador. Mas algo atrai sua atenção. Parei de falar, mas não desliguei. Ela se vira, olha para mim, então se levanta, abre a porta de vidro e enfia a cabeça pela fresta.

— Precisa de alguma coisa? — pergunta.

— Sim. Você é *muito ruim* no badminton?

8

É a noite de domingo que antecede a segunda-feira de duplas com Ed, Laura e Florence. Prue e eu estamos aproveitando um dos nossos melhores fins de semana desde que voltei de Talin. Essa noção da minha presença permanente em casa ainda é novidade para nós, e estamos os dois cientes de que a situação demanda um trabalho cuidadoso. Prue adora o jardim. Eu me disponho a aparar a grama e fazer o trabalho pesado, mas fora isso o meu melhor momento é quando levo para ela gim-tônica assim que o relógio marca seis da noite. A atuação do seu escritório de advocacia em uma ação coletiva contra a Big Pharma está se encaminhando bem e estamos contentes com isso. Não estou tão contente por ter de abrir mão das nossas manhãs de domingo em função de *"brunches* de trabalho" da sua equipe jurídica, que, segundo apreendo das deliberações que fazem, parecem mais conspiradores anarquistas que advogados experientes. Quando digo isso a Prue, ela cai na gargalhada e responde:

— Mas é exatamente o que somos, querido!

À tarde fomos ao cinema. Já me esqueci a que assistimos, mas sei que gostamos do filme. Quando voltamos para casa, Prue decretou que devíamos fazer juntos um suflê de queijo, que Steff nos garante ser o equivalente gastronômico de dança de salão, mas nós adoramos. Então ralo o queijo e ela bate os ovos enquanto ouvimos Fischer-Dieskau no volume máximo, que é o motivo pelo qual nenhum de nós escutou o toque do meu celular do trabalho até Prue tirar o polegar da batedeira.

— Dom — digo, e ela faz careta.

Vou para a sala e fecho a porta, porque temos um acordo de que, se é assunto da Central, Prue prefere não saber.

— *Nat*. Perdoe a minha absurda intromissão dominical.

Eu o perdoo, laconicamente. Presumo pelo seu tom benigno que está para me dizer que recebemos do Tesouro sinal verde para a Operação Rosebud, informação que poderia perfeitamente ter aguardado até segunda-feira. Mas não foi o caso.

— Receio que não, ainda não completamente, Nat. A qualquer momento, sem dúvida.

Não *completamente*? O que ele quer dizer com isso? É como dizer *não completamente* grávida. Mas não foi por isso que ele ligou.

— *Nat* — esse *Nat* recentemente passou a aparecer a cada duas frases, convocando-me para a guerra —, seria *possível* convencê-lo a me fazer um *imenso* favor? Por acaso está livre amanhã? Sei que as segundas são sempre complicadas, mas só *desta vez*?

— Para fazer o quê?

— Dar uma ida em Northwood para mim. Sede multinacional. Já esteve lá?

— Não.

— Bom, agora é a oportunidade da sua vida. Os nossos amigos alemães conseguiram uma nova fonte quente e ao vivo a respeito do programa híbrido de combate de Moscou. Organizaram uma reunião de profissionais da Otan. Achei a sua cara.

— Você quer que eu *contribua* ou o quê?

— Não, não, não. Nem de *longe*. O clima não está propício. É estritamente pan-europeu, então a voz britânica não será bem recebida. A boa notícia é que autorizei um carro para você. De primeira qualidade, com motorista. Vai levar você até lá e esperar o tempo que for preciso, e depois levá-lo para casa em Battersea.

— Isso é coisa do departamento da Rússia, Dom — protesto, irritado —, não do Geral de Londres. E certamente não é do Refúgio, pelo amor de Deus. Seria o mesmo que mandar ajuda.

— *Nat*. Guy Brammel examinou o material e me garantiu *pessoalmente* que o departamento da Rússia não considera que tenha um papel específico para ele na reunião. O que significa, efetivamente, que você estará representando não apenas o Geral de Londres mas também o departamento da Rússia, ao mesmo tempo. Imaginei que você gostaria. É uma honra em dobro.

Não é honra coisa nenhuma; é um tédio do caramba. Entretanto, gostando ou não, estou sob o comando de Dom, e chega uma hora que o comando vem.

— Tudo bem, Dom. Não se preocupe com o carro. Vou com o meu. Suponho que providenciem estacionamento em Northwood, não é?

— Isso é absurdo, Nat! Insisto. É um encontro europeu de classe. A Central precisa exibir a bandeira. Insisti fortemente com o pessoal encarregado do transporte.

Volto à cozinha. Prue está sentada à mesa, de óculos, lendo o *Guardian* enquanto espera nosso suflê crescer.

★

É noite de segunda-feira, finalmente, noite de badminton com Ed, do nosso jogo de duplas para a satisfação da irmã dele, Laura, e devo dizer que, ao meu modo, estou ansioso para participar. Passei um dia deprimente, preso em uma fortaleza subterrânea em Northwood, fingindo prestar atenção a uma sequência de estatísticas alemãs. Entre uma sessão e outra, fiquei de pé como um serviçal perto da mesa do bufê me desculpando pelo Brexit diante de vários profissionais da Inteligência europeia. Tendo sido privado do meu celular logo na entrada, é só no caminho de volta para casa, na limusine com motorista, debaixo de chuva, que consigo ligar para Viv — porque o próprio Dom estava "indisponível", uma nova tendência — e ser comunicado de que a decisão do subcomitê do Tesouro a respeito da Operação Rosebud está "temporariamente suspensa". Normalmente, eu não me importaria muito, mas o "ainda não completamente" de Dom não sai da minha cabeça.

É hora do rush com chuva, e há uma retenção na ponte Battersea. Digo ao motorista que me leve direto ao Atlético. Chegamos a tempo de ver Florence, vestindo uma capa de plástico, desaparecendo ao subir os degraus do pórtico.

Preciso registrar atentamente o que aconteceu a partir de então.

★

Salto da limusine da Central e estou prestes a gritar por Florence quando me lembro de que, na pressa de organizar o nosso jogo de duplas, nós nos esquecemos de combinar nosso disfarce. Quem somos, como nos conhecemos e como calhou de estarmos no mesmo recinto quando Ed ligou? Tudo isso em aberto, então o melhor é aproveitar a primeira oportunidade possível.

Ed e Laura esperam por nós no saguão, Ed com um sorriso largo, vestindo um casaco impermeável antiquado e um chapéu raso que atribuo ao lado náutico do seu pai. Laura se esconde atrás dele, agarrada à sua perna, sem querer aparecer. Ela é pequena e robusta, o cabelo castanho e um pouco bagunçado, sorriso radiante e usa um vestido tradicional alemão azul. Enquanto ainda estou tentando decidir como devo cumprimentá-la — ficar mais atrás e acenar alegremente ou esticar o braço pela lateral do corpo de Ed e apertar a mão dela —, Florence dá um salto na sua direção e sai com o seguinte:

— Uau, Laura, adorei o vestido! É novo?

Ao que Laura sorri satisfeita.

— Foi Ed que comprou. Na *Alemanha* — diz em tom grave e rouco, e olha com adoração para o irmão.

— Único lugar do mundo para se comprar um desse — diz Florence e, agarrando a mão de Laura, caminha com ela até o vestiário feminino com um "vejo vocês, rapazes, daqui a pouco" por cima do ombro enquanto eu e Ed a encaramos.

— Onde foi que você encontrou *ela*? — murmura Ed, disfarçando o que é evidentemente um grande interesse, e não tenho escolha senão contar a minha parte da história, ainda a ser confirmada com Florence.

— Só sei que ela é a assistente poderosa de alguém — respondo vagamente, então me direciono para o vestiário masculino antes que ele me faça mais perguntas.

Mas no vestiário, para meu alívio, ele prefere desabafar sobre a revogação de Trump do acordo nuclear de Obama com o Irã.

— De agora em diante, a palavra dos Estados Unidos é declarada oficialmente nula e vazia — anuncia. — De acordo?

— De acordo — respondo.

E, por favor, continue até que eu tenha uma chance de falar com Florence, o que estou determinado a fazer o mais brevemente possível, porque a ideia de que Ed talvez fique cismado de que sou algo além de um empresário em um subemprego está começando a me preocupar.

— E o que ele acabou de fazer em *Ottawa*. — Ainda o assunto sobre Trump, enquanto veste a bermuda. — Sabe o que mais?

— O quê?

— Ele fez a Rússia ficar bem em relação ao Irã, o que deve ter feito a alegria do bolso de alguém — diz com um sorriso de satisfação.

— Revoltante — concordo, pensando que, o quanto antes Florence e eu estivermos na quadra, melhor para mim, e talvez ela saiba de alguma coisa que eu não sei sobre a Operação Rosebud, então preciso perguntar a ela isso também.

— *E* nós, britânicos, tão desesperados pelo livre comércio com os Estados Unidos, que vamos dizer *sim*, Donald, *não*, Donald, por favor, vamos puxar o seu saco, Donald, até o Armagedom. — E ergue a cabeça para me encarar plenamente, sem piscar. — Não é isso que vamos fazer, Nat? Diga.

Então concordo pela segunda vez — ou será pela terceira? —, observando que ele normalmente não começa a tentar endireitar o mundo assim antes de nos sentarmos para tomar nossas cervejas no *Stammtisch*. Mas ele ainda não acabou, o que me convém.

— O homem é puro ódio. Odeia a Europa, ele mesmo disse. Odeia o Irã, o Canadá, odeia acordos. Quem ele ama?

— Golfe, talvez? — sugiro.

A quadra três tem correntes de ar e está em mau estado. Ocupa o próprio galpão nos fundos do clube, então nada de espectadores, transeuntes, e suponho que por isso Ed a tenha reservado. Isso é um agrado para Laura, e ele não queria alguém olhando. Ficamos por lá, esperando as garotas. Lá, Ed poderia de novo levantar a questão espinhosa sobre como Florence e eu nos conhecemos, mas eu o incentivo a continuar falando sobre o Irã.

A porta do vestiário das mulheres se abre. Sozinha e apropriadamente vestida, Laura caminha com passos irregulares pela passarela: short novo, tênis xadrez impecável, camiseta do Che Guevara, raquete profissional padrão ainda na embalagem.

Agora vem Florence, não nas roupas de trabalho, não no terninho para apresentações ou com sapatos de couro encharcados de chuva: apenas uma jovem livre, esguia, confiante, com saia curta e as coxas brancas e brilhantes da adolescência de Ed. Dou uma olhada nele. Em vez de demonstrar que está impressionado, exibe sua expressão mais desinteressada. Minha reação é de indignação bem-humorada: Florence, você não deveria se vestir assim. Então me recomponho e volto a ser o marido caseiro e pai.

Formamos as duplas do único jeito razoável. Laura e Ed contra Florence e Nat. Na prática, significa que Laura se posiciona com o nariz na rede e bate em qualquer coisa que vier na sua direção, e Ed rebate tudo o que passa por ela. Também significa que entre rallies Florence e eu temos ampla oportunidade para uma palavra em segredo.

— Você é uma assistente poderosa de alguém — eu lhe digo, quando ela vai buscar uma peteca no fundo da quadra. — É só isso que eu sei sobre você. Sou amigo do seu chefe. Daí em diante, pode inventar.

Sem resposta, nenhuma é esperada. Boa menina. Ed ajeita um dos tênis de Laura, que está desamarrado, ou que ela reclamou que estava desamarrado, porque a atenção de Ed é tudo para ela.

— Nós nos esbarramos no escritório de um amigo meu. — E continuo: — Você estava trabalhando no computador, eu entrei. Fora isso, não sabemos nada um do outro. — E muito sutilmente, como se só pensasse nisso agora: — Teve alguma notícia da Rosebud enquanto eu estava em Northwood?

De tudo isso não consigo um pingo de resposta.

Rebatemos a peteca entre nós três, passando por cima de Laura na rede. Florence é uma das atletas de Deus: sincronia e reações sem esforço, ágil como uma gazela e graciosa até demais. Ed dá os seus saltos e avanços, mas mantém os olhos baixos entre um rally e outro. Suponho que a falta de interesse intencional por Florence é por causa de Laura: não quer que a irmãzinha fique chateada.

Outro rally entre nós três até Laura se queixar de que está sendo excluída e que o jogo perdeu a graça. Fazemos uma pausa enquanto Ed fica de joelhos para confortá-la. É o momento perfeito para Florence e eu ficarmos de pé casualmente de frente um para o outro, mãos nos quadris, e amarrar a nossa história.

— Meu amigo, que é o seu chefe, investe em *commodities* e você é uma funcionária temporária de alto nível.

Mas, em vez de concordar com a minha história, ela decide se preocupar com a aflição de Laura e as tentativas de Ed para animá-la. Com um grito de "Ei, vocês dois, chega de conversa!", ela dá um salto para a rede e decreta que vamos trocar de parceiros imediatamente e vai ser homens versus mulheres em combate mortal, numa partida melhor de três, e ela vai sacar primeiro. Ela está a caminho da quadra oposta quando toco no seu braço.

— Você concorda com isso? Você me ouviu. Sim?

Ela se vira e olha fixamente para mim.

— Não quero mais mentir sobre merda nenhuma — rebate a plenos pulmões, o olhar fulminante. — Nem para ele nem para mais ninguém. Entendeu?

Eu entendi, mas e Ed? Felizmente, ele não dá o menor sinal de ter entendido. Dando passos largos em direção ao outro lado da rede, ela puxa a mão de Laura da mão de Ed e manda que ele se junte a mim. Jogamos a nossa partida épica, os homens do mundo contra as mulheres do mundo. Florence ataca ferozmente todas as petecas que vão na sua direção. Com muita ajuda nossa, as mulheres conseguem nos superar e, com raquetes para o alto, seguem triunfantes para o vestiário enquanto Ed e eu seguimos para o nosso.

Será que isso tem a ver com a sua vida amorosa?, eu me pergunto. Aquelas lágrimas solitárias que vi mas não comentei? Ou estamos lidando com um caso que os psiquiatras da Central têm prazer em chamar de síndrome da corcova de camelo, quando aquilo que não se tem permissão para comentar de repente pesa mais do que aquilo que se pode comentar, e você, num determinado momento, não suporta o peso?

Retiro meu celular da Central do armário e sigo para o corredor, pressiono o contato de Florence e recebo uma voz eletrônica dizendo que a linha está desligada. Tento mais algumas vezes, sem resultado. Retorno ao vestiário. Ed tomou uma chuveirada e está sentado no banco de ripas com a toalha no pescoço.

— Estava pensando — murmura relutantemente, alheio ao fato de que eu tinha saído e voltado para o recinto. — Sabe. Só mesmo se você estiver a fim e tal. Talvez pudéssemos comer em algum lugar. Não no bar. Laura não gosta. Em algum outro lugar. Nós quatro. Por minha conta.

— Quer dizer *agora*?

— Sim, se você estiver a fim. Por que não?

— Com Florence?

— Foi o que eu disse. Nós quatro.

— Como é que você sabe que ela está livre?

— Ela está. Perguntei a ela. Ela disse que sim.

Decisão rápida, então, certo, estou a fim. E, quando tiver uma oportunidade, preferivelmente antes da refeição que depois, vou descobrir o que diabo se passou na cabeça de Florence.

— Tem o Golden Moon nesta rua — sugiro. — Comida chinesa. Fica aberto até tarde. Podemos experimentar.

Mal termino de dizer isso e meu celular criptografado da Central começa a fazer barulho. Florence, afinal, penso. Graças a Deus. Um minuto atrás ela decidiu não seguir mais as normas da Central, no momento seguinte vamos sair todos para jantar.

Murmurando qualquer coisa sobre Prue precisando de mim, volto para o corredor. Mas não é Prue, nem é Florence. É Ilya, agente de plantão nesta noite no Refúgio, e suponho que vá me comunicar a notícia atrasada de que recebemos a resposta do subcomitê sobre a Operação Rosebud, e já estava mesmo na hora.

No entanto, não foi por isso que Ilya ligou.

— Mensagem, Nat. Seu amigo fazendeiro. Para Peter.

Por "amigo fazendeiro" leia-se Pitchfork, estudante pesquisador russo, Universidade de York, herdado de Giles. E, no lugar de Peter, leia-se Nat.

— O que diz? — pergunto.

— Que você faça a gentileza de visitá-lo o mais breve possível. Você, pessoalmente, mais ninguém. E é prioridade máxima.

— Foram essas as palavras dele?

— Posso mandar para você, se quiser.

Retorno ao vestiário. Nem tem o que pensar, como diria Steff. Às vezes somos uns desgraçados, às vezes somos bons samaritanos e às vezes nos enganamos por completo. Mas decepcione um espião no momento em que ele mais precisa e você vai tê-lo decepcionado para sempre, como gostava de dizer o meu mentor Bryn Jordan. Ed ainda está sentado no banco de ripas, cabeça baixa e para a frente. Seus joelhos estão separados, e olha fixamente para baixo enquanto verifico os horários do trem no meu telefone. Último trem para York sai de King's Cross dali a cinquenta e oito minutos.

— Infelizmente vou precisar partir, Ed — digo. — Nada de comida chinesa para mim, no fim das contas. Um trabalhinho para resolver antes que complique para mim.

— Pesado — comenta Ed, sem erguer a cabeça.

Sigo para a porta.

— Ei, Nat.

— Que foi?

— Obrigado, viu? Foi muito legal da sua parte. E Florence também. Eu disse a ela. Laura ganhou o dia. Lamento que você não possa ir ao chinês.

— Eu também. Peça o pato de Pequim. Vem com panquecas e geleia. Que diabo você tem?

Ed abre as mãos em um gesto teatral e gira a cabeça como se estivesse desesperado.

— Quer saber de uma coisa?

— Se for rápido.

— Alguém com colhões precisa descobrir um antídoto para Trump, senão a Europa está fodida.

— E quem seria essa pessoa? — pergunto.

Nenhuma resposta. Ele mergulha novamente nos seus pensamentos, e eu sigo para York.

9

Estou fazendo o certo. Estou atendendo ao chamado que todo operador de agentes secretos no mundo inteiro leva para o túmulo. A melodia varia, as letras variam, mas no fim é sempre a mesma canção: Não consigo viver comigo mesmo, Peter, o estresse está me matando, Peter, o peso da minha traição é grande demais para mim, minha amante me deixou, minha esposa me trai, os vizinhos suspeitam de mim, meu cachorro foi atropelado e você, meu supervisor de confiança, é a única pessoa no mundo que pode me convencer a não cortar os pulsos.

Por que nós, operadores de espiões, sempre chegamos correndo? Porque temos uma dívida.

Mas não sinto que devo muito ao espião notoriamente inativo Pitchfork, nem ele é minha maior preocupação ao me sentar no trem que está atrasado para York, em um vagão lotado de crianças gritando, voltando de um passeio em Londres. Penso na recusa de Florence de me acompanhar no disfarce, algo tão natural nas nossas vidas secretas quanto escovar os dentes. Penso na autorização para a Rosebud que se recusa a se materializar. Penso na resposta de Prue quando liguei para dizer a ela que não voltaria para casa à noite e perguntei se tinha notícias de Steff:

— Só que se mudou para algum lugar novo e chique em Clifton e não diz com quem.

— *Clifton*. Quanto será o aluguel?

— Receio que não caiba a nós perguntar. Um e-mail. Só via de mão única — diz, incapaz de esconder o tom de desespero na voz.

E, quando a voz triste de Prue não ressoa no meu ouvido, tenho Florence para me entreter: *Não quero mais mentir sobre merda nenhuma. Nem para ele nem para mais ninguém. Entendeu?* O que, por sua vez, me transporta de volta para a questão que está me corroendo desde a ligação dissimulada de Dom me oferecendo o carro com motorista, porque Dom não faz nada sem motivo, mesmo que seja um torpe. Tento mais algumas vezes contatar Florence no seu celular da Central e escuto a mesma mensagem eletrônica. Mas o meu pensamento ainda está em Dom: por que você me quis fora do caminho hoje? E por acaso você é o motivo de Florence ter decidido não mentir pelo país? — o que é uma decisão séria, já que mentir pelo país foi a profissão que ela escolheu.

Então é só em Peterborough que, protegido por um exemplar gratuito do *Evening Standard*, digito uma série interminável de números e me concentro no relato do caso insatisfatório do agente secreto Pitchfork.

★

O nome dele é Sergei Borissovitch Kuznetsov, e daqui em diante, contra todas as regras de praxe do meu negócio, vou chamá-lo simplesmente de Sergei. Nascido em Petersburgo, filho e neto de chequistas; seu avô, um general honrado do NKVD, foi enterrado no Kremlin; seu pai, ex-coronel do KGB, morreu devido a múltiplos ferimentos sofridos na Tchetchênia. Até aí tudo bem. Mas, se Sergei é herdeiro legítimo dessa linhagem nobre, não se tem certeza.

Fatos conhecidos falam a seu favor. Mas há muitos deles, pode-se dizer que até demais. Aos 16 anos, foi encaminhado a uma escola especial perto de Perm, que além de física ensinava "estratégia política", um eufemismo para conspiração e espionagem.

Aos 19 anos, ingressou na Universidade Estatal de Moscou. Graduando-se *magna cum laude* em física e inglês, ele foi selecionado para prosseguir no treinamento em uma escola especial para agentes secretos infiltrados. No primeiro dia do seu curso de dois anos, de acordo com seu testemunho, decidiu desertar para qualquer país do Ocidente para onde fosse designado, o que explica por que logo ao chegar ao aeroporto de Edimburgo, às dez da noite, pediu educadamente para falar com um "alto oficial da Inteligência Britânica".

Seus pretensos motivos para agir dessa forma eram incontestáveis. Alegou que desde muito novo reverenciava em segredo figuras renomadas da física e do humanismo, tais como Andrei Sakharov, Niels Bohr, Richard Feynman e o nosso Stephen Hawking. Sempre sonhou com liberdade para todos, ciência para todos, humanismo para todos. Como poderia então não odiar o autocrata bárbaro Vladimir Putin e seus feitos maléficos?

Sergei também era, como ele declarou, homossexual. Esse fato em si, se tivesse chegado ao conhecimento dos colegas e dos instrutores, teria causado seu desligamento imediato do curso. Mas, de acordo com Sergei, isso nunca aconteceu. De algum modo ele preservou uma fachada heterossexual, paquerando garotas do curso e até indo para a cama com algumas — segundo ele próprio, unicamente para manter as aparências.

E, para fundamentação de tudo acima, basta examinar o inusitado baú do tesouro em cima da mesa diante dos interrogadores estarrecidos: duas maletas e uma mochila contendo o seguinte kit de um espião autêntico: papéis-carbono para escrita secreta impregnados com algumas das mais recentes substâncias; namorada fictícia com quem se corresponde na Dinamarca, a mensagem secreta a ser escrita em carbono invisível entre as linhas; minicâmera embutida em um berloque que se passava por chaveiro; três mil libras de renda inicial em cédulas de dez e vinte escondidas no fundo de uma das maletas; um maço de cifras de uso único; e, de quebra, o número de telefone em Paris para emergências.

E tudo batia, até os seus retratos, feitos a caneta, de seus instrutores sob pseudônimos e de seus colegas em treinamento, os truques do ofício que lhe foram ensinados, os treinamentos que recebeu e sua missão sagrada como leal espião russo infiltrado, que ele recitava como um mantra: estudar com afinco, conquistar o respeito dos colegas cientistas, adotar seus valores e filosofia, escrever artigos para periódicos eruditos. Em caso de emergência, jamais, sob qualquer pretexto, tentar contatar a exaurida *rezidentura* na embaixada russa em Londres, porque ninguém terá ouvido falar de você e, de qualquer modo, *rezidenturas* não respondem a agentes infiltrados, que constituem uma elite em si mesmos, criados a mão, praticamente desde o nascimento, e controlados por uma única e exclusiva equipe no Centro de Moscou. Estar de prontidão, contatar-nos todos os meses e sonhar com a Mãe Rússia todas as noites.

O único ponto curioso — que para os interrogadores era mais que curioso — foi que não havia nem um pingo de inteligência nova ou negociável em tais relatos. Toda pérola que ele soltou já tinha sido revelada por desertores que o antecederam: as personalidades, os métodos de ensino, as técnicas de espionagem, até mesmo os brinquedos de espiões, dois deles reproduzidos no museu do crime, na distinta suíte de visitantes no andar térreo do Escritório Central.

*

Apesar das reservas dos interrogadores, o departamento da Rússia, sob a liderança do agora ausente Bryn Jordan, acolheu Pitchfork na condição plena de desertor, levando-o para jantar fora e a jogos de futebol, colaborando com seus relatórios mensais para a namorada fictícia na Dinamarca a respeito do que seus colegas cientistas faziam, grampeando seus aposentos, hackeando suas mensagens e colocando-o intermitentemente sob vigilância disfarçada. E esperando.

Mas para quê? Durante seis, oito, doze custosos meses não chegou uma centelha de vida dos seus supervisores do Centro de Moscou: nenhuma carta com ou sem texto sigiloso, nenhum e-mail, nem ligação telefônica ou frase mágica dita em algum anúncio de rádio predeterminado em hora predeterminada. Teriam desistido dele? Será que foi descoberto? Poderiam ter se dado conta da sua homossexualidade disfarçada e tirado as próprias conclusões?

À medida que cada mês infrutífero sucedia ao outro, a paciência do departamento da Rússia se esgotou até o dia em que Pitchfork foi entregue ao Refúgio para "manutenção e desenvolvimento inativo" — ou, no entender de Giles, "para ser manuseado com luvas de borracha bem reforçadas e uma pinça de metal bem comprida, porque, se eu tenho faro para agente triplo, esse garoto tem todas as características e muito mais".

As características talvez, mas neste caso teria sido no passado. Hoje em dia, se me vale a experiência, Sergei Borissovitch não passa de mais um simples jogador no ciclo interminável dos jogos duplos da Rússia, que teve seu momento e foi descartado. E agora decidiu que é hora de acionar o botão de socorro.

*

As crianças barulhentas passaram para o vagão-restaurante. Sozinho no meu assento do canto, ligo para Sergei, no número do celular que lhe demos, e obtenho a mesma voz controlada e inexpressiva de que me lembro desde a cerimônia de transferência de funções com Giles, em fevereiro. Digo a ele que estou retornando a ligação. Ele me agradece. Pergunto como está. Está bem, Peter. Digo que não chegarei a York antes das onze e meia e pergunto se é necessário que o encontro seja hoje à noite ou se pode esperar até amanhã de manhã. Ele está cansado, Peter, então talvez seja melhor amanhã, obrigado. Lá se vai a "prioridade máxima". Digo-lhe que vamos reverter para o nosso "procedimento tradicional" e pergunto "Está bem para você?", porque um agente secreto em campo, ainda que suspeito, deve ter sempre a última palavra em assuntos de espionagem. Obrigado, Peter, ele está de acordo com o procedimento tradicional.

Do meu quarto de hotel malcheiroso tento de novo ligar para Florence no seu celular da Central. Passa da meia-noite. Mais caixa postal. Como não tenho outro número dela, ligo para Ilya no Refúgio. Recebeu alguma notícia da Operação Rosebud?

— Lamento, Nat, nem um pio.

— Bem, não precisa falar como se isso não fosse sério — solto, então desligo, irritado.

Devia ter lhe perguntado se por acaso teve notícia de Florence, ou se sabe por que o celular dela da Central está desligado, mas Ilya é jovem e imprevisível e não quero agitar toda a família do Refúgio. É obrigatório que todos os membros em serviço disponibilizem um número de telefone fixo no qual possam ser contatados fora do expediente de trabalho, no caso de o sinal de celular não estar disponível. O último número fixo que Florence registrou foi em Hampstead, onde me lembro que ela também gosta de correr. Parece que ninguém se deu conta de que Hampstead não bate com a sua alegação de viver com os pais em Pimlico, mas, afinal, como Florence me assegurou, o ônibus 24 está sempre disponível.

Ligo para o número em Hampstead, ouço a gravação e digo que sou Peter da Segurança do Cliente e que temos motivos para crer que sua conta foi hackeada, então, para a sua proteção, por favor, ligue para este número o mais breve possível. Tomo uma boa quantidade de uísque e tento dormir.

*

O "procedimento tradicional" que estou aplicando em Sergei remonta aos dias em que ele era tratado como agente duplo, ativo, com prospecto real de crescimento. O ponto de encontro era o átrio do hipódromo da cidade de York. Era para ele chegar de ônibus, portando uma cópia do *Yorkshire Post* do dia anterior, enquanto seu supervisor aguardava em um carro da Central, num acostamento. Sergei iria levar tempo suficiente em meio ao público para a equipe de vigilância de Percy Price decidir se o encontro estava sendo monitorado pela oposição, possibilidade não tão improvável como pode parecer. Assim que a equipe de casa desse sinal verde, Sergei andaria até o ponto de ônibus para examinar o quadro de horários. Jornal na mão esquerda significaria abortar. Jornal na mão direita significaria prosseguir.

O procedimento para a cerimônia de transferência de funções arquitetado por Giles fora em contrapartida bem menos tradicional. Ele tinha insistido para que ocorresse no próprio alojamento de Sergei no campus universitário, com sanduíches de salmão defumado e uma garrafa de vodca para ajudar a comida a descer. O nosso disfarce sutil, se tivéssemos que nos explicar? Giles era professor visitante de Oxford em uma expedição de recrutamento e eu era seu escravo núbio.

Bem, agora voltamos ao procedimento tradicional, sem salmão defumado. Aluguei um Vauxhall em mau estado, o melhor que a locadora podia me oferecer naquele momento. Dirijo de olho no retrovisor, sem ideia do que estou procurando, mas olhando mesmo assim. O dia está cinzento, cai uma chuva fina, e mais previsão de tempo ruim. A estrada até o hipódromo é direta e plana. É provável que os romanos também tenham competido ali. Grades brancas de proteção cintilam ao passar do meu lado esquerdo. Um portão com uma bandeira pendurada surge à minha frente. Na velocidade de um pedestre, avanço em meio a consumidores e gente que procura se distrair em dias chuvosos.

E, como esperado, lá está Sergei, de pé no ponto de ônibus, no meio de um grupo de pessoas, examinando o quadro amarelo de horários. Segura firme uma cópia do *Yorkshire Post* na mão direita, e na esquerda uma pasta para partituras que não está no roteiro, com um guarda-chuva enrolado entre as alças. Paro o carro alguns metros depois do ponto de ônibus, abro a janela e grito.

— Oi, Jack! Se lembra de mim? Peter!

De início, ele finge não me escutar. A reação segue o manual, algo esperado depois de dois anos de treinamento como agente. Vira a cabeça, confuso, me vê, se faz de surpreso e feliz.

— Peter! Meu amigo! É você. Nem acredito no que estou vendo.

Está bem, já chega, entre no carro. Ele entra. Damos um abraço ligeiro para os espectadores. Ele usa um casaco impermeável da Burberry novo, bege. Tira o casaco, dobra-o e com reverência o deixa no banco traseiro, mas mantém a pasta para partituras entre os joelhos. Assim que nos afastamos, um homem no ponto de ônibus faz cara feia para a mulher de pé ao seu lado. Está vendo o que acabei de ver? Um maricas de meia-idade consegue um rapaz bonito de aluguel em plena luz do dia.

Fico atento a qualquer um que venha atrás de nós, carro, van ou motocicleta. Nada atrai meu olhar. De acordo com o procedimento tradicional, Sergei não foi informado com antecedência para onde será levado, nem está sendo informado agora. Ele é mais magro e mais tenso em comparação com a lembrança que tenho dele desde a nossa transferência. Tem uma cabeleira preta e desgrenhada e um olhar tristonho e sedutor. Os dedos longos tamborilam uma marcha no painel do carro. Nos aposentos da universidade tamborilavam a mesma marcha no braço de madeira da sua cadeira. O seu novo blazer Harris Tweed está grande demais nos ombros.

— O que você tem nessa pasta? — pergunto.

— Documentos, Peter. Para você.

— Só documentos?

— Por favor. São documentos muito importantes.

— Bom saber.

Ele não se deixa afetar pelo meu tom lacônico. Talvez já esperasse. Talvez sempre contasse com isso. Talvez me despreze, assim como desconfio que ele despreza Giles.

— Tem alguma coisa no seu corpo, nas suas roupas, ou qualquer coisa de que eu precise ter conhecimento além dos documentos na pasta de partituras? Nada que filme, grave, algo desse tipo?

— Por favor, Peter, não tenho. Tenho ótimas notícias. Você vai ficar feliz.

É assunto suficiente até chegarmos lá. Com o ruído do motor a diesel e o chocalhar da carroceria, receio que ele mencione coisas que eu não consiga escutar e que meu celular da Central não consiga gravar ou transmitir para o Refúgio. Estamos falando em inglês e vamos continuar assim até eu decidir mudar. O conhecimento que Giles tem de russo não serve para nada. Não vejo vantagem em deixar Sergei pensar que sou diferente. Escolhi o topo de um monte a uma distância de trinta e poucos quilômetros da cidade, supostamente com boa visão das charnecas, mas só o que conseguimos avistar quando paro o Vauxhall e desligo o motor é uma nuvem cinzenta abaixo de onde estamos e chuva constante batendo no para-brisa. Segundo as regras da espionagem, deveríamos combinar agora os nossos disfarces caso sejamos incomodados, quando e onde nos encontraremos novamente e se ele tem quaisquer preocupações. Mas ele coloca a pasta de partituras no colo e já está abrindo as correias e retirando um envelope acolchoado tamanho A4, pardo, não lacrado.

— O Centro de Moscou entrou em contato comigo finalmente, Peter. Depois de um ano inteiro — declara, com um misto de desdém acadêmico e entusiasmo contido. — Claro que é memorável. A minha Anette em Copenhague escreveu uma carta para mim em inglês muito bonita e erótica e, por baixo do carbono secreto, uma carta do meu inspetor do Centro de Moscou, que traduzi para o inglês para você. — Em seguida, ele me mostra o envelope.

— Espere um instante, Sergei — digo, apossando-me do envelope acolchoado sem olhar o conteúdo. — Deixe-me ver se entendi direito. Você recebeu uma carta de amor da sua namorada da Dinamarca. Em seguida, aplicou o composto necessário, extraiu o texto oculto, decodificou e traduziu o conteúdo para o inglês para mim. Tudo sozinho. Por si mesmo. Certo?

— Correto, Peter. É a recompensa por nossa paciência conjunta.

— Então *quando* exatamente você recebeu esta carta da Dinamarca?

— Na sexta. Ao meio-dia. Eu não conseguia nem acreditar.

— E hoje é terça. Você esperou até ontem à tarde para contatar o meu escritório.

— Durante todo o fim de semana, enquanto trabalhava, fiquei pensando em você. Dia e noite estava tão satisfeito de revelar e traduzir tudo de uma vez na minha mente, desejando apenas que Norman, nosso bom amigo, estivesse conosco para compartilhar a alegria do nosso sucesso.

Norman era Giles.

— Então a carta dos seus supervisores de Moscou está nas suas mãos desde sexta. Nesse ínterim, você mostrou para mais alguém?

— Não, Peter, não mostrei. Por favor, veja o que está dentro do envelope.

Ignoro o pedido. Nada mais o escandaliza? Sua reputação acadêmica o coloca acima da multidão de espiões comuns?

— E, enquanto você estava revelando e decodificando e traduzindo, não lhe ocorreu que você tem ordens expressas de informar *imediatamente* o seu superior a respeito de qualquer carta ou outra comunicação que recebesse dos seus inspetores russos...?

— Mas é claro. Foi exatamente o que eu fiz, assim que decodifiquei...

— ... antes que qualquer atitude fosse tomada por você, por nós ou por qualquer outra pessoa? O que explica por que seus interrogadores tomaram de você o composto de revelação assim que você chegou a Edimburgo um ano atrás? De modo que você *não pudesse* fazer a sua própria revelação?

E, depois de eu ter esperado o bastante até minha raiva não inteiramente simulada diminuir, e mesmo assim não receber resposta além de um suspiro de paciência pela minha ingratidão:

— Como você conseguiu o composto? Entrou na primeira farmácia e leu em voz alta uma lista de ingredientes para que qualquer pessoa que estivesse ouvindo pensasse: ah, que ótimo, ele tem uma carta secreta para revelar? Talvez tenha uma farmácia no campus. Não tem?

Ficamos ali sentados, um ao lado do outro, escutando a chuva.

— Por favor, Peter. Eu não sou idiota. Peguei um ônibus até a cidade. Fiz compras em várias farmácias diferentes. Paguei em dinheiro, não me envolvi em conversas, fui discreto.

A mesma serenidade. A mesma superioridade inata. E, sim, o homem podia muito bem ser filho e neto de chequistas ilustres.

*

Só então concordo em ver o que está no envelope.

Em primeiro lugar, duas cartas longas, a carta-disfarce e o texto oculto no carbono. Ele copiou ou fotografou cada estágio da revelação, e os impressos estavam lá para eu ver, bem ordenados e numerados.

Em segundo lugar, o envelope com o selo dinamarquês com seu nome e endereço do campus na frente, em letra feminina e europeia, e no verso o nome da remetente e o endereço: Anette Pedersen, número cinco do térreo de um prédio de apartamentos em um subúrbio de Copenhague.

Em terceiro, o texto superficial em inglês, seis páginas de letras espremidas na mesma caligrafia feminina do envelope, louvando suas façanhas sexuais com palavras pueris e alegando que só de pensar nele a redatora chegaria ao orgasmo.

Depois, o texto oculto exibindo coluna após coluna de números de quatro dígitos. E mais a versão em russo, decodificada pela cifra de uso único.

E por fim sua própria tradução do russo em texto simples para o inglês, para me auxiliar, como um não falante de russo. Olho para a versão russa franzindo a testa, descarto-a com um gesto de incompreensão, retomo a versão em inglês e leio duas ou três vezes enquanto Sergei demonstra contentamento e espalma as mãos no painel para aliviar a tensão.

— Moscou diz que você deve estabelecer moradia em Londres assim que as férias de verão começarem — comento casualmente. — Por que você acha que eles querem que você faça isso?

— *Ela* diz — corrige com voz rouca.

— Quem diz?

— Anette.

— Então você está me dizendo que Anette é uma mulher real? Não só algum homem no Centro assinando como mulher?

— Conheço essa mulher.

— A mulher *de verdade*? Anette. Você a conhece, é o que está me dizendo?

— Correto, Peter. A mulher que se chama Anette para fins conspiratórios.

— E posso perguntar como você chegou a essa descoberta extraordinária?

Ele reprime um suspiro para sugerir que está prestes a entrar em território onde não estou equipado para segui-lo.

— Uma hora por semana essa mulher nos deu aula, no nosso treinamento para agentes infiltrados, só de inglês. Ela nos *preparou* para atividade conspiratória na Inglaterra. *Relatou* muitos casos interessantes e nos deu conselhos e coragem para o nosso trabalho secreto.

— E você está me dizendo que o nome dela era Anette?

— Assim como todos os instrutores e todos os alunos, ela possuía somente um nome profissional.

— Que era qual?

— Anastássia.

— Então não era Anette?

— É irrelevante.

Cerro os dentes e não digo nada. Pouco depois ele retoma, no mesmo tom condescendente.

— *Anastássia* é uma mulher de inteligência considerável, capaz de discutir física sem nenhuma simplificação. Eu a descrevi em detalhes aos seus interrogadores. Você parece não saber dessa informação.

Era verdade. Ele tinha descrito a Anastássia. Mas não em termos tão precisos e elogiosos, e certamente não como uma futura correspondente se autonomeando Anette. No entender dos interrogadores, ela não passava de um membro do Partido Comunista do Centro de Moscou que resolveu aparecer no treinamento para agentes infiltrados para abrilhantar a própria imagem.

— E você acha que a mulher que se chamava Anastássia e que participou do treinamento para agentes infiltrados lhe escreveu pessoalmente esta carta?

— Estou certo de que sim.

— Apenas o texto oculto, ou a carta também?

— Ambos. Anastássia se tornou Anette. Isto é para mim um sinal de reconhecimento. Anastássia, nossa sábia instrutora do Centro de Moscou, passou a ser Anette, minha amante apaixonada e inexistente em Copenhague. Também estou familiarizado com a sua letra. Quando Anastássia nos dava aulas no curso para infiltrados, ela nos orientou sobre os hábitos europeus de caligrafia sem a influência do alfabeto cirílico. Tudo o que nos ensinou foi para um só propósito: se integrar ao inimigo ocidental: "Com o tempo, vocês vão *se tornar* um deles. Vão *pensar* como eles. Vão *falar* como eles, *sentir* como eles e *escrever* como eles. Somente em seus corações vão permanecer em segredo um de nós." Como eu, ela também era de uma antiga família chequista. O pai e o avô. Ela se orgulhava muito disso. Depois de sua última aula, ela me chamou à parte e disse: você nunca vai saber o meu nome, mas você e eu temos o mesmo sangue, somos puros, somos da antiga Tcheka, somos russos, eu o cumprimento com toda a minha alma por sua grande vocação. E me abraçou.

Foi nesse ponto que os primeiros tênues ecos do meu passado operacional começaram a soar na minha memória? Provavelmente, porque meu instinto imediato foi redirecionar a conversa.

— Que tipo de máquina de escrever você usou?

— Só manual, Peter. Não uso nada eletrônico. Assim fomos instruídos. Tudo que é eletrônico é muito perigoso. Anastássia, Anette, ela não é eletrônica. Ela é tradicional e deseja que seus alunos sejam tradicionais também.

Exercitando habilidades bem desenvolvidas de autocontrole, consigo ignorar a obsessão de Sergei pela mulher Anette ou Anastássia e retomo a leitura do texto sigiloso decodificado e traduzido por ele.

— Você deverá alugar um quarto ou um apartamento para os meses de julho e agosto em um dos três bairros selecionados ao norte de Londres, certo?, o que a sua supervisora, segundo você diz, essa antiga professora, começa a lhe explicar item por item. Essas instruções lhe sugerem algo?

— Foi como ela nos ensinou. Para preparar uma reunião conspiratória, é essencial ter locais alternativos. Só assim as mudanças logísticas podem ser atendidas, e a segurança, garantida. Essa também é sua máxima operacional.

— Já esteve alguma vez nesses bairros do norte de Londres?

— Não, Peter, não estive.

— Quando foi a última vez que esteve em Londres?

— Em maio, apenas por um fim de semana.

— Com quem?

— É irrelevante, Peter.

— Não, não é.

— Uma pessoa amiga.

— Sexo masculino ou feminino?

— É irrelevante.

— Então masculino. A pessoa tem nome?

Sem resposta. Continuo a leitura:

— Quando estiver em Londres, nos meses de julho e agosto, você vai assumir o nome de Markus Schweizer, um jornalista freelance suíço, falante de alemão, e para tanto você receberá documentação adicional. Conhece algum Markus Schweizer?

— Peter, não conheço tal pessoa.

— Alguma vez usou esse pseudônimo?

— Não, Peter.

— Nunca ouviu falar de alguém com esse nome?

— Não, Peter.

— Markus Schweizer era o nome do amigo que você levou a Londres?

— Não, Peter. E mais, não o levei. Ele me acompanhou.

— Mas você fala alemão.

— O suficiente.

— Seus interrogadores disseram mais que o suficiente. Disseram que você é fluente. Estou mais interessado em saber se você tem qualquer explicação para as instruções de Moscou.

Eu o perdi outra vez. Ele caiu em um estado de contemplação no estilo de Ed, o olhar fixo no vasto para-brisa. De repente, tem uma declaração a fazer.

— Peter, infelizmente não posso ser esse suíço. Não vou a Londres. É uma provocação. Eu me demito.

— Estou lhe perguntando *por que* Moscou deseja que você seja esse jornalista freelance independente e falante de alemão chamado Markus Schweizer por dois meses no verão em um dos três bairros selecionados do nordeste de Londres — persisto, ignorando a explosão repentina.

— É no intuito de facilitar o meu assassinato. Essa dedução é evidente para qualquer um que esteja familiarizado com as práticas do Centro de Moscou. Talvez não seja o seu caso. Ao informar ao Centro um endereço em Londres, estarei enviando instruções de onde e como me liquidarem. É prática normal em casos de suspeitos traidores. Vai ser um prazer para Moscou escolher um tipo de morte bem doloroso para mim. Não vou.

— Uma maneira um tanto elaborada de fazer isso, não é? — sugiro, impassível. — Arrastar você para Londres simplesmente para matá-lo. Por que não trazer você para um lugar deserto como este, cavar um buraco, dar um tiro e colocá-lo dentro? E então deixar transparecer aos seus amigos em York que você está são e salvo em Moscou e trabalho encerrado? Por que não me responde? A sua mudança de opinião está de alguma forma ligada ao amigo de quem você não quer me falar? Aquele que você levou para Londres? Tenho a impressão de que já o conheço. É possível?

Minha intuição me leva a me precipitar nas conclusões. Estou somando dois mais dois e chegando a cinco. Lembro-me do que ocorreu durante a transferência amigável com Giles no alojamento de Sergei na universidade. A porta se abre sem nenhuma batida, um jovem sorridente, usando brinco na orelha e rabo de cavalo, coloca a cabeça pela porta entreaberta e começa a dizer:

— Oi, Serge, você tem um...

Então ele nos vê e, com um "opa" abafado, fecha a porta cuidadosamente, como se dissesse que nunca esteve ali.

Em outra parte da minha mente, o pleno vigor da memória cala fundo em mim. Anastássia codinome Anette, ou seja lá qual nome ela preferir, não é mais uma sombra fugaz do meu passado de que me lembro parcialmente. É uma figura concreta de grande importância e destreza operacional, bem como o próprio Sergei acabou de descrevê-la.

— Sergei — digo de modo mais gentil, comparado ao tom que usei até agora —, qual seria o outro motivo de você não querer ser Markus Schweizer em Londres no verão? Planejou férias com seu amigo? É uma vida estressante. Entendemos essas coisas.

— Eles só querem me matar.

— E, se *fez* planos para as férias e puder me dizer quem é o seu amigo, talvez possamos chegar a um acordo mútuo, aceitável.

— Não tenho planos, Peter. Acho que você está projetando. Talvez você próprio tenha planos. Não sei coisa alguma sobre você. Norman foi gentil comigo. Você é uma muralha. Você é Peter. Não é meu amigo.

— Então quem *é* o seu amigo? — insisto. — Convenhamos, Sergei. Somos humanos. Depois de um ano sozinho aqui na Inglaterra, não me diga que você não encontrou alguém para lhe fazer companhia. Certo, deveria ter nos avisado. Vamos esquecer isso. Vamos supor que não seja tão sério. Só alguém para lhe fazer companhia nas férias. Um companheiro para o verão. Por que não?

Ele me insulta em russo e diz com raiva:

— Ele não é o meu companheiro de verão! É um amigo íntimo!

— Bem, *nesse* caso — digo —, ele me parece exatamente o tipo de amigo de que você precisa e temos que encontrar um meio de deixá-lo feliz. Não em Londres, mas vamos pensar em algo. Ele é estudante?

— É pós-graduando. É *kulturny*. — E, para minha melhor compreensão, explica: — É versado em todos os assuntos artísticos.

— E um colega físico, talvez?

— Não. De literatura inglesa. Estuda os seus grandes poetas. Todos os poetas.

— Ele sabe que você foi um espião russo?

— Ele me desprezaria.

— Mesmo que você esteja trabalhando para os britânicos?

— Ele despreza todo tipo de mentira.

— Então não temos com o que nos preocupar, temos? Só escreva para mim o nome dele aqui neste papel.

Ele aceita o meu bloco de anotações e a caneta, vira-se de costas para mim e escreve.

— E a data de nascimento dele, que tenho certeza de que você sabe — acrescento.

Ele escreve de novo, arranca a página, dobra e, com um gesto imperioso, me entrega. Eu desdobro, olho para o nome e enfio a folha no envelope acolchoado com suas outras entregas e recolho meu bloco de notas.

— É isso, Sergei — digo, em tom mais caloroso. — Devemos resolver o assunto do seu Barry nos próximos dias. De forma positiva. De forma criativa, tenho certeza. Então não terei que contar ao Escritório Central de Sua Majestade que você deixou de colaborar conosco, não é? E que desse modo violou os termos de sua residência.

Uma nova torrente de chuva varre o para-brisa.

— Sergei aceita — anuncia ele.

★

Dirigi até uma distância considerável e estacionei debaixo de um conjunto de castanheiras, onde o vento e a chuva não eram tão ferozes. Sentado ao meu lado, Sergei assume uma atitude superior de distanciamento e finge observar o cenário.

— Então vamos falar um pouco mais da sua Anette — sugiro, selecionando o meu tom de voz mais descontraído. — Ou voltamos a chamá-la de Anastássia, que foi como você a conheceu quando ela lhe deu aulas? Conte-me mais sobre os talentos dela.

— Ela é uma linguista competente e uma mulher muito culta, erudita e extremamente hábil em conspiração.

— Idade?

— Eu diria que 50. Talvez 53. Não é bonita, mas tem muita dignidade e carisma. No rosto também. Pode ser que acredite em Deus.

Sergei também acredita em Deus, disse ele aos interrogadores. Mas sua fé não pode ser mediada. Sendo um intelectual, ele não tem nenhuma simpatia pelo clero.

— Altura? — pergunto.

— Diria que um metro e sessenta e cinco.

— Voz?

— Anastássia só falava em inglês conosco, língua na qual era visivelmente excelente.

— Nunca a escutou falando russo?

— Não, Peter. Nunca.

— Nem mesmo uma palavra?

— Não.

— Alemão?

— Só uma vez ela falou em alemão. Foi para recitar Heine. É um poeta alemão do período romântico, também é judeu.

— Na sua mente, agora, ou talvez quando a escutava falar, onde a situaria geograficamente? De qual região?

Pensei que ele fosse ponderar ostentosamente, mas logo respondeu:

— Minha impressão era de que essa mulher, pelos seus gestos, pelos olhos escuros e pela pele morena, além da cadência da fala, era da Geórgia.

Vá com calma, digo a mim mesmo. Faça o papel do profissional medíocre.

— Sergei?

— Sim, Peter?

— Quando são as suas férias com Barry?

— Durante todo o mês de agosto. Para visitarmos a pé como peregrinos os lugares históricos britânicos de cultura e liberdade espiritual.

— E o seu semestre na universidade começa quando?

— Em 24 de setembro.

— Então por que não adiar as férias até setembro? Diga a ele que você tem um projeto de pesquisa importante em Londres.

— Não posso fazer isso. Barry vai querer me acompanhar.

Mas minha cabeça já está cheia de alternativas.

— Então considere o seguinte. Mandamos para você, por exemplo, uma carta oficial, digamos, no papel timbrado da Faculdade de Física da Universidade de Harvard, parabenizando-o por seu excelente trabalho em York. Nós lhe oferecemos dois meses como professor visitante, para fazer pesquisa no campus de Harvard durante o verão, em julho e agosto, com todas as despesas pagas e honorários. Você poderia mostrar isso a Barry e, assim que completasse o seu período em Londres como Markus Schweizer, vocês dois poderiam retomar os planos e se esbaldar com os maravilhosos dólares que Harvard terá dado a você por seu projeto de pesquisa. Funcionaria? Bem, sim ou não?

— Considerando que tal carta seja plausível, e os honorários, realistas, acredito que Barry se orgulharia de mim — anuncia ele.

Alguns espiões são pesos-leves e fingem ser pesos-pesados. Alguns são pesos-pesados sem querer. A não ser que minha memória inflamada me engane, Sergei acabara de se promover à categoria peso-pesado.

★

Sentados no banco da frente do carro, debatemos como dois profissionais os tipos de resposta que vamos encaminhar para Anette em Copenhague: um primeiro rascunho do texto oculto assegurando ao Centro que Sergei vai acatar as instruções, em seguida o texto superficial, que eu deixo para a sua imaginação erótica, apenas com a condição de que, junto com o texto oculto, eu aprove antes de ser enviado.

Tendo concluído, principalmente para minha própria conveniência, que Sergei é inclinado a se sentir mais à vontade com uma mulher como supervisora, eu o informo de que dali em diante ele vai trabalhar para Jennifer, conhecida como Florence, quanto a todos os assuntos de rotina. Eu me comprometo a trazer Jennifer a York para que se conheçam e deliberem qual disfarce é mais conveniente ao futuro relacionamento deles: talvez não como namorada, porque Jennifer é alta e bonita e Barry pode se ofender. Continuarei a ser o inspetor de Sergei, Jennifer vai me manter informado de todos os estágios. E me lembro de refletir que seja lá o que tivesse se passado com Florence na quadra de badminton, ali estava o presente de uma operação desafiadora para que ela recuperasse o ânimo e pusesse as suas habilidades à prova.

Em um posto de gasolina nos arredores de York, invisto em dois sanduíches de ovo e agrião e duas garrafas de soda limonada. Giles teria sem dúvida providenciado uma cesta da Fortnum. Depois que terminamos nosso piquenique e batemos para fora do carro os farelos, deixo Sergei no ponto de ônibus. Ele faz uma tentativa de me dar um abraço. Em vez disso, dou-lhe um aperto de mão. Para minha surpresa, ainda é o começo da tarde. Devolvo o carro alugado à locadora e tenho sorte de pegar um trem rápido para Londres a tempo de levar Prue ao restaurante indiano do nosso bairro. Já que não falamos de assuntos da Central, nossa conversa durante o jantar segue para as práticas vergonhosas da Big Pharma. Voltando para casa, assistimos à gravação do jornal do Canal 4 e nesse clima inconclusivo vamos para a cama, mas o sono demora a vir para mim.

Florence ainda não respondeu à mensagem que deixei na caixa postal. O veredicto do subcomitê do Tesouro a respeito da Rosebud, de acordo com um enigmático e-mail tardio de Viv, é "esperado a qualquer momento, mas ainda pendente". Se não considero esses presságios tão nefastos como poderia é porque minha mente ainda está se alegrando com a improvável cadeia de conexão que Sergei e Anette me revelaram. Sou lembrado de um aforismo do meu mentor Bryn Jordan: se você for espião há tempo suficiente, a história se repete.

IO

No metrô para Camden Town, de manhã cedo naquela quarta-feira, encarei com clareza as tarefas conflitantes que me aguardavam. Até que ponto vou relevar a insubordinação de Florence? Denunciá-la aos recursos humanos e instigar um inquérito disciplinar com Moira presidindo? Deus me livre. Melhor falar com ela pessoalmente dentro de quatro paredes. E, de um ponto de vista positivo, premiá-la com o célere caso do agente secreto Pitchfork.

Adentrando o saguão sombrio do Refúgio, surpreendo-me com o silêncio fora do comum. Vejo a bicicleta de Ilya, mas onde está Ilya? Onde está todo mundo? Subo as escadas até o primeiro andar: nenhum som. Todas as portas fechadas. Subo até o segundo. A porta do cubículo de Florence está lacrada com uma fita-crepe. Um aviso escrito em vermelho diz "Entrada Proibida" e a maçaneta tem spray de cera. Mas a porta do meu escritório está escancarada. Na minha mesa há dois impressos.

O primeiro é um memorando interno de Viv, informando aos destinatários que, após devida consideração pelo competente subcomitê do Tesouro, a Operação Rosebud foi cancelada por motivos de risco desproporcional.

O segundo é um memorando interno de Moira informando a todos os departamentos relevantes que Florence pediu demissão do Serviço na segunda-feira e que todas as providências de desligamento foram tomadas de acordo com as regras de rescisão adotadas pelo Escritório Central.

*

Pense agora, deixe a crise para depois.

De acordo com Moira, a demissão ocorreu em torno de quatro horas antes de ela ter chegado para o jogo de duplas com Ed e Laura no Atlético, o que já explica bastante do seu comportamento anormal. O que a levou a pedir demissão? Ao que parece, o cancelamento da Operação Rosebud, mas não nos precipitemos. Tendo lido ambos os documentos com atenção pela terceira vez, voltei ao patamar da escada, juntei as mãos em formato de concha em torno da boca e gritei:

— Todo mundo para fora, por favor. *Agora!*

Logo que minha equipe cautelosamente surge de trás das portas fechadas, eu reconstruo a história, ou o máximo possível de acordo com o que sabem ou estão dispostos a revelar. Por volta de onze da manhã na segunda-feira, enquanto eu estava a salvo e isolado em Northwood, Florence avisou a Ilya que tinha uma reunião com Dom Trench no escritório dele. De acordo com Ilya, em geral uma fonte confiável, ela parecia mais preocupada que entusiasmada com o prospecto.

Por volta de uma e quinze, enquanto Ilya estava no andar de cima, monitorando a mesa de comunicações, e o restante da equipe estava no andar de baixo, comendo seus sanduíches de almoço e lendo mensagens nos celulares, Florence surgiu à porta da cozinha, de volta da reunião com Dom. A escocesa Denise sempre foi a mais próxima de Florence em ordem hierárquica e tinha assumido regularmente os agentes de Florence quando ela estava ocupada ou de licença.

— Ela só ficou parada lá, Nat, por vários minutos, nos encarando como se fôssemos todos loucos — diz Denise, pasma.

— Florence chegou a *dizer* alguma coisa?

— Nenhuma palavra, Nat. Só olhou para nós.

Da cozinha, Florence havia subido para sua sala, trancado a porta. E de volta a Ilya:

— Cinco minutos depois ela saiu com uma sacola de compras do Tesco contendo seus chinelos, a foto da mãe falecida que ela mantinha em cima da mesa, o cardigã que usava quando o aquecimento estava desligado e umas coisas femininas que ficavam na gaveta da mesa.

Como Ilya conseguiu ver todos esses itens de uma só olhada eu não sei, então vamos considerar que seja licença poética.

Em seguida, Florence:

— Me deu três beijinhos no estilo russo — diz Ilya em tom dramático —, me deu mais um abraço e disse que é para todos nós. O abraço. Então pergunto: o que significa tudo isso, Florence? Porque sabemos que não devemos chamá-la de Flo. E Florence responde: não é nada, de verdade, Ilya, é só que os ratos invadiram o navio e eu pulei fora.

Por falta de outros depoimentos, foram essas então as palavras de Florence ao se despedir do Refúgio. Tinha negociado com Dom, entregou o pedido de demissão, voltou do Escritório Central ao Refúgio, reuniu os pertences e aproximadamente às 15:05 estava na rua e desempregada. Minutos depois de sua partida, dois representantes sisudos da Segurança Doméstica — não os ratos que invadiram o navio, mas Furões, como são normalmente conhecidos — chegaram em uma van verde da Central, removeram o computador de Florence e o armário de aço e perguntaram a cada membro da minha equipe se ela lhes entregara algum artigo para guardar ou discutira os motivos da partida. Tendo garantido a segurança necessária a partir das respostas a essas duas questões, lacraram a sala.

★

Instruindo todos a retomar o trabalho normal — uma vaga esperança —, saio para a rua, entro em uma viela e caminho direto por dez minutos, até que paro para tomar um café e peço um espresso duplo. Respire devagar. Organize suas prioridades. Tento o celular de Florence mais uma vez, só por desencargo de consciência. Completamente mudo. O número dela em Hampstead tem uma nova mensagem. É gravada por um jovem arrogante e de classe alta.

— Se ligou para falar com Florence, ela não atende mais neste número, então se manda.

Ligo para Dom, e Viv atende.

— Infelizmente, Dom tem uma reunião atrás da outra o dia todo, Nat. Eu mesma poderia ajudar?

Ah, acho que não, obrigado, Viv, mas não. As reuniões são internas, ou são fora, pela cidade?

Ela está hesitando? Sim, está.

— Dom não está recebendo ligações, Nat — responde e desliga.

— *Nat*, amigão — diz Dom muito surpreso, permitindo-se o novo hábito de usar meu nome como se fosse uma arma. — Sempre bem-vindo. Temos hora marcada? Amanhã está bem? Estou lotado de trabalho, para ser sincero.

E, como prova, há uma papelada em cima da mesa, o que só me diz que ele passou a manhã toda esperando por mim. Dom não entra em confronto, fato que nós dois sabemos. A sua vida é avançar rodeando as coisas que ele não consegue encarar. Deixo cair o trinco da porta e me sento em uma poltrona. Dom permanece à mesa, imerso na papelada.

— Vai ficar aí, não é? — indaga pouco depois.

— Se não tiver problema, Dom.

Ele pega outra pasta do seu organizador de papéis, abre e se concentra no conteúdo.

— Uma pena o que houve com a Operação Rosebud — sugiro depois de um silêncio apropriado.

Ele não me escuta. Está concentrado demais.

— Uma pena o que houve com Florence também — reflito. — Uma das melhores oficiais russas que o Serviço perdeu. Posso ver o relatório? Talvez esteja aí com você.

A cabeça ainda baixa.

— Relatório? Que bobagem é essa que você está falando?

— O relatório do subcomitê do Tesouro. Que fala do risco desproporcional. Posso ver, por favor?

A cabeça se ergue um pouco, mas não muito. O arquivo aberto diante dele ainda é mais importante.

— Nat, preciso lhe informar que, na condição de funcionário provisório do Geral de Londres, você não tem acesso a todo tipo de informação. Mais alguma pergunta?

— Sim, Dom. Temos, sim. Por que Florence se demitiu? Por que você me despachou para Northwood numa missão inútil? Estava planejando passar uma cantada nela?

Enfim, a cabeça se ergue em sobressalto.

— Pensei que *essa* possibilidade fosse mais do seu lado que do meu.

— Então por quê?

Ele se recosta. Deixa a ponta dos dedos se encontrarem e formarem um arco. Formam o arco. O discurso pronto deve começar agora.

— Nat, como você deve supor, de fato recebi, em caráter pessoal e estritamente confidencial, um aviso antecipado da decisão do subcomitê.

— Quando?

— Isso não é mesmo da sua conta. Posso continuar?

— Por favor.

— Florence, nós dois sabemos, não é o que podemos chamar de pessoa madura. Esse é o principal motivo pelo qual ela foi retida. Talentosa, ninguém discorda, muito menos eu. Entretanto, ficou evidente para mim na sua apresentação do projeto da Operação Rosebud que ela estava emocionalmente envolvida, e ouso dizer até *demais*, para o próprio bem dela e o nosso, com o resultado. Pensei que dando a ela uma prévia informal antes do anúncio oficial da decisão do subcomitê eu iria atenuar a decepção dela.

— Então você me mandou para Northwood enquanto passava a mão na cabeça dela. Muito atencioso.

Mas Dom não lida bem com ironia, muito menos quando ele é o alvo.

— No entanto, no plano geral, em relação à saída repentina dela da Central, devemos nos parabenizar — continua. — A reação que ela teve quanto à decisão do subcomitê de indeferir a Rosebud por motivos de interesse nacional foi desproporcional e histérica. O Serviço pode se considerar livre dela. Agora me fale de Pitchfork ontem. Uma atuação de Nat no antigo estilo virtuoso, se me permite. Como você interpreta as instruções dele vindas de Moscou?

O costume que Dom tem de pular de um assunto para o outro como recurso para evitar o fogo inimigo também me é familiar. No entanto, desta vez me fez um favor. Não me considero no geral dissimulado, mas Dom faz com que eu me aperfeiçoe. A única pessoa que me dirá o que se passou entre ele e Florence é Florence, mas ela não está disponível. Então, vamos em frente.

— Como *eu* interpreto as instruções dele? Melhor perguntar como o departamento da Rússia interpretaria — respondo com altivez para me igualar a ele.

— E como interpretaria?

Altivo mas também firme. Sou um veterano do departamento da Rússia jogando água fria no ardor de um colega inexperiente.

— Pitchfork é um espião infiltrado, Dom. Parece que você se esquece disso. Está aqui para agir a longo prazo. Faz um ano precisamente que ele se infiltrou, até agora inativo. Hora de o Centro de Moscou colocá--lo em ação, espanar a poeira, designar-lhe um teste e se certificar de que ele continua à disposição. Quando provar que está, é só voltar para York e ficar inativo de novo.

Ele demonstra estar pronto para argumentar, mas pensa melhor.

— Então a nossa tática, supondo que sua premissa esteja correta, o que aliás não aceito necessariamente, é *qual*, para ser exato? — pergunta com truculência.

— Observar e esperar.

— E nós, enquanto observamos e esperamos, devemos alertar o departamento da Rússia a respeito do que estamos fazendo?

— Se quiser que eles assumam o caso e removam o Geral de Londres, é um momento tão bom quanto qualquer outro — respondo.

Ele fica amuado e desvia o olhar, como se consultasse uma autoridade superior.

— Muito bem, Nat — diz, querendo me agradar —, vamos observar e esperar, como você sugere. Espero que me mantenha plenamente informado de todos os acontecimentos futuros, ainda que triviais, assim que ocorrerem. E obrigado por passar aqui — acrescenta, voltando aos papéis em cima da mesa.

— Entretanto — digo, sem me mexer na cadeira.

— Entretanto *o quê*?

— Há um subtexto nas instruções de Pitchfork que me sugere que *poderíamos* estar diante de muito mais que um simples teste para manter um agente infiltrado em alerta.

— Você acabou de dizer o contrário.

— Porque há um elemento na história de Pitchfork do qual você não está de modo algum ciente.

— Bobagem. *Qual* elemento?

— E esta não é a hora de tentar adicionar o seu nome, Dom, à lista de doutrinação, ou o departamento da Rússia vai precisar saber qual é o motivo. O que suponho que você, assim como eu, não iria querer.

— *Por que* não?

— Porque, se o meu palpite estiver certo, o que *poderíamos* ter diante de nós, passível de confirmação, seria uma chance preciosa para o Refúgio e o Geral de Londres montarem uma operação com os nossos dois nomes e nenhum subcomitê do Tesouro para derrubar. Conto com a sua atenção ou devo voltar quando for mais conveniente?

Ele suspira e empurra para o lado os papéis.

— Talvez você esteja bem familiarizado com o caso do meu ex-agente Pica-Pau? Ou você é muito jovem? — pergunto.

— Claro que estou *familiarizado* com o caso Pica-Pau. Eu li a respeito. Quem não leu? Trieste. O *rezident* deles, antigo KGB, veterano, disfarce consular. Você o recrutou em um jogo de badminton, que eu me lembre. Mais tarde, ele trocou de lado e voltou à oposição, se é que alguma vez a deixou. Algo de que você não se orgulha, suponho. Por que estamos de repente falando do Pica-Pau?

Para quem chegou depois, Dom fez seu dever de casa minuciosamente.

— Pica-Pau foi um informante confiável e valioso até o último ano em que trabalhou para nós — digo a ele.

— Se é o que você diz. Outros podem ter um ponto de vista diferente. Vamos ao cerne da questão, por favor?

— Eu gostaria de discutir as instruções do Centro de Moscou para Pitchfork com ele.

— Com *quem?*

— Com Pica-Pau. Saber a opinião dele. A visão de alguém de dentro.

— Você é louco.

— Talvez.

— Completamente pirado. Pica-Pau é oficialmente considerado nocivo. Significa que ninguém deste Serviço vai até lá sem o consentimento pessoal e por escrito do chefe do departamento da Rússia, que aliás está incomunicável em Washington. Pica-Pau não é confiável, tem duas caras e é seguramente um criminoso russo.

— Isso é um não?

— É um não, nem por cima do meu cadáver. Valendo a partir de agora. Preciso passar isso por escrito imediatamente, com cópia para o comitê disciplinar.

— Enquanto isso, com a sua permissão, eu gostaria de tirar uma semana de folga para jogar golfe.

— Você não joga merda nenhuma de golfe.

— E, caso Pica-Pau concorde em falar comigo, e se ele afinal tiver alguma visão interessante sobre as instruções do Centro de Moscou para Pitchfork, você *pode* acabar decidindo que deu ordens para que eu o visitasse, no fim das contas. Nesse ínterim, sugiro que pense duas vezes antes de escrever uma carta desaforada para o comitê disciplinar.

Estou de saída quando ele me chama de volta. Viro a cabeça, mas permaneço próximo à porta.

— Nat?

— Sim?

— O que acha que vai conseguir dele, afinal?

— Se eu tiver sorte, nada que eu ainda não saiba.

— Então por que ir?

— Porque ninguém aciona o Diretório de Operações com base em um palpite, Dom. O Diretório de Operações, como a inteligência acionável, se baseia em dois caminhos e preferivelmente em três. Chama-se *baseado em evidências*, caso o termo seja novo para você. O que significa que eles não ficam muito impressionados com as divagações egoístas de um agente empacado nos confins de Camden, *ou* com o seu chefe do Geral de Londres que, de certa forma, ainda não foi posto à prova.

— Você é louco — diz Dom outra vez, ao mesmo tempo que se refugia atrás das suas pastas.

★

Estou de volta ao Refúgio. Tentando reanimar as caras tristes da minha equipe, começo a trabalhar no rascunho de uma carta para meu ex-agente secreto Pica-Pau, conhecido também por Arkady. Escrevo na condição hipotética de secretário de um clube de badminton em

Brighton. Convido-o a trazer um time de jogadores mistos à nossa bela cidade costeira. Proponho datas e horários de jogos e ofereço hospedagem gratuita. O uso de palavras-código é mais antigo que a Bíblia e se baseia em entendimentos mútuos entre remetente e destinatário. O entendimento entre mim e Arkady em nada fica devendo a nenhum livro de códigos, e deve tudo ao conceito de que cada premissa contém em si o seu oposto. Logo, eu não o estava convidando, mas esperando um convite dele. As datas nas quais o suposto clube esperava receber os hóspedes eram aquelas em que eu esperava ser recebido por Arkady. Minhas ofertas de hospitalidade eram uma consulta respeitosa sobre a possibilidade de ele me receber e onde poderíamos nos encontrar. Os horários dos jogos indicavam que qualquer horário estava bom para mim.

Em determinado parágrafo, que se aproximava da realidade tanto quanto o disfarce permitia, eu o lembrei dos laços de amizade que por muito tempo existiram entre os nossos dois clubes, apesar das tensões em constante mudança no mundo, e assinei Nicola Halliday (Sra.), porque Arkady, durante os cinco anos de nossa colaboração, tinha me conhecido como Nick, a despeito do fato de meu nome verdadeiro ter sido ostentado na lista oficial de representantes consulares em Trieste. A Sra. Halliday não informou o endereço residencial. Arkady conhecia muitos lugares para onde poderia me escrever, caso ele quisesse.

Então me sentei e esperei, e me conformei com a longa espera, porque Arkady nunca tomava grandes decisões apressadamente.

*

Se por um lado eu estava apreensivo quanto a me arriscar com Arkady, meus embates de badminton com Ed e nossas panorâmicas políticas no *Stammtisch* se tornavam cada vez mais preciosas para mim — e isso apesar de Ed, para a minha relutante admiração, estar me derrotando com as mãos nas costas.

Parece que aconteceu da noite para o dia. De repente, ele passou a jogar mais rápido, mais solto, mais alegre, e a diferença de idade entre nós se tornou evidente. Levou uma ou duas sessões de jogo até que eu conseguisse apreciar objetivamente a evolução dele e, da melhor forma possível, me parabenizar pela minha participação nisso. Em circunstâncias diferentes, eu teria procurado um jogador mais novo para enfrentá-lo, mas, quando lhe propus isso, ele ficou tão ofendido que abandonei a ideia.

Os assuntos mais importantes da minha vida não eram tão fáceis de resolver. Todas as manhãs eu conferia os endereços de fachada da Central à procura da resposta de Arkady. Nada. E, se Arkady não era o problema, Florence era. Ela fizera amizade com Ilya e Denise, mas, mesmo que eu os pressionasse, eles não sabiam mais que o restante da equipe sobre o paradeiro dela ou o que andava fazendo. Se Moira sabia como entrar em contato com ela, eu seria a última pessoa a quem ela contaria. Todas as vezes que tentei imaginar como Florence, entre todos, pôde desistir dos seus agentes queridos, fracassei. Todas as vezes que tentei reconstruir o seu encontro inspirador com Dom Trench, fracassei de novo.

Depois de muito exame de consciência, tentei a sorte com Ed. A chance de sucesso era improvável e eu sabia. Segundo a minha história de disfarce improvisada, Florence e eu mal nos conhecíamos, além do encontro fictício no escritório fictício do meu amigo e uma partida de badminton com Laura. Por outro lado, tudo o que eu tinha a meu favor era um palpite cada vez mais forte de que os dois tinham sentido uma atração mútua imediata, mas, agora que eu estava ciente do estado de espírito de Florence quando ela apareceu no Atlético, era difícil imaginar que naquelas circunstâncias ela pudesse se sentir atraída por alguém.

Estamos sentados no *Stammtisch*. Terminamos nossos primeiros copos de cerveja e Ed buscou mais dois. Acabou de me dar uma surra de quatro a um, para sua compreensível satisfação, se não para a minha.

— Então, como foi o chinês? — perguntei-lhe, aproveitando a oportunidade.

— Que chinês? — Ed, como sempre, divagando.

— O restaurante Golden Moon no fim da rua, pelo amor de Deus. Aquele aonde íamos todos jantar até que eu tive que sair correndo para resolver um negócio no trabalho, lembra?

— Ah, sim, claro. Ótimo. Ela adorou o pato. Laura. Gostou demais. Os garçons a paparicaram.

— E a jovem? Como era mesmo o nome? Florence? Gente boa?

— Ah, sim, claro. Florence. Ótima também.

Está reticente comigo ou é o seu jeito indelicado de sempre? Continuo tentando mesmo assim:

— Por acaso não tem o número do telefone dela? Meu colega me ligou, aquele para o qual ela estava trabalhando temporariamente. Disse que ela era ótima e que ele tinha em mente oferecer a ela um emprego integral, mas a agência não está colaborando.

Ed pondera o que falei por algum tempo. Franze a testa. Procura se lembrar de alguma coisa ou faz uma encenação.

— Não, quer dizer, eles não iriam colaborar, não é? — concorda comigo. — Aqueles caras da agência, se pudessem, iriam mantê-la sob controle, amarrada pelo resto da vida. É. Infelizmente, não posso ajudar quanto a isso. Não. — Então segue uma diatribe sobre o nosso atual ministro das Relações Exteriores. — Aquele elitista saído do Eton narcisista de merda, sem uma convicção decente a não ser que sirva para seu proveito. — Et cetera.

*

Se existe algum consolo nesse período de espera interminável, além de nossas sessões de badminton nas noites de segunda-feira, é Sergei, também conhecido por Pitchfork. Da noite para o dia, tornou-se o agente secreto mais aclamado do Refúgio. No dia em que encerrou o semestre na universidade, Markus Schweizer, jornalista freelance suíço, passou a residir no primeiro dos três bairros indicados no norte de Londres. Seu objetivo, logo aprovado por Moscou, é analisar cada bairro e fazer um relatório. Sem Florence para lhe oferecer como guardiã, indiquei Denise, educada em escola pública, obcecada desde a infância por tudo que fosse da Rússia. Sergei se afeiçoou a ela como se ela fosse a sua irmã perdida. Para aliviar o fardo de Denise, aprovei o apoio de outros membros da equipe do Refúgio. O disfarce deles não é problema. Podem se intitular aspirantes a repórter, atores desempregados, ou coisa nenhuma. Mesmo que a *rezidentura* londrina de Moscou destacasse toda a sua cavalaria de contravigilância, sairia de mãos vazias. As incessantes exigências de Moscou por detalhes das localizações poderiam sobrecarregar o mais diligente espião infiltrado, mas Sergei é páreo para eles, e Denise e Ilya estão à disposição para auxiliá-lo. As fotos solicitadas são tiradas somente com o telefone celular de Sergei. Nenhum detalhe topográfico é irrelevante para Anette ou Anastássia. Sempre que chega uma nova série de exigências do Centro de Moscou, Sergei faz o rascunho dos relatórios em inglês e cabe a mim aprová-los. Traduz para o russo e eu aprovo o texto em russo antes que seja codificado por Sergei, que utiliza algum bloco de cifra de uso único da sua coleção. Desse modo, Sergei se torna teoricamente responsável por seus próprios erros, e a correspondência arisca com o Centro tem um toque de autenticidade. O departamento de Falsificação fez um excelente trabalho quanto ao convite da Faculdade de Física da Universidade de Harvard. Barry, o amigo de Sergei, fica devidamente espantado. Graças à atuação de Bryn Jordan em Washington, um professor de física de Harvard vai responder a qualquer pergunta aleatória que vier de Barry ou de qualquer lugar. Envio a Bryn uma nota pessoal agradecendo-lhe o seu trabalho, mas não recebo resposta.

Então, a espera outra vez.

Esperando que o Centro de Moscou deixe de hesitações e determine um local específico na região norte de Londres. Esperando que Florence apareça e me diga o que a fez abandonar seus colegas agentes e sua carreira. Esperando que Arkady saia de cima do muro. Ou não.

Então, como é de esperar, tudo começou a acontecer ao mesmo tempo. Arkady respondeu; não se pode dizer que foi de forma entusiasmada, mas ainda assim uma resposta. E não para Londres, mas para seu endereço de fachada preferido em Bern: um envelope comum endereçado a N. Halliday, selo tcheco, tipografia eletrônica, e no seu interior um cartão-postal com a foto do resort-spa tcheco Karlovy Vary e um panfleto em russo de um hotel a dez quilômetros de distância da mesma cidade. E, dobrado dentro do panfleto do hotel, um formulário de reserva com quadrados para marcar: datas pretendidas, hospedagem, hora prevista de chegada, alergias. Xis digitados nos quadrados me informam que a expectativa é de que eu faça o check-in às dez horas da noite na próxima segunda. Considerando a proximidade de nosso relacionamento anterior, teria sido difícil imaginar uma resposta mais relutante, mas ao menos diz "venha".

Usando meu passaporte não cancelado, com o pseudônimo de Nicholas George Halliday — eu deveria ter devolvido o documento quando retornei à Inglaterra, mas ninguém solicitou —, reservo um voo a Praga para segunda-feira de manhã e faço o pagamento com o meu cartão de crédito pessoal. Mando um e-mail para Ed, lamentando cancelar nosso compromisso de badminton. Ele responde dizendo "Medroso".

Na sexta-feira à tarde, recebo uma mensagem de texto de Florence no meu celular pessoal. Diz que podemos "conversar se você quiser" e me oferece um número que não é o que usou para enviar a mensagem. Ligo de um celular pré-pago, caio na caixa postal e percebo que me sinto aliviado de não falar com ela diretamente. Deixo uma mensagem dizendo que farei uma nova tentativa dentro de alguns dias e fico com a sensação de não estar me reconhecendo.

Às seis horas da mesma noite mando um "aviso geral" para o Refúgio, com cópia para os recursos humanos, informando que vou tirar uma licença de trabalho por motivos familiares de 25 de junho a 2 de julho. Se estou imaginando quais motivos familiares teriam me requisitado, não preciso ir muito além de Steff, que, depois de semanas sem dar notícias, anunciou que virá almoçar conosco no domingo com "uma pessoa vegetariana". Há momentos que são feitos para reconciliações cautelosas. No meu entender, este não é um deles, mas reconheço o meu dever quando chega a hora.

★

Estou no nosso quarto, fazendo as malas para Karlovy Vary, procurando etiquetas de lavanderia na minha roupa ou qualquer detalhe que não deveria pertencer a Nick Halliday. Prue, que teve uma longa conversa com Steff por telefone, sobe para me ajudar a fazer a mala e me fala como foi. Sua pergunta inicial não busca harmonia.

— Você *realmente* precisa levar equipamento de badminton para Praga?

— Espiões tchecos jogam badminton o tempo todo — respondo. — *Garoto* vegetariano ou *garota* vegetariana?

— Garoto.

— Alguém que já conhecemos ou ainda por conhecer?

Houve precisamente dois entre os muitos namorados de Steff com os quais me entendi bem. Os dois se revelaram gays.

— Esse é *Juno*, se você se lembra do nome, e eles vão viajar juntos para o Panamá. Juno é a abreviação de Junaid, ela me disse, que significa *lutador*, parece. Não sei se esse detalhe o torna mais interessante para você.

— Talvez.

— De Luton. Às três da manhã. Então não vão passar a noite conosco, sei que vai ser um alívio para você.

Ela está certa. Um novo namorado no quarto de Steff e fumaça de maconha escapando por baixo da porta não combinam com a minha visão de bem-estar familiar, muito menos quando estou fazendo as malas para Karlovy Vary.

— Mas que ideia! Que tipo de pessoa vai para o Panamá? — pergunto, irritado.

— Bom, acho que Steff. E vai com tudo.

Sem entender a sua intenção, volto-me bruscamente e olho para ela.

— O que quer dizer? Ela vai para não voltar? — E percebo que ela está sorrindo.

— Sabe o que ela me disse?

— Ainda não.

— Que podíamos fazer uma quiche juntas. Steff e eu. Só nós duas. Uma quiche para o almoço. Juno adora aspargos, e não devemos falar do islã, porque ele é muçulmano e não bebe.

— Perfeito.

— Deve ter uns cinco anos que eu e Steff não cozinhamos *nada* juntas. Ela pensava que vocês homens é que deviam ficar na cozinha, lembra? E nós não.

Entrando o máximo possível no clima, vou ao supermercado, compro manteiga sem sal e pão irlandês, os dois elementos básicos da dieta gastronômica de Steff, e, para me redimir da minha grosseria, uma garrafa de champanhe gelado, mesmo que Juno não possa beber. E, se Juno não pode, meu palpite é de que Steff também não possa, porque a essa altura ela provavelmente está a ponto de se converter ao islamismo.

Volto das compras e encontro o casal de pé no hall de entrada. Duas coisas acontecem, então, ao mesmo tempo. Um jovem indiano gentil e bem-vestido se aproxima e toma das minhas mãos as sacolas de compra. Steff me abraça, enfia a cabeça no canto do meu ombro e permanece ali, então se afasta e diz:

— Pai! *Olha*, Juno, ele não é *demais*?

O gentil indiano se aproxima outra vez, agora para ser apresentado formalmente. Nesse momento, observo um anel que parece sério no dedo anelar de Steff, mas já aprendi que com ela é melhor esperar até eu ser informado.

As mulheres vão para a cozinha preparar a quiche. Abro o champanhe e ofereço a cada uma delas uma taça, volto à sala de estar e ofereço a Juno uma taça também, porque nem sempre tomo literalmente as orientações de Steff quanto aos seus namorados. Ele aceita sem objeção e espera que eu o convide a se sentar. É um novo território para mim. Ele diz que receia que tudo tenha nos surpreendido. Garanto a ele que, vindo de Steff, nada nos surpreende, e ele parece aliviado. Pergunto por que o Panamá? Ele explica que é formado em zoologia, e o Smithsonian o convidou a conduzir uma pesquisa de campo sobre grandes morcegos na ilha de Barro Colorado, no canal do Panamá, e Steff vai junto para conhecer.

— Mas só se eu estiver livre de bactérias, pai. — Steff entra na conversa, de avental, enfiando a cabeça pela porta. — Tenho que ser dedetizada e não posso respirar em cima de nada, nem posso usar meus sapatos novos de piranha, posso, Juno?

— Ela pode usar os sapatos que quiser, mas precisa usar protetores — explica-me Juno —, e ninguém é dedetizado. Isso é só história, Steff.

— E temos que ficar de olho nos crocodilos na hora de desembarcar, mas Juno vai me carregar, não vai, Juno?

— E privar os crocodilos de uma refeição completa? Claro que não. Estamos lá para preservar a natureza.

Steff dá uma gargalhada e fecha a porta. Durante o almoço, ela exibe o anel de noivado, mas principalmente para que eu saiba, porque já contou tudo para Prue na cozinha.

Juno diz que vão esperar até que Steff termine a graduação, o que vai demorar mais porque ela mudou de curso e foi para medicina. Steff ainda não tinha nos contado, mas Prue e eu já aprendemos também a não exagerar ao reagir às suas revelações sobre mudanças de vida.

Juno pretendia pedir a mim formalmente a mão de Steff em casamento, mas Steff insistiu em que sua mão é propriedade dela e de mais ninguém. Ele faz o pedido mesmo assim, do outro lado da mesa, e eu digo que a decisão é exclusivamente deles e que devem levar o tempo que precisarem. Ele promete que sim. Querem filhos — "seis", acrescenta Steff —, mas só no futuro, e, enquanto isso, Juno gostaria de nos apresentar aos seus pais, ambos professores em Mumbai e planejam visitar a Inglaterra perto do Natal. E Juno gostaria de saber, por gentileza, qual é a minha profissão, porque Steff falou vagamente, e os pais dele certamente vão querer saber. Seria serviço *civil* ou serviço *social*? Steff parecia na dúvida.

Relaxada do outro lado da mesa, uma das mãos no queixo e a outra entregue a Juno, Steff aguarda a minha resposta. Não esperava que ela guardasse para si a nossa conversa no teleférico e me pareceu inadequado pedir isso. Mas é evidente que guardou.

— Ah, *civil* — declaro, com uma risada. — Na verdade, funcionário público no *exterior*. Vendedor ambulante para a rainha com um toque de status diplomático, para resumir.

— Quer dizer consultor comercial? — pergunta Juno. — Posso dizer a eles consultor comercial britânico?

— Sim — confirmo. — Consultor comercial repatriado e encostado.

E Prue diz:

— Bobagem, querido. Nat sempre se subestima.

E Steff diz:

— Ele é um servidor leal da Coroa, Juno, e um puta servidor, não é, pai?

Quando vão embora, Prue e eu comentamos que talvez tenha sido tudo meio um conto de fadas, mas, se eles dois terminarem amanhã, Steff terá virado uma página e se tornará a garota que sempre soubemos que ela era. Depois de lavar a louça, vamos cedo para a cama, porque precisamos fazer amor e eu tenho que pegar um voo de madrugada.

— Então quem você escondeu em Praga? — pergunta Prue maliciosamente, na soleira da porta.

Eu disse a ela que era Praga e uma conferência. Não disse que era Karlovy Vary e uma caminhada no bosque com Arkady.

★

Se deixei por último qualquer informação desse período aparentemente interminável, é porque no momento em que ocorreu não lhe dei importância. Na tarde de sexta, enquanto o Refúgio se preparava para o fim de semana, o setor de Pesquisa Doméstica, notoriamente lento, revelou suas descobertas em relação aos três bairros da zona norte de Londres da lista de Sergei. Depois de uma série de observações inúteis sobre rede fluvial, igrejas, rede elétrica, lugares de interesse histórico e arquitetônico, assinalaram em uma nota de rodapé que todos os três "bairros sob análise" estavam ligados pela mesma ciclovia, partindo de Hoxton até o centro de Londres. Para facilitar, anexaram um mapa em grande escala com a ciclovia marcada de cor-de-rosa. Está diante de mim enquanto escrevo.

II

Pouco tem sido escrito, e espero que continue assim, sobre agentes secretos que dedicam os melhores anos de sua vida espionando por nós, recebem salários, gratificações, um pacote de indenização robusto, e, sem alvoroço, sem se expor ou desertar, aposentam-se para enfim levar uma vida pacata no país que traíram com lealdade, ou em algum outro ambiente igualmente benigno.

O homem era Pica-Pau, ou Arkady, antigo chefe da *rezidentura* do Centro de Moscou em Trieste, meu ex-adversário de badminton e ex-agente britânico. Descrever seu autorrecrutamento para a causa da democracia liberal é traçar a jornada turbulenta de um homem essencialmente honesto — na minha visão, mas não na de todos, é claro — amarrado desde o nascimento à montanha-russa que é a história da Rússia contemporânea.

O menino de rua, filho ilegítimo de uma prostituta de Tbilisi, de origem judaica, e de um padre da Igreja ortodoxa da Geórgia, é criado em segredo na fé cristã e depois descoberto por seus professores marxistas, que o consideram um aluno extraordinário. Ele desenvolve uma nova cabeça e se converte instantaneamente ao marxismo-leninismo.

Aos 16 anos é novamente descoberto, dessa vez pelo KGB, treinado como agente secreto e incumbido de se infiltrar entre elementos da contrarrevolução cristã, no norte de Ossétia. Como antigo cristão, e talvez atual, é bem qualificado para a tarefa. Muitos dos que ele entrega são fuzilados.

Em reconhecimento ao bom trabalho, é indicado para o mais baixo escalão do KGB, onde conquista a reputação de ser obediente e praticar a "justiça sumária". Isso não o impede de frequentar cursos noturnos sobre a alta dialética marxista ou de aprender línguas estrangeiras, que o qualificam para o trabalho de Inteligência no exterior.

É despachado para missões em território estrangeiro, auxilia em "medidas extralegais", eufemismo para assassinato. Antes de ficar muito marcado, é novamente chamado a Moscou para ser treinado nas artes mais delicadas da falsa diplomacia. Na condição de soldado raso da espionagem, sob disfarce diplomático, serve em *rezidenturas* de Bruxelas, Berlim e Chicago, envolve-se em reconhecimento de campo e contravigilância, presta serviço a agentes com os quais nunca se encontra, instala e extrai informações de incontáveis *dead letter boxes* e continua a participar da "neutralização" de inimigos reais ou imaginários do Estado soviético.

Não obstante, com o avanço da maturidade, nenhum zelo patriótico consegue impedir que ele embarque em uma reavaliação interna da trajetória de sua vida, desde a mãe judia até sua incompleta renúncia ao cristianismo e a precipitada adoção do marxismo-leninismo. E, mesmo quando o Muro de Berlim cai, sua visão de uma era de ouro da democracia liberal no estilo russo, do capitalismo popular e da prosperidade para todos surge dos escombros.

Mas qual é o papel que o próprio Arkady vai desempenhar nessa tardia regeneração da pátria mãe? Ele vai ser o que sempre foi: seu fiel escudeiro e protetor. Vai resguardá-la dos sabotadores e dos aproveitadores, sejam eles estrangeiros ou nativos. Compreende a transitoriedade da história. Nada dura se ninguém lutar por isso. O KGB não existe mais: bom. Um serviço de espionagem novo e idealista protegerá todo o povo da Rússia, não somente seus líderes.

É necessário que seu antigo camarada de armas Vladimir Putin crie o desencantamento final, primeiro com a repressão dos anseios da Tchetchênia pela independência, em seguida de sua adorada Geórgia. Putin sempre foi um espião de quinta categoria. Agora era um espião transformado em autocrata que interpretava toda a vida nos termos de *konspiratsia*. Graças a Putin e sua gangue de stalinistas irrecuperáveis, a Rússia não avançava para um futuro brilhante, mas para trás, de volta para seu passado obscuro e delirante.

— Você é o homem de Londres? — berra no meu ouvido em inglês.

Somos dois diplomatas, tecnicamente cônsules, um russo, um inglês, sentados diante da dança da festa de Ano-Novo do principal clube esportivo de Trieste, onde, no decorrer de três meses, jogamos cinco partidas de badminton. É inverno de 2008. Depois dos acontecimentos de agosto, a Geórgia está com a arma de Moscou apontada para a sua cabeça. A banda toca sucessos dos anos sessenta com brio. Nenhum bisbilhoteiro ou microfone escondido teria qualquer chance ali. O motorista e guarda-costas de Arkady, que no passado tinha assistido da arquibancada aos nossos jogos e até nos acompanhava ao vestiário, nessa noite se diverte com uma nova amiga do outro lado da pista de dança.

Devo ter dito "sim, sou o homem de Londres", mas não consegui me ouvir com todo o barulho. Desde nossa terceira partida de badminton, quando de improviso fiz minha proposta a ele, esperava por esse momento. É óbvio para mim que Arkady também estava esperando por isso.

— Então diga a Londres que ele está disposto — ordena a mim.

Ele? Quer dizer o homem que ele em breve será.

— Ele só trabalha para você — continua, ainda em inglês. — Vai jogar com você aqui de novo daqui a quatro semanas com muito ressentimento, à mesma hora, só jogo de simples. Vai desafiá-lo oficialmente por telefone. Diga a Londres que ele precisa de raquetes iguais com cabos ocos. Essas raquetes serão trocadas no momento adequado no vestiário. Você vai providenciar isso para ele.

O que ele quer em troca?, pergunto.

— Liberdade para o seu povo. Todo o povo. Ele não é materialista. É idealista.

Se alguma vez um homem se recrutou com mais doçura, eu ainda não ouvi falar. Depois de dois anos em Trieste, nós o perdemos para o Centro de Moscou, quando ele era o braço direito no departamento deles do norte da Europa. Enquanto esteve em Moscou, recusou o contato. Quando foi enviado para Belgrado sob o disfarce cultural, meus chefes no departamento da Rússia não queriam me ver seguindo-o de perto, então me fizeram cônsul comercial em Budapeste e de lá eu dirigi suas atividades.

Foi só nos últimos anos de sua carreira que nossos analistas começaram a detectar sinais, primeiramente de exageros, depois de absoluta invenção nos seus relatórios. Levaram a coisa mais a sério que eu. Para mim, era apenas mais um caso de agente secreto ficando velho e cansado, perdendo a fibra, mas sem querer cortar o cordão. Foi só depois que os dois chefes de Arkady — o Centro de Moscou ostensivamente e nós de modo bem mais discreto — felicitaram-no e o condecoraram em reconhecimento à sua dedicação altruísta às nossas respectivas causas que soubemos por outras fontes que, à medida que suas duas carreiras chegavam ao fim, ele estabeleceu cuidadosamente as bases de uma terceira: recolhendo uma fatia da riqueza criminal do seu país em uma escala que nem os seus financiadores russos nem os ingleses, por mais generosos que fossem, poderiam sonhar.

*

O ônibus de Praga mergulha ainda mais na escuridão. As colinas escuras de cada lado se erguem cada vez mais no céu noturno. Não tenho medo de altura, mas não gosto de profundidade, e me pergunto o que estou fazendo neste lugar e como foi que me convenci a fazer uma viagem arriscada que não teria feito de boa vontade dez anos atrás, nem desejaria para um colega que tivesse metade da minha idade. Em cursos de treinamento para agentes de campo, tomando uísque no fim de um longo dia, costumávamos abordar o fator medo: como avaliar os imprevistos e calcular o medo em relação a eles; só que não dizíamos medo, dizíamos coragem.

O ônibus se enche de luz. Entramos na via principal para Karlovy Vary, antiga Carlsbad, spa muito apreciado pela *nomenklatura* russa desde Pedro, o Grande, e hoje em dia a ela pertencente. Hotéis resplandecentes, balneários, cassinos e joalherias com vitrines fulgurantes passam serenamente dos dois lados do ônibus. Entre eles corre um rio e acima dele há uma nobre passarela. Vinte anos atrás, quando cheguei aqui para me encontrar com um agente tchetcheno que estava aproveitando um merecido feriado com a amante, a cidade ainda estava se desfazendo da tinta acinzentada e tediosa do comunismo soviético. O hotel mais imponente era o Moskva, e o único luxo disponível era nas antigas e isoladas casas de repouso, onde alguns anos atrás os escolhidos do Partido e suas ninfas se divertiam fora do alcance do olhar proletário.

São nove e dez. O ônibus estacionou no terminal. Desembarco e começo a caminhar. Jamais dê a entender que não sabe aonde vai. Nunca pareça ocioso. Sou um turista recém-chegado. Sou pedestre, o mais inferior dos inferiores. Estou avaliando os arredores como faria qualquer turista. Tenho uma bolsa de viagem pendurada no ombro com o cabo da minha raquete de badminton saliente. Sou um daqueles ridículos ingleses de classe média que ficam passeando, só que não levo um guia de turismo dentro de um invólucro de plástico pendurado no pescoço. Estou admirando um pôster do festival de cinema de Karlovy Vary. Talvez devesse comprar um ingresso. O pôster seguinte anuncia as propriedades curativas dos famosos banhos. Nenhum pôster avisa que a cidade é também conhecida por ser o poço escolhido pela melhor classe do crime organizado da Rússia.

O casal à minha frente é incapaz de andar num ritmo aceitável. A mulher atrás de mim carrega uma bolsa feita de tapeçaria volumosa. Percorri um lado da avenida principal. É hora de cruzar a passarela e passear do outro lado. Sou um inglês no exterior fingindo que não consegue se decidir se compra para a esposa um relógio de ouro da Cartier, uma camisola da Dior, um colar de diamantes ou a reprodução de um conjunto de móveis da Rússia imperial no valor de cinquenta mil dólares.

Cheguei ao átrio reluzente do Grande Hotel e Cassino Pupp, anteriormente o Moskva. As bandeiras iluminadas de todas as nações tremulam com a brisa noturna. Admiro as placas de metal no pavimento gravadas com os nomes de convidados ilustres do passado e do presente. Goethe esteve ali! Sting também! Penso que é hora de pegar um táxi e vejo um estacionando a menos de cinco metros de onde estou.

Uma família de alemães desce do carro. Conjunto de malas combinando, com estampa xadrez. Duas bicicletas para crianças, novas em folha. O motorista faz sinal com a cabeça para mim. Ocupo o assento ao lado dele e jogo minha bolsa no banco de trás. Ele fala russo? Fecha a cara. *Niet.* Inglês? Alemão? Um sorriso e balança a cabeça. Tcheco eu não falo. Percorrendo ruas tortuosas sem iluminação, subimos as colinas arborizadas, em seguida fazemos uma descida íngreme. Um lago surge à direita. Um carro com farol alto vem em nossa direção na pista errada. Meu motorista se mantém firme na sua pista. O carro desvia.

— Rússia *rica* — diz o motorista, sibilando. — Gente tcheca *não rica.*
Sim! — E, ao dizer *sim,* pisa no freio e vira o carro para o que entendo
ser um acostamento, até que um fogo cruzado de luzes de segurança
nos paralisa.

O motorista baixa o vidro e grita alguma coisa. Um rapaz loiro de
vinte e poucos anos, com uma cicatriz no rosto que parece uma estrela-
-do-mar, coloca a cabeça dentro do carro, olha para a minha mala com
etiqueta da British Airways e depois para mim.

— Seu nome, por gentileza, senhor? — pergunta em inglês.

— Halliday. Nick Halliday.

— Sua empresa, por gentileza?

— Halliday & Cia.

— Por que o senhor veio a Karlovy Vary, por gentileza?

— Para jogar badminton com um amigo.

Ele dá uma ordem ao motorista em tcheco. Dirigimos ainda uns vinte
metros, passamos por uma mulher bem idosa usando lenço na cabeça
e empurrando um andador com rodinhas. Paramos em frente a uma
construção que parece um casarão de fazenda, com colunas jônicas de
mármore no pórtico, tapete dourado e cordões de isolamento de seda
vermelha. Dois homens de terno estão de pé no primeiro degrau. Pago
o motorista, retiro minha mala do banco de trás e, sob o olhar sem vida
dos dois homens, subo a escada dourada até o saguão e sinto cheiro de
suor humano, óleo diesel, blend de tabaco e perfume feminino, o que
deixa claro para todo russo que ele está em casa.

Fico debaixo de um candelabro enquanto uma jovem sem expressão
vestindo um terninho preto examina meu passaporte abaixo do meu
campo de visão. Do outro lado de uma divisória de vidro, em um bar
cheio de fumaça, onde se lê "Lotado", um velho com um chapéu cazaque
fala com desenvoltura para uma plateia de discípulos orientais admirados,
todos são homens. A moça no balcão olha por cima do meu ombro.
O rapaz loiro com a cicatriz está atrás de mim. Deve ter me seguido
quando subi pelo tapete dourado. Ela lhe entrega meu passaporte, ele
o abre, compara a foto com o meu rosto e diz:

— Siga-me, por favor, Sr. Halliday.

127

Então me conduz a um escritório amplo, onde se vê um afresco de moças nuas e portas francesas que dão para o lago. Conto três cadeiras vazias diante de três computadores, dois espelhos compridos, uma pilha de caixas de papelão presas por um barbante cor-de-rosa e dois rapazes em forma usando jeans, tênis e cordões de ouro no pescoço.

— É uma formalidade, Sr. Halliday — diz o rapaz, assim que os homens se movem na minha direção. — Passamos por algumas experiências ruins. Lamentamos por isso.

Nós, Arkady? Ou nós, a máfia azerbaijana, que, de acordo com o arquivo do Escritório Central que consultei, construiu o lugar com o lucro obtido com tráfico humano? Trinta e poucos anos atrás, segundo o mesmo arquivo, mafiosos da Rússia chegaram a um acordo de que Karlovy Vary era um lugar bonito demais para matarem uns aos outros ali. Melhor mantê-lo como um paraíso seguro para o nosso dinheiro, para as nossas famílias e para as nossas amantes.

Os homens querem minha bolsa de viagem. O primeiro está de mãos estendidas para pegá-la, o segundo fica de prontidão. O instinto me diz que não são tchecos, mas russos, provavelmente ex-integrantes das forças especiais. Se sorrirem, tenha cuidado. Entrego a minha bolsa. Pelo espelho, vejo que o rapaz com a cicatriz é mais novo do que pensei e suponho que esteja apenas representando o papel de valente. Mas os dois homens que examinam minha mala de viagem não precisam representar. Apalparam o forro, abriram minha escova de dentes elétrica, cheiraram minhas camisas, apertaram a sola dos meus tênis. Cutucaram o cabo da minha raquete de badminton, desenrolaram metade da proteção da empunhadura, deram pancadinhas, sacudiram e fizeram uns movimentos com ela. Foram instruídos a agir dessa forma, ou será o instinto que os orienta: se estiver em algum lugar, é aqui, seja lá *o que* for?

Agora enfiam tudo de volta na minha bolsa e o rapaz da cicatriz os ajuda, tentando organizar melhor. Querem me apalpar de cima a baixo. Ergo os braços, não até em cima, apenas um sinal de que estou pronto para que se aproximem. Algum detalhe no meu gesto faz o primeiro homem me reavaliar, então se aproximar mais cautelosamente enquanto o amigo fica a postos um passo atrás dele. Braços, axilas, cinto, área do tórax, me faz dar meia-volta, apalpa minhas costas. Depois fica de joelhos enquanto toca minha virilha e a parte interna das coxas e fala com o rapaz em russo, e eu sendo britânico e um simples jogador de badminton demonstro não entender. O garoto com a cicatriz de estrela--do-mar traduz:

— Querem que o senhor, por favor, tire os sapatos.

Desamarro os sapatos, entrego a eles. Cada um pega um pé de sapato, ambos dobram, passam a mão e devolvem o par. Calço-os de novo.

— Eles perguntam, por favor: por que o senhor não tem celular?

— Deixei em casa.

— Por quê, por favor?

— Gosto de viajar desacompanhado — respondo jocosamente.

O rapaz traduz. Ninguém sorri.

— Eles pedem também que eu pegue seu relógio de pulso, caneta e carteira e os devolva quando o senhor estiver de saída — diz o rapaz.

Entrego-lhe minha caneta e carteira e solto o meu relógio de pulso. Os homens fazem expressão de desprezo. É um relógio barato, japonês, que vale cinco libras. Continuam a me examinar com o olhar, como se sentissem que não fizeram o suficiente.

O rapaz, com surpreendente autoridade, fala rispidamente com eles em russo:

— Certo. Feito. Acabou.

Dão de ombros, fazem cara de dúvida e desaparecem pelas portas francesas, deixando-me sozinho com o rapaz.

— Vai jogar badminton com o meu pai, Sr. Halliday? — pergunta o rapaz.

— Quem é o seu pai?

— Arkady. Eu sou o Dimitri.

— Bem, prazer em conhecê-lo, Dimitri.

Trocamos um aperto de mão. A de Dimitri está úmida e a minha deveria estar. Estou falando de verdade com o filho do mesmo Arkady que no dia em que o recrutei formalmente jurou de pés juntos que jamais traria uma criança a este mundo abominável e podre. Será que Dimitri é adotado? Ou será que Arkady sempre teve um filho escondido e tinha vergonha de pôr a vida futura do filho em risco ao espionar para nós? No balcão, a moça com o terninho preto me oferece a chave de um quarto com uma placa de metal onde se vê a imagem de um rinoceronte, mas Dimitri lhe diz em inglês formal:

— Meu hóspede vai retornar mais tarde. — Então desce comigo pelo tapete dourado até um Mercedes 4x4 e me convida a me sentar no banco do carona.

— Meu pai pede que o senhor seja discreto, por favor — diz ele.

Um segundo carro nos segue. Vi somente os faróis. Prometo ser discreto.

★

Seguimos morro acima durante trinta e seis minutos, conforme o relógio do Mercedes. A estrada novamente se torna íngreme e sinuosa. Levou algum tempo até Dimitri começar a me questionar.

— O senhor conhece meu pai há muitos anos.

— Há uns bons anos, sim.

— Naquela época ele estava com os organos? — *Organy* russo, serviço secreto.

Dou risada.

— Eu só sabia que ele era um diplomata que adorava jogar badminton.

— E o senhor? Naquela época?

— Eu também era diplomata. Na esfera comercial.

— Foi em Trieste?

— E outros lugares. Onde pudéssemos nos encontrar e achar uma quadra.

— Mas faz muitos anos que não joga badminton com ele?

— Sim. Faz tempo.

— E agora vocês dois têm negócios juntos. Ambos são homens de negócios.

— Mas isso é informação muito confidencial, Dimitri — aviso, à medida que a narrativa do disfarce de Arkady para o filho fica evidente para mim. Eu me pergunto o que ele está fazendo da vida.

— Logo vou para a Universidade de Stanford, na Califórnia.

— Para estudar o quê?

— Pretendo ser biólogo marinho. Já estudei isso, inclusive, na Estatal de Moscou, também em Besançon.

— E antes disso?

— O meu pai queria que eu fosse estudar no Eton College, mas ele não aprovou o sistema de segurança. Por isso, frequentei uma escola na Suíça, onde a segurança era mais apropriada. O senhor é um homem incomum, Sr. Halliday?

— Por que pergunta?

— Meu pai o respeita muito. Isso não é comum. Ele também diz que o senhor fala russo perfeitamente, mas o senhor não me revelou isso.

— Mas isso é porque você quer praticar o seu inglês, Dimitri! — insisto de um jeito brincalhão, e tenho a visão de Steff usando óculos de proteção ao meu lado no teleférico.

*

Paramos em um posto de controle na estrada. Dois homens gesticulam e nos mandam parar, nos observam e com um aceno de cabeça nos mandam prosseguir. Nenhuma arma visível. Os russos de Karlovy Vary são cidadãos cumpridores da lei. Armas ficam fora do campo de visão. Continuamos até chegar a um portão com duas colunas de pedra no estilo *jugendstil* do tempo do império Habsburgo. Luzes de segurança se acendem, câmeras nos espiam, movendo-se para baixo, ao mesmo tempo que outros dois homens surgem de uma guarita, acendem lanternas desnecessárias na nossa direção e mais uma vez acenam para que sigamos em frente.

— Você está bem protegido — digo a Dimitri.

— Infelizmente, isso também é necessário — responde ele. — Meu pai ama a paz, mas esse amor nem sempre é correspondido.

À esquerda e à direita, cercas elétricas se entrelaçam nas árvores. Um cervo ofuscado pela luz do farol bloqueia o caminho. Dimitri buzina, e o animal salta para a escuridão. Mais adiante, surge um casarão com torres, em parte chalé de caça, em parte estação de trem bávara. No térreo, com janelas envidraçadas sem cortinas, há um vaivém de figuras imponentes. Mas Dimitri não está se dirigindo ao casarão. Segue por um caminho na floresta. Passamos por casas de trabalhadores e chegamos a um pátio de fazenda calçado, com estábulos de um lado, e do outro, um celeiro sem janelas, revestido de tábuas pretas. Ele para o carro, estica o braço até o meu lado e abre a porta.

— Bom jogo, Sr. Halliday.

E vai embora de carro. Estou de pé no centro do pátio. Uma meia-lua surge por cima do cume das árvores. Sob o luar, percebo dois homens de pé em frente à entrada fechada do celeiro. A porta se abre para fora. Um intenso facho de luz de lanterna me deixa momentaneamente cego, ao mesmo tempo que a voz suave falando russo com sotaque da Geórgia me chama da escuridão:

— Vai entrar para jogar ou vou ter que acabar com você aí mesmo?

Sigo para a frente. Os dois homens sorriem educadamente e se afastam para eu passar. A porta se fecha atrás de mim. Estou sozinho em um corredor branco. À minha frente há uma segunda porta, aberta, que leva a uma quadra de badminton com grama sintética. Diante de mim está a figura elegante, compacta, nos seus 60 anos, de meu ex-agente Arkady, codinome PICA-PAU, vestindo agasalho esportivo. Pés pequenos cuidadosamente afastados, braços meio erguidos em posição de combate. A ligeira inclinação para a frente de marujo ou de lutador. Cabelo curto e grisalho, o pouco que resta dele. O mesmo olhar incrédulo e maxilar contraído, as rugas agora mais acentuadas. O mesmo sorriso retesado, tão indecifrável quanto anos antes, na noite em que me dirigi a ele durante um coquetel para diplomatas em Trieste e o desafiei para um jogo de badminton.

Sinaliza para mim com um ligeiro movimento de cabeça, então se vira de costas e caminha em ritmo marcial. Sigo-o atravessando a quadra e subimos uma escada vazada de madeira que leva a uma arquibancada superior. Quando chegamos à arquibancada, ele destranca uma porta, gesticula para que eu entre e a tranca novamente. Subimos outra escada de madeira até uma sala comprida no sótão, e ao fim dela há uma porta de vidro, bem na empena. Ele destranca a porta e saímos para uma sacada coberta com trepadeiras. Tranca novamente a porta e diz uma palavra em russo no smartphone:

— Dispensados.

Duas cadeiras de madeira, uma mesa, uma garrafa de vodca, copos, um prato com pão preto e a meia-lua nos iluminando. O casarão com torres se ergue acima das árvores. Nos gramados iluminados, homens de terno caminham sozinhos. Fontes brincam em um pequeno lago, comandados por ninfas de pedra. Com movimentos precisos, Arkady serve duas doses de vodca, rapidamente me entrega um copo, aponta para o pão. Nós nos sentamos.

— Foi a Interpol que mandou você? — pergunta no seu rápido russo georgiano.

— Não.

— Você veio para me chantagear? Dizer que vai me entregar para Putin se eu não retomar a colaboração com Londres?

— Não.

— Por que não? A situação é favorável a você. Metade das pessoas que emprego dá informações sobre mim à corte de Putin.

— Receio que Londres não confiaria mais nas suas informações.

Só então ele ergue o copo na minha direção, fazendo um brinde silencioso. Faço o mesmo, pensando que, em meio aos nossos altos e baixos, jamais o vi tão irritado quanto agora.

— Então não é mais a sua amada Rússia, no fim das contas — sugiro com leveza. — Pensei que você sempre sonhasse com aquela simples *dacha* no meio das bétulas russas. Ou voltar para a Geórgia, por que não? O que deu errado?

— Nada deu errado. Tenho casas em Petersburgo e Tbilisi. No entanto, como internacionalista, o que eu mais amo é a minha Karlovy Vary. Temos uma catedral ortodoxa. Criminosos russos devotos frequentam aquela igreja uma vez por semana. Quando eu morrer, devo me unir a eles. Tenho uma esposa-troféu, bem jovem. Todos os meus amigos querem transar com ela. Geralmente ela não deixa. Que mais eu poderia esperar da vida? — pergunta em tom baixo e ligeiro.

— Como está Ludmila?

— Morta.

— Sinto muito. De que ela morreu?

— Um componente tóxico altamente letal chamado câncer. Quatro anos atrás. Durante dois anos fiquei de luto. Mas de que adianta?

Nenhum de nós conheceu Ludmila. De acordo com Arkady, ela era advogada como Prue, exercia a profissão em Moscou.

— E seu jovem Dimitri, é filho de Ludmila? — pergunto.

— Gostou dele?

— É um bom menino. Parece ter um belo futuro.

— Ninguém tem.

Passa o punho fechado pelos lábios em um gesto que sempre denotou tensão, e depois olha fixamente por cima das árvores, para o casarão e os gramados iluminados.

— Londres sabe que você está aqui?

— Pensei em contar para Londres mais tarde. Primeiro falar com você.

— Você é um freelance?

— Não.

— Nacionalista?

— Não.

— Então o que você é?

— Um patriota, suponho.

— De quê? Facebook? Empresas virtuais? Aquecimento global? Corporações tão grandes que podem engolir seu pequeno país falido num segundo? Quem paga você?

— Minha Central. Espero. Quando eu voltar.

— O que você quer?

— Umas poucas respostas. Dos velhos tempos. Se eu conseguir tirá--las de você. Confirmações, se faz questão de saber.

— Você nunca mentiu para mim? — pergunta como se me acusasse.

— Uma ou duas vezes, sim. Quando precisei.

— Está mentindo agora?

— Não. E não minta para mim, Arkady. Da última vez que fez isso, quase acabou com a minha bela carreira.

— Dureza — comenta ele, e apreciamos a paisagem noturna por um tempo. — Então me diga o seguinte. — Toma outro gole de vodca. — Que tipo de porcaria vocês britânicos estão vendendo agora para nós, traidores? A democracia liberal como salvação da humanidade? Como eu caí nessa baboseira?

— Talvez você quisesse.

— Vocês se afastam da Europa com os seus narizes britânicos empinados. "Somos especiais. Somos britânicos. Não *precisamos* da Europa. Vencemos todas as nossas guerras sozinhos. Nada de americanos, nada de russos, nem ninguém. Somos super-homens." O grande apaixonado pela liberdade, o presidente Donald Trump, vai salvar a bosta da economia de vocês, ouvi dizer. Sabe o que Trump é?

— Me diga.

— Ele é o faxineiro da privada de Putin. Faz tudo o que o Vladinho não pode fazer sozinho: mija na União Europeia, mija nos direitos humanos e mija na Otan. Nos garante que a Crimeia e a Ucrânia pertençam ao Sacro Império Russo, o Oriente Médio aos judeus e aos sauditas, e a organização mundial que vá para o inferno. E vocês, britânicos, o que fazem? Puxam o saco dele e o convidam para tomar chá com a rainha. Pegam o nosso dinheiro sujo e lavam para nós. Vocês nos acolhem se formos grandes vigaristas. Vendem para nós metade de Londres. Ficam angustiados quando envenenamos nossos traidores e dizem por favor, por favor, queridos amigos russos, negociem conosco. Foi para isso que arrisquei a minha vida? Não acredito nisso. Penso que vocês, britânicos, me venderam um carregamento hipócrita de baboseira. Então não me diga que veio aqui para me lembrar da minha consciência liberal, dos meus valores cristãos e do meu amor pelo seu grandioso império britânico. Isso seria um erro. Está me entendendo?

— Acabou?

— Não.

— Não acho que você alguma vez trabalhou para o meu país, Arkady. Acho que você trabalhou para o seu próprio país e não obteve resultados.

— Estou pouco me fodendo para o que você acha. Perguntei que merda que você quer.

— O que eu sempre quis. Você participa de reuniões com os seus antigos camaradas? Encontros sociais, cerimônias de entrega de medalhas? Festas em homenagem aos velhos tempos? Velórios dos grandes e dos bons? Para um veterano honorável como você, é praticamente obrigatório.

— E se eu participar?

— Então eu o parabenizo por viver o seu disfarce como um chequista de corpo e alma da velha guarda.

— Não tenho problema com disfarce. Sou um herói russo totalmente estabelecido. Não tenho inseguranças.

— E é por isso que você vive numa fortaleza tcheca e mantém um estábulo cheio de guarda-costas.

— Tenho *concorrentes*. Isso não é insegurança. É de praxe.

— De acordo com os nossos registros, você participou de quatro reuniões de veteranos nos últimos dezoito meses.

— E daí?

— Você costuma falar de casos de trabalho com seus antigos colegas? Ou até de casos novos, inclusive?

— Se tais assuntos surgirem, talvez eu fale. Jamais levanto um assunto, nunca os provoco, você sabe muito bem. Mas, se pensa que vai me mandar pescar informações em Moscou, ficou louco. Vá direto ao ponto, por favor.

— Com prazer. Vim perguntar se você ainda tem contato com Valentina, orgulho do Centro de Moscou.

Ele está olhando para a frente, o maxilar avançando imperiosamente. As costas retas como as de um soldado.

— Nunca ouvi falar dessa mulher.

— Bom, para mim é uma surpresa, Arkady, porque uma vez você me contou que ela foi a mulher da sua vida.

Nada se alterou nos traços de sua silhueta. Nunca mudava. Somente a prontidão do seu corpo me diz que ele está me ouvindo.

— Você pretendia se divorciar de Ludmila e firmar com Valentina. Mas, de acordo com o que acaba de me dizer, ela não é a mulher com quem você está casado agora. Valentina era poucos anos mais nova que você. Não é o que eu chamaria de esposa-troféu.

Ainda sem se mover.

— Podíamos tê-la cooptado, se você se lembra. Tínhamos os meios. Você mesmo os forneceu. Ela foi enviada a Trieste numa missão importante para o Centro. Um diplomata sênior austríaco queria vender segredos do seu país, mas se recusava a negociar com qualquer oficial russo. Ninguém da comunidade consular ou diplomática. Moscou mandou Valentina para você. O Centro não tinha muitas mulheres como oficiais de inteligência naquela época, mas Valentina era excepcional: brilhante, bonita, o sonho da sua vida, você me disse. Assim que ela deu conta do sujeito, vocês dois combinaram que por uma semana não dariam satisfações ao Centro e se deram ao luxo de passar férias românticas no Adriático. Até me lembro de termos ajudado você a encontrar uma hospedagem discreta. Poderíamos tê-la chantageado, mas não seria possível sem comprometer você.

— Eu lhe disse que a deixasse em paz ou eu o mataria.

— Sim, disse, e ficamos devidamente impressionados. Ela era uma conterrânea da Geórgia, de família chequista antiga, me lembro. Preenchia todos os requisitos, e você ficou louco por ela. Uma perfeccionista, você me disse. Perfeita no trabalho, perfeita no amor.

Por quanto tempo vamos ficar contemplando a noite?

— Perfeita demais, talvez — murmura em tom mordaz.

— O que deu errado? Era casada? Tinha outro homem? Isso não teria impedido você, não é mesmo?

Outro silêncio prolongado, o que, com Arkady, é um sinal claro de que está reunindo pensamentos sediciosos.

— Talvez ela fosse casada demais com o *Vladinho Putin* — diz agressivamente. — Talvez não de corpo, mas de alma. Putin é a *Rússia*, ela me diz. Putin é *Pedro, o Grande*. Putin é *pureza*, ele é *astuto*. É mais *esperto* que o Ocidente em decadência. Ele nos devolve o nosso *orgulho* russo. Qualquer um que rouba do Estado é um ladrão perverso porque rouba de *Putin* pessoalmente.

— E você era um desses ladrões perversos?

— *Chequistas* não roubam, ela me diz. *Georgianos* não *roubam*. Se ela soubesse que trabalhei para vocês, ela me estrangularia com uma corda de piano. Então esse casamento não teria sido inteiramente compatível, afinal de contas — conclui, seguido de uma risada amarga.

— Como acabou, se é que acabou?

— O pouco era demais, o muito era pouco. Ofereci a ela *tudo isto*. — Faz um movimento com a cabeça na direção da floresta, do casarão, dos gramados iluminados, das cercas elétricas e das sentinelas solitárias de terno preto fazendo a ronda. — Ela me diz: Arkady, você é o Satanás, não me ofereça o seu reino roubado. Eu respondo: Valentina, me diga, por gentileza, quem neste universo fodido hoje é rico e não é ladrão? Eu digo a ela que sucesso não é vergonha, é absolvição, é a prova do amor de Deus. Mas ela não tem Deus. Nem eu.

— Você ainda a vê?

Ele dá de ombros.

— Se sou viciado em heroína? Sou viciado em Valentina.

— E ela em você?

Era assim que costumávamos ser, juntos andando na ponta dos pés à beira das lealdades divididas de Arkady; ele, o meu agente imprevisível e valioso; eu, a única pessoa no mundo em quem ele podia confiar com segurança.

— Mas você a encontra de vez em quando.

Ele se retrai ou é só a minha imaginação?

— Às vezes em Petersburgo, quando ela quer — responde laconicamente.

— No que ela trabalha hoje em dia?

— O mesmo de sempre. Nunca foi consular, nem diplomática, nem do ramo cultural, nem da imprensa. Ela é Valentina, a magnífica agente veterana ficha-limpa.

— Fazendo o quê?

— O mesmo de sempre. Operando ilegais fora do Centro de Moscou. Só na Europa Ocidental. Meu antigo departamento.

— O trabalho dela incluiria espiões infiltrados?

— Espiões infiltrados do tipo que se enterram na merda por dez anos e depois se desenterram por vinte? Claro. Valentina opera agentes infiltrados. Se infiltre com ela e você nunca mais vai ver a luz do dia.

— Ela arriscaria os próprios agentes infiltrados para servir a uma fonte importante fora da rede?

— Se houver muita coisa em jogo, com certeza. Se o Centro achar que a *rezidentura* é um ninho de babacas, o que normalmente é, então autorizariam o uso dos ilegais operados por ela.

— Mesmo agentes infiltrados?

— Se não tiverem se infiltrado tanto a ponto de ela perder de vista, por que não?

— E mesmo hoje em dia, depois de todos esses anos, a ficha dela continua limpa — sugiro.

— Claro. A melhor.

— Limpa o suficiente para sair em campo usando a própria identidade?

— O que ela quiser. Em qualquer lugar. Nenhum problema. Ela é um gênio. Pergunte a ela.

— Ela poderia então, por exemplo, ir a um país ocidental para atender ou recrutar um informante de peso, digamos?

— Se for um peixe bem grande, é claro.

— Que tipo de peixe?

— Grande. Eu falei para você. Tem que ser grande.

— Grande como você?

— Talvez maior. Quem se importa com essa merda?

Hoje, o que acontece em seguida parece premonição. Não foi nada disso. Teve a ver com o fato de eu ser o homem que costumava ser. Teve a ver com o fato de eu conhecer meu agente melhor que a mim mesmo; de perceber os sinais do clima se formando ao redor dele antes que ele próprio os reconhecesse. Foi fruto de ter passado noites a fio sentado em um carro alugado em uma ruela de alguma cidade comunista abandonada por Deus, escutando-o desabafar a história de uma vida sobrecarregada demais para um homem suportar sozinho. Mas a história mais triste de todas é a que estou contando para mim mesmo agora: a tragédia recorrente da sua vida amorosa solitária, uma vez que esse homem de uma virilidade supostamente incontestável se torna, no momento decisivo, a criança perdida do passado, impotente, rejeitada e humilhada, quando seu desejo se transforma em vergonha e a raiva se acumula. Das suas muitas companheiras mal escolhidas, Valentina era o arquétipo, displicentemente fingindo corresponder à paixão que ele sentia, se envaidecendo para ele; e, depois de tê-lo dominado, jogou-o na rua de onde ele viera.

E agora ela está conosco, posso sentir: na voz mais que displicente que ele usa para depreciá-la, na linguagem corporal exagerada que não é o natural dele.

— Peixe macho ou fêmea — pergunto.

— Que merda, como eu vou saber?

— Você sabe porque Valentina lhe contou. E então? — sugiro. — Tudo não. Só pequenas insinuações sussurradas no seu ouvido, como ela costumava fazer. Para provocar. Para impressionar. Para cutucar você. Esse peixe grande que caiu na rede dela. Ela disse peixe *britânico*, por acaso? É isso que você não está me dizendo?

O suor desce por seu rosto vazio e trágico à luz da lua. Fala como costumava falar, rapidamente do seu eu interior, traindo como costumava se trair, detestando-se, detestando o objeto de sua traição, saboreando seu amor por ela, desprezando a si mesmo, punindo-a pelas falhas dele. Sim, um peixe grande. Sim, britânico. Sim, um homem. Um desertor. Ideológico, assim como nos tempos comunistas. Classe média. Valentina vai desenvolvê-lo pessoalmente. Ele será sua propriedade, seu discípulo. Talvez seu amante, ela vai pensar no caso.

— Agora já tem o suficiente? — grita ele de repente, girando o corpo pequeno para me desafiar. — Foi para isso que veio até aqui, seu inglês imperialista de merda? Para que eu pudesse trair a minha Valentina para você uma segunda vez?

Num salto, põe-se de pé.

— Você dormiu com ela, seu farejador de boceta! — grita raivosamente. — Pensa que eu não sei que você trepou com todas as mulheres em Trieste? Diz para mim que dormiu com ela!

— Lamento dizer que jamais tive o prazer, Arkady — respondo.

Ele sai andando à minha frente, cotovelos para fora, as pernas pequenas completamente esticadas. Sigo-o, atravessando o assoalho vazio do sótão e pelos dois lances de escada abaixo. Quando chegamos à quadra de badminton, ele agarra o meu braço.

— Você se lembra do que me disse naquela primeira vez?

— Claro que lembro.

— Diga agora.

— *Com licença, cônsul Arkady. Soube que o senhor joga muito bem badminton. Que tal uma partida amistosa entre dois grandes aliados de guerra?*

— Me dê um abraço.

Eu o abraço. Ele me agarra com vontade, depois me empurra.

— O preço é um milhão de dólares pago em barras de ouro na minha conta na Suíça — anuncia. — Libra esterlina é o caralho, entendeu? Se não me pagar, aviso a Putin!

— Desculpe, Arkady. Devo informar que estamos quebrados — digo, e inexplicavelmente ambos sorrimos.

— Não volte aqui, Nick. Ninguém mais sonha, entendeu? Eu te amo. Da próxima vez que vier, vou matá-lo. É uma promessa.

Outra vez, ele me empurra. A porta se fecha atrás de mim. Estou de volta ao pátio de fazenda iluminado pelo luar. Há uma brisa. Sinto as lágrimas dele no meu rosto. Dimitri no Mercedes 4x4 está piscando os faróis.

— Ganhou do meu pai? — pergunta, agitado, ao sair dirigindo.

— Praticamente empatamos — digo.

Ele devolve meu relógio de pulso, a carteira, o passaporte e a caneta esferográfica.

★

Os dois homens das forças especiais que me revistaram estão sentados no saguão de pernas esticadas. Não erguem o olhar quando passo por eles, mas, quando chego à escada e olho para trás, estão me observando. Na cabeceira da minha cama com dossel, uma Virgem Maria bondosa lidera anjos copulando. Será que Arkady se arrepende de ter me deixado voltar à sua vida atormentada por trinta minutos? Será que está decidindo se é melhor que eu morra, afinal? Ele viveu mais vidas que eu jamais viverei. Acabou sem nenhuma. Passos suaves para um lado e para o outro no corredor. Tenho um quarto adicional para o meu guarda-costas, mas nenhum guarda-costas para ocupá-lo. Não tenho arma, a não ser a chave do meu quarto, alguns trocados ingleses e um corpo de homem de meia-idade que não é páreo para nenhum deles.

Grande como você? Talvez maior. Quem se importa com essa merda?... Se infiltre com ela, e você nunca mais vai ver a luz do dia... Ninguém mais sonha, entendeu?

12

Moscou se pronunciou. Arkady se pronunciou. Eu me pronunciei e fui atendido. Dom Trench rasgou a carta que escreveu para o comitê disciplinar. O Geral de Londres reembolsou minhas despesas de viagem, mas questionou a corrida de táxi ao hotel em Karlovy Vary à beira do lago. Parece que havia um ônibus que eu poderia ter pegado. O departamento da Rússia, sob liderança temporária de Guy Brammel, declarou o caso Pitchfork ativo e urgente. Seu mestre, Bryn Jordan, deu seu consentimento de Washington e guardou para si quaisquer pensamentos que tivesse a respeito da visita não prevista de certo oficial a um ex-agente nocivo. A ideia de um traidor do porte de Arkady no nosso meio causou a devida agitação nos pombais de Whitehall. O agente Pitchfork, instalado em um apartamento de dois cômodos no porão na zona norte de Londres, recebeu nada menos que três textos secretos codificados da suposta *inamorata* dinamarquesa, Anette, e os conteúdos causaram uma comoção no Refúgio que foi transmitida imediatamente a Dom Trench, ao departamento da Rússia e ao Diretório de Operações em ordem ascendente:

— É a vingança de Deus, Peter — sussurra Sergei para mim, pasmo.
— Talvez seja a vontade de Deus que eu seja um mero personagem menor numa grande operação, operação essa que de outro modo eu não teria conhecimento. Para mim, é irrelevante. Só quero demonstrar minhas boas intenções.

Relutantes em se livrar de antigas suspeitas, os olheiros de Percy Price mantêm Sergei sob leve contravigilância nas tardes de terça e quinta, das 14:00 às 18:00, que é o máximo que Percy pode gastar no momento. Sergei também perguntou a Denise, sua inspetora, se, no caso de ele obter a cidadania britânica, ela o aceitará em casamento. Denise suspeita que Barry tenha encontrado outro e que Sergei, em vez de aceitar isso, decidiu que é hétero. No entanto, as chances de uma união são baixas. Denise é lésbica e tem uma esposa.

Os textos ocultos em carbono provenientes do Centro de Moscou confirmam a escolha de Sergei de acomodação e exigem informações adicionais detalhadas a respeito dos dois bairros restantes selecionados na zona norte de Londres, deste modo confirmando o gosto da perfeccionista Anette por organização. Referência específica é feita a parques públicos, acessos para pedestres e veículos, horário comercial, presença ou não de guardas, vigias e "elementos de vigilância". A localização dos bancos de parque, gazebos, coretos e disponibilidade de estacionamento também são pontos de grande interesse. O Serviço de Inteligência confirmou uma movimentação incomum de trânsito entrando e saindo do departamento norte do Centro de Moscou.

Desde que retornei de Karlovy Vary, meu relacionamento com Dom Trench está em uma previsível lua de mel, embora o departamento da Rússia discretamente o tenha liberado de qualquer autoridade nos assuntos relacionados à Operação Poeira Estelar, codinome aleatório gerado pelo computador do Escritório Central para escamotear a exploração de dados fluindo entre o Centro de Moscou e a Fonte Pitchfork. Mas Dom, convencido como sempre de que a rejeição está por perto, permanece resolutamente exaltado pelo fato de meus relatórios ostentarem nossos dois símbolos. Está ciente da dependência de mim e consequentemente irritado, o que eu, no fundo, acho prazeroso.

★

Eu tinha prometido dar retorno a Florence, mas na euforia do momento precisei adiar. A trégua forçada, enquanto esperamos instruções decisivas do Centro de Moscou, proporciona um bom momento para reparar a minha indelicadeza. Prue está no interior, visitando uma irmã adoentada. É provável que fique fora durante o fim de semana. Ligo para confirmar. Seus planos não se alteraram. Não ligo para Florence do Refúgio, nem do meu celular da Central. Vou para casa, me sirvo de uma torta fria de carne e rim, tomo algumas doses de uísque, e então, munido de algumas moedas, saio pela rua até encontrar uma das cabines de telefone remanescentes em Battersea e digito o último número que ela me passou. Aguardo outra mensagem eletrônica, mas em vez disso escuto a voz ofegante de Florence.

— Espera um pouco — diz ela e, depois de abafar o bocal com a mão, grita com alguém em uma casa vazia, ao que parece. Não escuto as palavras, mas o eco que elas provocam parecem vozes no meio de um nevoeiro marítimo, primeiro a de Florence, depois a de um homem. E então de volta, *en clair*, e profissional: — Sim, Nat?

— Bem, olá outra vez — digo.

— Olá.

Se espero por um tom de arrependimento, não há nenhum sinal na voz dela, nem no eco.

— Liguei porque eu disse que o faria e parece que temos assuntos pendentes — digo, surpreso por estar me justificando quando a justificativa deveria ser toda da parte dela.

— Assuntos de trabalho ou pessoais? — pergunta ela, e fico irritado.

— Você disse na sua mensagem que *poderíamos conversar se eu quisesse* — recordo a ela. — Considerando o modo como você saiu, achei um tanto irônico.

— Qual *foi* o modo como eu saí?

— No mínimo, repentino. E incrivelmente pouco atencioso com certas pessoas sob os seus cuidados, se quer saber — rebato e, em face do longo silêncio que se segue, sinto remorso pela minha rispidez.

— E como elas estão? — pergunta ela, com a voz contida.

— As pessoas sob os seus cuidados?

— Quem mais poderia ser?

— Sentem muito a sua falta — respondo mais gentilmente.

— Brenda também? — pergunta, depois de outro longo silêncio.

Brenda, nome interno para Astra, a amante desiludida de Orson, principal informante da Operação Rosebud. Estou prestes a lhe dizer com certa aspereza que Brenda, ao saber da sua saída, recusou qualquer trabalho posterior, mas o engasgo na voz de Florence é tão perceptível que diluo minha resposta.

— Está lidando bem, considerando as circunstâncias. Pergunta sobre você, mas entende perfeitamente que a vida segue. Ainda está me ouvindo?

— Nat?

— O quê?

— Acho melhor você me levar para jantar.

— Quando?

— Logo.

— Amanhã?

— Está bem.

— E peixe, suponho — digo, lembrando-me da torta de peixe no pub depois da sua apresentação da Rosebud.

— Estou pouco me fodendo para o que vamos comer — responde e desliga.

Os únicos restaurantes que servem peixe que conheço constam na lista aprovada pelo setor financeiro, o que significa que provavelmente iríamos esbarrar com colegas do Serviço jantando na companhia de seus contatos, o que é a última coisa de que precisamos. Acabo me decidindo por um restaurante sofisticado no West End e retiro um maço de notas do caixa eletrônico, porque não quero que a conta apareça na nossa fatura conjunta da Barclaycard. Algumas vezes na vida você é pego por pecados que não cometeu. Peço uma mesa no canto, mas nem deveria ter me preocupado. Londres está sufocante em meio à interminável onda de calor. Chego antes da hora, como de costume, e peço um scotch. O restaurante está quase deserto e os garçons parecem vespas sonolentas. Dez minutos mais tarde, Florence aparece usando uma adaptação de verão do seu uniforme da Central: blusa austera no estilo militar com mangas compridas e gola alta, nenhuma maquiagem. No Refúgio, começamos com acenos de cabeça e evoluímos para beijos no ar. Agora, voltamos ao "oi" e ela está me tratando como o ex-amante que não sou.

Escondido atrás de um menu enorme, ofereço a ela uma taça de champanhe da casa. Ela me lembra secamente que só bebe borgonha tinto. Um linguado seria bom, concorda, pequeno. E siri e abacate para começar, se eu também quiser. Quero. Estou interessado nas mãos dela. O anel pesado de ouro masculino com sinete que ela usava no dedo anelar deu lugar a um anel de prata esfarrapado com pedrinhas vermelhas. Está largo e não cobre perfeitamente a marca pálida do anterior.

Fazemos os pedidos e devolvemos os cardápios enormes para o garçom. Até esse momento, ela evitou com eficácia o contato visual. Agora olha diretamente para mim sem nenhum sinal de arrependimento.

— O que Trench disse para você? — pergunta ela.

— Sobre você?

— Sim. Sobre mim.

Eu tinha presumido que era eu quem faria as perguntas difíceis, mas ela tem outros planos.

— Que você era emotiva demais e um erro, basicamente — respondo. — Falei que essa não era a Florence que eu conhecia. A essa altura você já tinha saído da Central batendo os pés, então foi tudo mais uma formalidade. Você podia ter me contado durante o nosso jogo de duplas de badminton. Podia ter me ligado. Não ligou.

— *Você* achava que eu era emotiva demais e um erro?

— Acabei de dizer. Conforme respondi a Trench, essa não é a Florence que eu conheço.

— Perguntei o que você *achava*. E não o que você *disse*.

— O que eu deveria *achar*? A Rosebud foi uma decepção para todos nós. Mas não há nada de inusitado quanto a uma operação especial ser cancelada na última hora. Então naturalmente *achei* que você tinha agido de cabeça quente. E também que você deve ter suas questões pessoais com relação a Dom. Talvez não sejam da minha conta — acrescento de propósito.

— O que mais Dom disse sobre a nossa conversa?

— Nada de substancial.

— Não mencionou talvez a sua adorável esposa, *a baronesa Rachel*, gestora de fortunas e nobreza Tory.

— Não. Por que ele mencionaria?

— Você não é amigo dela, por acaso?

— Nunca a vi.

Toma um gole de borgonha tinto, em seguida um gole de água, me avalia com o olhar, como se perguntasse se sou um receptor adequado, respira.

— A baronesa Rachel é CEO e cofundadora, com o irmão, de uma empresa bem exclusiva de gestão patrimonial, com escritórios de prestígio na City de Londres. Clientes particulares precisam se candidatar. Se não estiver falando de cinquenta milhões de dólares para cima, nem perca o seu tempo ligando para lá. Imaginei que você soubesse disso.

— Não sabia.

— A especialidade da empresa são offshores: Jersey, Gibraltar e a ilha de Névis. Já ouviu falar de Névis?

— Ainda não.

— Névis é o máximo do anonimato. Névis se camufla do mundo inteiro. Ninguém em Névis sabe quem são os proprietários das suas incontáveis empresas. *Merda.*

Sua irritação é dirigida ao garfo e à faca, que tremem descontroladamente. Ela os deixa no prato com um tilintar, toma outro gole do borgonha.

— Quer que eu continue?

— Por favor.

— A baronesa Rachel e o irmão exercem gerenciamento não responsável e não auditado de quatrocentas e cinquenta e três offshores autônomas e anônimas, registradas principalmente em Névis. Está ouvindo, não está? Que cara é essa?

— Vou tentar arrumar.

— Além de exigir discrição absoluta, os clientes esperam alto retorno dos seus investimentos. Quinze, vinte por cento, senão qual é a vantagem? A *expertise* da baronesa e do irmão dela é o Estado soberano da Ucrânia. Alguns dos seus maiores clientes são oligarcas ucranianos. Cento e setenta e seis das referidas companhias anônimas possuem excelentes propriedades em Londres, a maioria em Knightsbridge e em Kensington. Entretanto, uma dessas é um duplex na Park Lane, propriedade de uma empresa que pertence a outra empresa vinculada a um fundo fiduciário que pertence a Orson. Fatos. Incontestáveis. Números também disponíveis.

Não é do meu feitio reagir de forma dramática, e a Central não encoraja isso. Então não há dúvida de que a aborreci quando, em vez de emitir um grito de indignação, notei que nossas taças precisavam ser enchidas novamente e interrompi uma demorada discussão entre três garçons para ser atendido.

— Quer saber o resto ou não? — pergunta ela.

— Sem dúvida.

— Quando a baronesa Rachel não está cuidando de seus oligarcas pobres e necessitados, ela participa de dois subcomitês do Tesouro como membro cooptado da Câmara Superior. Ela estava presente quando a Operação Rosebud foi avaliada. A ata da reunião não sobreviveu.

Agora é minha vez de tomar um gole demorado de vinho.

— Tenho razão de pensar que você tem investigado essas supostas conexões já faz algum tempo? — pergunto.

— É possível.

— Deixando de lado por enquanto a questão de como você tem certeza disso e se é verdade: o quanto você revelou a Dom no seu encontro cara a cara com ele?

— O suficiente.

— O que é suficiente?

— Para começar, o fato de que sua adorável e nobre esposa gerencia as empresas de Orson e finge que não.

— *Se* é que ela faz isso.

— Tenho amigos que entendem dessas coisas.

— É o que estou percebendo. Há quanto tempo você conhece esses amigos?

— Que raios isso tem a ver com o assunto?

— E sobre a participação de Rachel no subcomitê do Tesouro? Você soube disso pelos seus amigos?

— Talvez.

— É também uma informação que deu a Dom?

— Por que eu deveria? Ele sabia.

— Como você sabe que ele sabia?

— Eles são casados, porra!

Isso é uma alfinetada dirigida a mim? Provavelmente é, ainda que a fantasia de nosso romance inexistente seja mais enraizada na imaginação dela do que na minha.

— Rachel é uma grande *lady* — continua com sarcasmo. — As revistas de celebridades a adoram. Recebe medalhas por bons trabalhos. Jantares beneficentes no Savoy. Depois se contenta com a hospedagem cinco estrelas no Claridge's. O pacote completo.

— Mas essas revistas, presumo, não mencionam o fato de que ela participa de subcomitês ultrassecretos do Tesouro. Ou talvez a *dark web* o faça.

— Como eu vou saber? — diz, com excesso de indignação.

— Por isso estou perguntando. Como *é* que você sabe?

— Não me interrogue, Nat. Não sou mais sua propriedade!

— Fico surpreso em saber que você pensava que fosse.

Nossa primeira DR e nunca fizemos amor.

— E como Dom reagiu a seja lá o que você tenha dito sobre a mulher dele? — pergunto, depois de dar um tempo para os ânimos se acalmarem, os dela principalmente, e pela primeira vez a vejo hesitar em sua determinação de me tratar como inimigo. Inclina-se para a frente por cima da mesa e baixa o tom de voz.

— Primeiro. As altas autoridades dessas terras estão cientes de tais conexões. Foram examinadas e aprovadas.

— Ele disse quais altas autoridades?

— Segundo. Não há conflito de interesses. Transparência total e direta de todos os lados. Terceiro, a decisão de não prosseguir com a Operação Rosebud foi tomada por interesse nacional depois de todos os aspectos do caso serem devidamente considerados. E quarto, parece que estou em posse de informações secretas sem autorização, então que eu fique com a porra da boca fechada. Que é o que você também pretende me dizer.

Ela estava certa, ainda que eu o fizesse por motivos diferentes.

— Então para quem mais você contou? Além de para Dom e para mim? — pergunto.

— Para ninguém. Por que eu contaria? — diz, de volta à hostilidade anterior.

— Bom, mantenha assim. Não quero ter que atestar o seu bom caráter diante do tribunal criminal em Old Bailey. Posso lhe perguntar de novo há quanto tempo está interagindo com esses seus amigos?

Nenhuma resposta.

— Antes de se juntar à Central?

— Pode ter sido.

— Quem é Hampstead?

— Um merda.

— De que tipo?

— Um quarentão gerente de fundos de investimentos aposentado.

— Casado, suponho.

— Como você.

— É a mesma pessoa que lhe disse que a baronesa cuida das contas offshores de Orson?

— Ele disse que ela era a investidora da City de Londres mais procurada por ucranianos podres de ricos. Disse que ela sabia manipular as autoridades financeiras como se fossem marionetes. E que ele próprio recorrera a ela algumas vezes e ela o atendeu.

— Recorreu a ela para quê?

— Para passar o que precisava. Burlar regulamentações que não regulamentam nada. O que você acha?

— E você passou adiante esses rumores, esse boato, para os seus amigos, e eles partiram daí. É isso que você está me dizendo?

— Talvez.

— O que devo fazer com a história que você acabou de me contar? Supondo que seja verdade?

— Que se foda. É o que todo mundo faz, não é?

Ela está de pé. Eu me levanto com ela. Um garçom traz a conta exorbitante. Ficamos todos olhando enquanto eu conto notas de vinte libras na bandeja. Na rua, ela me acompanha e me abraça. Foi o abraço que nunca trocamos, mas nada de beijo.

— E não se esqueça daqueles documentos draconianos que os recursos humanos fizeram você assinar quando saiu — advirto ao me despedir. — Só lamento muito que tenha terminado mal.

— Bem, talvez *não tenha* terminado — retruca ela. Então rapidamente se corrige, como se tivesse falado errado. — Quero dizer, jamais vou me esquecer, é isso. Vocês todos, as superpessoas. Meus agentes. O Refúgio. Todos foram sensacionais — continua com alegria excessiva.

Dando um passo no asfalto, acena para um táxi que está passando e bate a porta antes que eu possa ouvir qual é o seu destino.

★

Estou sozinho na calçada abrasadora. São dez da noite, mas o calor do dia sobe até o meu rosto. Nosso encontro terminou tão depressa que, sob o efeito do calor e do vinho, chego a me perguntar se aconteceu mesmo. Qual será meu próximo passo? Abrir o jogo com Dom? Isso ela já fez. Chamar a guarda pretoriana da Central e baixar a ira de Deus nos *amigos* dela, que imagino serem um bando de crianças revoltadas e idealistas da idade de Steff, que passam cada hora do dia tentando ferrar o Sistema? Ou dar um tempo, caminhar de volta para casa, dormir e esperar para ver o que penso de manhã quando acordar? Estou prestes a fazer tudo isso quando recebo a notificação de uma mensagem urgente no meu smartphone da Central. Afastando-me da luz do poste, pressiono os dígitos necessários.

Fonte PITCHFORK *recebeu mensagem crucial. Todos os membros da Poeira Estelar devem se reunir na minha sala às 7:00 amanhã.*

Assinado com o símbolo de Guy Brammel, diretor interino do departamento da Rússia.

13

Qualquer tentativa da minha parte de explicitar em perfeita ordem os acontecimentos operacionais, domésticos e históricos que povoaram os onze dias seguintes é destinada ao fracasso. Episódios insignificantes invadem outros de grande importância. As ruas de Londres podem estar castigadas pela onda de calor fora do comum, mas estão apinhadas de manifestantes revoltados levando cartazes, entre eles Prue e seus amigos advogados de esquerda. Bandas improvisadas emitem gritos de guerra. Figuras infladas de gás flutuam por cima das multidões. Sirenes de viaturas policiais e de ambulâncias soam. Westminster está inacessível, é impossível atravessar a Trafalgar Square. E o motivo dessa confusão? A Inglaterra está estendendo o tapete vermelho para um presidente americano que veio zombar dos nossos laços duramente conquistados com a Europa e humilhar o primeiro-ministro que o convidou.

★

A reunião às sete no escritório de Brammel é a primeira de uma série ininterrupta de encontros decisivos da Operação Poeira Estelar. É assistida pelo ilustre Percy Price, diretor da vigilância, e pelas elites do departamento da Rússia e do Diretório de Operações. Mas nada de Dom, e chama a atenção que ninguém pergunte onde ele está, nem mesmo eu. A temível Marion do nosso Serviço irmão está acompanhada de dois advogados de prestígio trajando ternos escuros, apesar do calor sufocante. O próprio Brammel lê em voz alta as últimas instruções de

Sergei diretamente do Centro. Elas têm o propósito de oferecer suporte de campo a um encontro secreto entre um importante emissário ou emissária de Moscou e um *colaborador britânico* de grande projeção, detalhes adicionais não fornecidos. Meu próprio papel na Poeira Estelar é formalmente estabelecido e simultaneamente restringido. Detecto a mão de Bryn Jordan ou estou sendo mais paranoico que de costume? Na qualidade de chefe da subestação Refúgio, serei "responsável pelo bem-estar e pela supervisão de PITCHFORK e de seus operadores"; todas as comunicações secretas para o Centro de Moscou ou que vêm de lá vão passar por mim. Mas Guy Brammel, na condição de chefe interino do departamento da Rússia, deverá aprovar todas as comunicações do Refúgio antes que possam circular.

E aí, com um tranco, meus deveres acabam oficialmente: embora não seja o caso, porque comigo não funciona assim, como o distante Bryn deveria saber melhor que ninguém. Sim, serei reduzido a reuniões cansativas com Sergei e sua supervisora Denise no apartamento decrépito e seguro utilizado pelo Refúgio nas proximidades da estação de metrô de Camden Town. Sim, vou elaborar os textos ocultos de Sergei e jogar xadrez com ele até tarde da noite enquanto aguardamos a próxima estação de rádio comercial obscura do Leste Europeu confirmar, por meio de um código, que a nossa carta de amor mais recente para Copenhague está sendo processada.

Mas sou um homem de campo, e não um burocrata ou um assistente social. Eu posso até ser um pária do Refúgio, mas também sou o autor natural da Operação Poeira Estelar. Quem interrogou Sergei e sentiu cheiro de sangue? Quem o trouxe para Londres, quem fez a peregrinação proibida até Arkady e, portanto, comunicou a evidência conclusiva de que não se tratava de um jogo habitual russo de dança das cadeiras, mas uma sofisticada operação da Inteligência desenvolvida em torno de uma fonte britânica de alto valor, potencial ou ativa, e supervisionada pessoalmente pela rainha dos ilegais do Centro de Moscou?

No nosso tempo, Percy Price e eu enfrentamos juntos algumas barras pesadas, como se diz, e não apenas aquele protótipo de míssil antiaéreo russo na Posnânia. Então não deveria ser grande surpresa para ninguém do andar superior que, dias depois da primeira reunião decisiva da Poeira Estelar, Percy e eu estivéssemos agachados na traseira de uma van de uma lavanderia equipada com as últimas maravilhas da vigilância moderna, rondando o primeiro, depois o segundo e, agora, o último dos três bairros da zona norte de Londres, cujo reconhecimento Sergei fora instruído a fazer. Percy lhe deu o nome de Marco Beta e não questiono a escolha.

Juntos nas nossas rondas, recordamos casos antigos dos quais participamos, antigos espiões, antigos colegas, e falamos como velhos. Graças a Percy, também sou discretamente apresentado à sua *Grande Armée* de vigilantes, um privilégio que o Escritório Central enfaticamente não incentiva: afinal, um dia pode ser que eles vigiem *você*. O local para esse evento é um tabernáculo de tijolos vermelhos dessacralizado à espera de demolição nos arredores do Marco Beta. Nosso disfarce é um encontro espiritual. Percy mobilizou uma boa centena de pessoas.

— Qualquer incentivo que puder dar aos meus meninos e meninas será muito bem-vindo e apreciado, Nat — diz Percy com o seu sotaque *cockney* familiar. — Eles *são* engajados, mas o trabalho *pode* ser entediante, especialmente nesse calor. Você me parece um pouco preocupado, se me permite dizer. Por favor, lembre-se de que a minha turma gosta de uma cara boa. A questão é que são vigilantes, sabe, então é natural.

Por amizade a Percy, distribuo apertos de mão e tapinhas nos ombros, e, quando ele me convida a dirigir umas poucas palavras de estímulo para os seus fiéis, eu não decepciono.

— Então o que todos nós esperamos *observar* nesta próxima noite de sexta-feira — e ouço minha voz ressoar agradavelmente entre as vigas de pinho —, no dia 20 de julho, para ser preciso, é um encontro secreto minuciosamente orquestrado entre duas pessoas que jamais se encontraram. Uma delas, codinome Gama, é um ou uma agente mais que experiente e dispõe de todos os truques do ofício. A outra, codinome Delta, será uma pessoa de idade, profissão e gênero desconhecidos — aviso a todos, protegendo, como sempre, a minha fonte. — Os motivos dele ou dela são tão misteriosos para nós como tenho certeza de que serão para vocês. Mas o que posso lhes dizer é o seguinte: se a pilha de informações secretas que estamos recebendo, inclusive neste momento em que falo, significa alguma coisa, o grande povo britânico em breve terá uma considerável dívida de agradecimento com vocês, ainda que nunca o saiba.

Os aplausos estrondosos, totalmente inesperados, me emocionaram.

*

Se Percy estava receoso com o efeito da minha expressão facial diante de seu rebanho, Prue não tem essa preocupação. Estamos tomando o café da manhã cedo.

— Que bom ver você tão animado para o dia de hoje — diz, deixando na mesa seu exemplar do *Guardian* —, seja lá o que for fazer. Estou muito contente por você, depois de todos os pensamentos terríveis que teve em relação a voltar para a Inglaterra e o que fazer aqui. Só espero que, seja lá o que estiver fazendo, não seja ilegal *demais*. É?

A pergunta, se interpretei corretamente, marca um avanço significativo na cuidadosa viagem de volta de um para o outro. Desde os nossos dias em Moscou, ficou decidido entre nós que, mesmo que eu driblasse as normas da Central e lhe dissesse tudo, suas objeções bem fundamentadas ao Estado Paralelo não lhe permitiriam apreciar minhas confidências. Em contrapartida, fiz questão, talvez até demais, de não me intrometer nos seus segredos legais, mesmo no caso das batalhas titânicas, como a que o escritório dela atualmente está enfrentando contra a Big Pharma.

— Bem, é curioso, Prue, que pelo menos desta vez *não seja* nada terrível — respondo. — Na verdade, *acredito* que você até aprovaria. Tudo indica que estamos à beira de desmascarar um espião russo de alto nível, o que não é apenas driblar as regras da Central, mas pisoteá-las.

— E você vai levar essa pessoa ao tribunal depois de desmascará-la, seja lá quem for. É claro que vai fazer isso. Em audiência *pública*, acredito.

— Isso cabe aos poderes instituídos — respondo com cautela, pois a última coisa que a Central iria querer fazer depois de descobrir um agente inimigo seria entregá-lo ao poder judicial.

— E você exerceu um papel central para desentocar ele ou ela?

— Já que você está perguntando, Prue, para ser sincero, sim — concordo.

— Como por exemplo ir a Praga e discutir tudo com a conexão tcheca?

— *Há* um elemento tcheco, por assim dizer.

— Bem, acho brilhante da sua parte, Nat, e estou muito orgulhosa de você — diz, deixando de lado anos de dolorosa tolerância.

Ah, e o escritório dela acredita ter dado um xeque-mate na Big Pharma. E Steff estava muito simpática ao telefone ontem à noite.

*

Então é uma ensolarada manhã, com tudo se resolvendo de tal maneira que eu nem podia sonhar, e a Operação Poeira Estelar está consolidando uma dinâmica imbatível. As mais recentes instruções de Sergei vindas do Centro de Moscou determinam que ele se apresente em uma *brasserie* perto da Leicester Square às onze da manhã. Vai escolher um lugar na "área noroeste" e pedir um *latte* de chocolate, um hambúrguer e, como acompanhamento, uma salada de tomate. Entre onze e quinze e onze e meia, com esses sinais de reconhecimento estabelecidos, ele será abordado por uma pessoa que lhe dirá ser um velho amigo, vai abraçá-lo e vai embora dizendo que está atrasado para um compromisso. No decorrer desse abraço, Sergei será agraciado com um celular "não contaminado" — descrição de Moscou — contendo, além de um chip novo, um pedaço de microfilme com instruções complementares.

Enfrentando as mesmas multidões inquietas e o calor que estão perturbando a cobertura do encontro feita por Percy Price, Sergei se posiciona na *brasserie* como foi instruído, faz o pedido de sua refeição e fica radiante ao ver se aproximando dele de braços estendidos ninguém menos que o vibrante e sempre jovem Felix Ivanov — ou pelo menos assim chamado durante o treinamento de agentes infiltrados —, um colega que ingressara na mesma época e na mesma turma que ele.

A entrega disfarçada do celular decorre sem falhas, mas adquire dimensões sociais inesperadas. Ivanov está igualmente surpreso e encantado de rever o velho amigo Sergei em tão boa forma. Longe de alegar um compromisso urgente, ele se senta e os dois agentes infiltrados aproveitam para bater um papo, o que causaria desespero nos seus instrutores. Apesar do barulho, a equipe de Percy não tem dificuldade de escutá-los, nem mesmo de registrar o encontro com uma câmera. Assim que Ivanov sai — nesse meio-tempo batizado aleatoriamente Tadzio pelo computador do departamento da Rússia —, Percy envia uma equipe para *alojá-lo* em um hostel para estudantes em Golders Green. Diferente da personagem literária, Tadzio é encorpado, robusto e alegre, um ursinho russo muito querido pelos colegas, especialmente pelo elemento feminino.

Também transparece, à medida que o Escritório Central processa o fluxo de informações recebido, que Ivanov não é mais Ivanov, nem é russo. Depois de concluir o treinamento para agentes infiltrados, ele foi reinventado como um polonês chamado Strelsky, graduado em tecnologia pela London School of Economics e aceito com visto de estudante. De acordo com a documentação apresentada, ele fala russo, inglês e alemão fluentemente, tendo estudado nas universidades de Bonn e de Zurique, e seu primeiro nome não é Felix, mas Mikhail, defensor da humanidade. Para o departamento da Rússia, ele é, portanto, uma criatura de grande interesse, por pertencer a uma nova onda de espiões que, longe dos antigos métodos estrondosos do KGB, fala nossos idiomas ocidentais em nível de língua materna e imita com perfeição nossos trejeitos.

No abrigo secreto e decrépito do Refúgio em Camden Town, Sergei e Denise se afundam lado a lado em um sofá com assento irregular. Sentado na única poltrona, abro o celular de Tadzio, que nesse ínterim o departamento técnico desativou temporariamente, retiro o pedaço de microfilme e coloco sob o ampliador. Com a cifra de uso único de Sergei para nos guiar, decodificamos as últimas instruções de Moscou. Estão em russo. Como de costume, faço Sergei traduzir para o inglês para mim. A essa altura, não posso correr o risco de deixar que ele descubra que o tenho enganado desde o dia em que nos conhecemos.

Como de costume, as instruções são perfeitas ou, como diria Arkady, perfeitas demais. Sergei deverá afixar um panfleto com os dizeres "Armas Nucleares Não" no canto superior esquerdo da janela guilhotina do seu apartamento no porão. Ele deverá confirmar posteriormente que o panfleto está visível aos transeuntes vindos de ambas as direções e especificar de qual distância. Como esse panfleto não se encontra disponível em estabelecimentos de protesto conhecidos, pois a preferência atual é por "Fraturamento Hidráulico Não", o departamento de Falsificação prepara um para nós. Sergei também vai comprar um cão decorativo staffordshire de porcelana vitoriana, medindo de 30 a 45 centímetros de altura. O eBay está cheio deles.

*

E será que eu e Prue não demos um pulinho no Panamá algumas vezes nesses dias alegres, agitados e ensolarados? Claro que sim, numa sucessão de ligações noturnas por Skype divertidíssimas, ora com Steff sozinha enquanto Juno saía para um safári de morcego, ora com eles dois juntos, porque, mesmo cercado pela Poeira Estelar, o mundo *real*, como Prue insiste em chamar, precisa continuar.

Os macacos barulhentos começam a bater no peito às duas da manhã e acordam o acampamento inteiro, conta Steff. E morcegos gigantes desligam o radar quando conhecem seus planos de voo, por isso é moleza pegá-los nas redes que ficam esticadas entre as palmeiras. Mas, quando a gente os desprende das redes para etiquetá-los, precisa ter muito, muito cuidado mesmo, mãe, porque eles mordem e têm raiva e a gente tem que usar luvas grandes e grossas pra cacete, que nem aquelas de quem trabalha com esgoto, e os bebês morcegos são tão perigosos quanto. Steff voltou a ser criança, dizemos um ao outro, agradecidos. E Juno, acreditamos, é um jovem bom e sincero que demonstra amar nossa filha, então o mundo que aguente firme.

Mas nada na vida é sem consequências. Chega uma noite — agora, pelos meus cálculos meio incertos, faltando oito noites para a Operação Poeira Estelar — em que o telefone de casa toca. Prue atende. A mãe e o pai de Juno resolveram de repente viajar para Londres. Estão hospedados em um hotel em Bloomsbury que pertence a um amigo da mãe de Juno e eles têm entradas para Wimbledon e para a partida de críquete internacional de um dia entre Inglaterra e Índia no estádio Lord's. E vão se sentir muito honrados de conhecer os pais da futura nora "a qualquer hora conveniente para o *consultor comercial* e para sua respeitável senhora". Prue desata a rir enquanto se esforça para compartilhar a notícia comigo. E não é para menos, já que estou sentado na traseira da van de vigilância de Percy Price no Marco Beta e Percy me explica onde ele pretende posicionar seus olheiros.

Contudo, dois dias depois — faltando apenas seis dias para a noite X — milagrosamente consigo me apresentar num terno elegante em frente à lareira a gás da nossa sala de estar com Prue ao meu lado e, no meu papel de conselheiro comercial britânico, converso com os futuros sogros de minha filha sobre assuntos como: as relações comerciais pós-Brexit da Grã-Bretanha com o subcontinente e o lançamento com efeito do arremessador indiano Kuldeep Yadav. Enquanto isso, Prue, que consegue se manter impassível como qualquer advogado quando necessário, fica o mais perto que já chegou na vida de cair na gargalhada, cobrindo a boca.

★

Quanto às minhas essenciais noites de badminton com Ed nesses dias tensos, devo dizer que nunca foram tão essenciais, ou que nunca estivemos em melhor forma. Nas últimas três sessões, estive aumentando meu nível de exercícios na academia e no parque, esforçando-me desesperadamente para conter a nova maestria de Ed na quadra, até que chega um dia em que a disputa, pela primeira vez, perde a importância.

A data, que nenhum de nós jamais esquecerá, é 16 de julho. Jogamos nossa extenuante partida de sempre. Perdi novamente, mas não importa, estou me acostumando. Casualmente, com toalhas em volta do pescoço, seguimos para nosso *Stammtisch*, prevendo o usual e esporádico ruído de vozes e copos num salão vazio de uma noite de segunda-feira. Em vez disso, deparamos com um silêncio fora do normal e desconfortável. No bar, meia dúzia de nossos sócios chineses olham fixamente para a tela da televisão, que normalmente está sintonizada em qualquer programa de esporte, de qualquer modalidade, em qualquer lugar. Mas nessa noite, pela primeira vez, não estamos vendo futebol americano ou hóquei no gelo islandês, mas Donald Trump e Vladimir Putin.

Os dois líderes estão em Helsinque, dando uma entrevista coletiva. Estão de pé, um ao lado do outro, diante das bandeiras das suas respectivas nações. Trump, falando como se cumprisse um protocolo, repudia as descobertas de suas próprias agências de inteligência, que trouxeram à tona a verdade inconveniente de que a Rússia interferiu na eleição presidencial americana de 2016. Putin exibe seu sorriso orgulhoso de carcereiro.

De algum modo, Ed e eu nos arrastamos até o nosso *Stammtisch* e nos sentamos. Um comentarista nos lembra, caso tenhamos nos esquecido, de que ontem mesmo Trump declarou a Europa como sua inimiga e, para completar, arrasou com a Otan.

Por onde anda minha cabeça, como diria Prue? Parte de mim está com meu antigo agente Arkady. Estou reproduzindo mentalmente a sua descrição de Trump, o faxineiro da latrina de Putin. E eu me lembro de que Trump "faz tudo o que o Vladinho não pode fazer sozinho". Outra parte de mim está com Bryn Jordan em Washington, enclausurado com nossos colegas americanos que encaram, incrédulos, o mesmo ato de traição presidencial.

Mas por onde anda a cabeça de *Ed*? Ele está imóvel. Ele se isolou internamente: de maneira mais profunda e mais distante do que eu jamais tinha presenciado. De início, sua boca se abre de incredulidade. Então ela lentamente se fecha, ele passa a língua nos lábios, e depois, distraído, enxuga-os com as costas da mão. Mas, mesmo quando o velho Fred, o barman, que tem sua própria noção de decoro, muda o canal da TV para um grupo de ciclistas frenéticas pedalando em alta velocidade num velódromo, os olhos de Ed não se afastam da tela.

— É um replay — finalmente diz, a voz vibrante com a descoberta. — É 1939 outra vez. Molotov-Ribbentrop, esculpindo o mundo.

Essa foi demais para mim e eu disse isso a ele. Trump podia até ser o pior presidente que os Estados Unidos já tiveram, mas ele não era Hitler, por mais que quisesse ser, e havia muitos americanos bons que não aceitariam tudo isso de braços cruzados.

De início, ele pareceu não me ouvir.

— É, bem — concordou com uma voz distante, de um homem voltando de uma anestesia. — Também havia muitos alemães bons. E veja só quanta coisa boa *eles* fizeram.

14

A noite X está diante de nós. Na sala de Operações, no último andar do Escritório Central, tudo está calmo. São 19:20, conforme o relógio de LED acima das portas duplas de imitação de carvalho. Se você tiver acesso à Poeira Estelar, o show vai começar dentro de cinquenta e cinco minutos. Se não for, na entrada há um par de zeladores com olhos de águia que terão a satisfação de informá-lo do seu engano.

O clima é descontraído, e, à medida que a hora determinada se aproxima, mais ainda. Já que ninguém está apavorado, todo mundo tem tempo para tudo. Assistentes entram e saem carregando laptops abertos, garrafas térmicas, garrafas de água e sanduíches para a mesa do bufê. Alguém espirituoso pergunta se tem pipoca. Um gorducho com um cordão fluorescente de crachá no pescoço mexe em duas telas planas na parede. Ambas exibem a mesma imagem exuberante do lago Windermere no outono. As conversas que estamos escutando nos nossos fones de ouvido são da equipe de vigilância de Percy Price. A essa altura, as centenas de pessoas da sua equipe estão dispersas, como consumidores na saída do trabalho, vendedores em barraquinhas, garçonetes, ciclistas, motoristas de Uber e transeuntes ingênuos que não têm nada melhor para fazer além de secar as garotas que passam e murmurar nos celulares. Só eles sabem que os celulares nos quais estão murmurando são criptografados; que não estão falando com amigos, familiares, amantes ou traficantes, mas com o centro de controle de Percy Price, que nesta noite é um ninho de águia atrás de dois vidros, na metade de cima da parede do meu lado esquerdo. E lá se encontra Percy agora, com uma camisa branca de críquete de grife, as mangas enroladas e fones de ouvido ligados enquanto ele emite comandos a meia-voz para sua equipe dispersa.

Somos ao todo dezesseis, firmes e fortes. A mesma equipe extraordinária que se reuniu para ouvir o discurso fracassado de Florence para a Operação Rosebud, com alguns acréscimos bem-vindos. Marion do nosso Serviço irmão é outra vez assistida por seus dois escudeiros de terno escuro, também conhecidos como advogados. Marion não está para brincadeira, somos avisados. Está inconformada com a recusa do pessoal do último andar de lhe entregar a Operação Poeira Estelar de bandeja, argumentando que a suposta presença de um traidor de alta hierarquia introduzido em Whitehall põe o caso diretamente sob a jurisdição dela. Não é bem assim, Marion, dizem nossos mandachuvas do último andar. As fontes são nossas, logo a inteligência é nossa, logo o caso é nosso e boa noite. Em Moscou, nas entranhas da praça Lubianka, outrora Dzerzhinsky, imagino discussões parecidas irrompendo enquanto funcionários da seção de ilegais do departamento do norte mergulham na mesma longa noite.

Fui promovido. No lugar de Florence, reservado aos proponentes, no fim da mesa, tenho Dom Trench do meu lado oposto, no centro da mesa. Não tivemos nenhuma nova discussão sobre a Operação Rosebud. Por isso fico intrigado quando ele se inclina por cima da mesa e diz em voz baixa:

— Acredito não estarmos em desacordo com relação à sua ida com motorista a Northwood um tempo atrás, certo, Nat?

— Por que estaríamos?

— Espero que você fale em meu favor, se for solicitado.

— Sobre o quê? Não me diga que o nosso transporte solidário deu problema?

— Sobre certos contatos — responde, sombrio, e se recolhe em sua concha.

Faz realmente só dez minutos que perguntei a ele da maneira mais descontraída possível quais funções informais de Estado sua esposa baronesa desempenhava atualmente?

— Ela *alterna*, Nat — respondeu ele, aprumando-se como se estivesse na presença da realeza. — Minha querida Rachel está sempre voando para lá e para cá. Quando não é uma entidade paraestatal qualquer em Westminster de que nem você nem eu ouvimos falar, ela está em Cambridge discutindo com os grandes como salvar o Serviço de Saúde. Sua Prue não é diferente, tenho certeza.

Bem, graças a Deus, Dom, Prue *é* diferente, e é por isso que temos um raio de uma placa no hall com os dizeres nada originais "TRUMP MENTIROSO" na qual tropeço sempre que entro em casa.

O lago Windermere se dissipa e embranquece, oscila e reaparece. As luzes na sala de Operações estão diminuindo. Alguns participantes atrasados indistintos entram apressadamente e tomam seus lugares na mesa comprida. O lago Windermere oferece um demorado adeus. No lugar dele, aparecem as imagens em *travelling* das câmeras de Percy Price, que nos mostram cidadãos alegres aproveitando o sol num parque público ao norte de Londres às sete e meia, numa noite abrasadora de verão.

Não se espera, minutos antes da consumação de uma operação tensa de inteligência, ser arrebatado por uma onda de admiração por seus compatriotas. Mas nas nossas telas surge Londres como gostamos de ver: crianças multiétnicas brincam de *netball* improvisado, garotas com vestidos de verão desfrutam dos infindáveis raios de sol, idosos passeiam de braços dados, mães empurram carrinhos, pessoas fazem piquenique debaixo das árvores, jogo de xadrez ao ar livre, petanca. Um policial amigável circula à vontade entre eles. Há quanto tempo não vemos um policial sozinho? Alguém toca violão. Levo um minuto para me lembrar de que muitos desses que integram a multidão feliz há apenas trinta e seis horas eram membros da minha congregação, no mesmo tabernáculo dessacralizado cujo teto pesado pontiagudo, neste momento, domina o horizonte.

A equipe da Operação Poeira Estelar memorizou os detalhes do Marco Beta, e eu também, graças a Percy. O parque público exibe seis quadras de concreto de tênis caindo aos pedaços e sem redes, um parquinho para crianças com trepa-trepa, gangorras e um túnel. Há um lago malcheiroso para passeio de barco. Uma pista para ônibus, uma ciclovia e uma via principal movimentada, sem local para estacionamento, delimitam o lado ocidental; o lado oriental é dominado por um prédio alto de moradia popular; o norte, por uma fileira de casas geminadas georgianas que foram gentrificadas. Em uma delas, no porão, Sergei dispõe de seu apartamento aprovado por Moscou. Tem dois quartos. Em um deles, Denise dorme de porta trancada. No outro, Sergei. Uma escada de ferro leva até lá embaixo. Da parte superior da janela guilhotina pode-se avistar o parquinho e seguir com o olhar uma calçada estreita de concreto com seis bancos fixos, à distância de seis metros um do outro, três de cada lado. Cada banco mede três metros e meio de comprimento. Sergei mandou fotos deles para Moscou, numerados de um a seis.

O parque também possui um café self-service muito apreciado ao qual se chega tanto da rua por um portão de ferro como pelo próprio parque. Hoje o café está temporariamente sob nova administração, e os funcionários regulares receberam o pagamento integral de um dia, o que faz Percy lamentar dizendo que os custos pesam. Há dezesseis mesas internas e vinte e quatro externas. As mesas de fora têm guarda-sóis permanentes contra sol ou chuva. Para comida e bebida há o balcão self-service interno. Nos dias quentes, há um quiosque de sorvete do lado de fora, com o símbolo de uma vaca feliz lambendo uma casquinha com duas bolas de sorvete de baunilha. Anexados às dependências dos fundos estão os banheiros públicos com instalações para troca de fraldas e para deficientes. Sacolas plásticas e latas de lixo verdes são disponibilizadas aos que levam cachorros para passear. Tudo isso Sergei relatou com dedicação em textos ocultos suntuosos para a sua insaciável dinamarquesa destruidora de corações, a perfeccionista Anette.

A pedido de Moscou, também fornecemos fotos do café, do interior e do exterior, e dos arredores. Depois de ir lá duas vezes para comer, instruído por seu operador, uma vez do lado de dentro, outra vez do lado de fora, em ambas as ocasiões entre sete e oito da noite, e tendo relatado a Moscou a concentração de clientes, Sergei é orientado a não aparecer por lá até segunda ordem. Ele vai permanecer no seu porão e aguardar por um evento ainda a ser anunciado.

— Serei as duas coisas, Peter. Serei metade caseiro e metade contravigilante.

Ele diz *metade* porque transparece que ele e seu antigo amigo de treinamento, Tadzio, vão compartilhar postos operacionais. Se acontecer de se esbarrarem por acaso, vão fingir que não se conhecem.

Observo a multidão na eventualidade de encontrar algum rosto conhecido. Durante sua estada em Trieste e depois novamente no litoral adriático, Valentina de Arkady tinha sido amplamente filmada e fotografada na condição de emissária do Centro de Moscou e potencial agente dupla. Mas uma mulher de fisionomia normal pode fazer o que quiser com a sua aparência ao longo de vinte anos. O setor de imagens produziu uma gama de possíveis semelhanças. Qualquer uma delas poderia corresponder à nova Valentina, pseudônimo Anette, ou outro que quiser. Mantenho a mente aberta à medida que mulheres de idades diversas desembarcam no ponto de ônibus, mas nenhuma delas segue até o portão de ferro que leva ao café e aos espaços abertos do parque. As câmeras de Percy focalizam um padre idoso de barba usando sobrepeliz roxa e colarinho clerical.

— Algum desses têm a ver com você, Nat? — chama no meu ponto eletrônico.

— Não, Percy, nada a ver comigo, obrigado.

Ondas de risadas. E nos acalmamos de novo. Uma câmera diferente, trepidante, passa pelos bancos ao lado do caminho de concreto. Imagino que esteja presa ao nosso policial simpático que retribui os sorrisos dos passantes de cada lado. Nós nos demoramos na imagem de uma senhora de meia-idade usando saia de tweed e sapatos oxford marrons, lendo seu exemplar gratuito do *Evening Standard*. Usa chapéu de palha com aba larga, e ao lado dela, no banco, há uma sacola de compras. Talvez seja membro do clube feminino de boliche. Talvez seja Valentina esperando ser reconhecida. Talvez seja qualquer outra inglesa solteirona que não se incomoda com o calor.

— Poderia ser, Nat? — pergunta Percy.

— Poderia, Percy.

Estamos na área externa do café. A câmera se volta para baixo e mostra um par de seios fartos e uma bandeja de chá oscilante. Sobre a bandeja, um bule de chá pequeno, uma xícara e um pires, uma colher de chá, de plástico, um sachê de leite. E uma fatia de bolo de frutas Genoa embrulhada em celofane por cima de um prato de papel. Pernas, pés, guarda-sóis, mãos e pedaços de rostos se esbarram enquanto passamos por eles com a nossa carga. Paramos. Uma voz feminina, familiar, simpática, treinada por Percy, murmura no microfone de pescoço:

— *Com licença*, querido. Tem alguém ocupando essa cadeira?

A face sardenta, arredondada de Tadzio olha para cima na nossa direção. Ele fala diretamente para a câmera. Seu inglês é mesmo perfeito. Se existe alguma prosódia diferente nele, seria alemão ou — pensando na Universidade de Zurique — suíço.

— Lamento, está ocupada. A senhora foi só buscar uma xícara de chá. Prometi guardar para ela.

A câmera se move e mostra o assento vazio ao lado dele. Tem uma jaqueta jeans no encosto, a mesma que Tadzio usou para o encontro com Sergei na *brasserie* da Leicester Square.

Uma câmera mais sofisticada assume a transmissão: um tipo de câmera de franco-atirador do alto, suponho, da janela superior de um ônibus de dois andares enguiçado, com triângulos de sinalização que Percy instalou de manhã, como um de seus pontos estáticos. Nenhuma oscilação de câmera. Damos *zoom*. Foco em Tadzio sozinho à mesa, tomando Coca-Cola de canudinho enquanto desliza o dedo pela tela do seu smartphone.

As costas de uma mulher entram no enquadramento. Não são costas grosseiras. Nem largas. São costas de mulher elegante que se afunilam na cintura. Parece de alguém que faz academia. Usa uma blusa branca de manga comprida e um colete leve de estilo bávaro. Acima do pescoço magro se vê um chapéu-panamá masculino. A voz — que chega até nós de dois pontos não sincronizados, que suspeito serem do galheteiro em cima da mesa e de outro mais distante e direcional — é forte, estrangeira e animada:

— Com licença, caro senhor. Esse lugar está realmente *ocupado* ou é *apenas* para a sua jaqueta?

Ao que Tadzio, como se tivesse recebido um comando, fica de pé e exclama alegremente.

— Todo seu, senhora, está completamente livre!

Retirando a jaqueta jeans da cadeira com visível galanteria, Tadzio a deixa no encosto da própria cadeira e se senta novamente.

Um ângulo diferente, uma câmera diferente. Com um tilintar ensurdecedor, a pessoa de costas afuniladas baixa a bandeja, transfere para a mesa um copo de papel, com chá ou café, provavelmente, dois sachês de açúcar, um garfo de plástico e uma fatia de pão de ló, e deposita a bandeja em um carrinho próximo, antes de se sentar ao lado de Tadzio, sem se voltar para a câmera. Sem mais uma palavra sequer entre eles, ela pega o garfo, corta um pedaço do pão de ló e toma um gole de chá. A aba do panamá lança uma sombra escura no seu rosto, que está voltado para baixo. A cabeça se ergue em resposta a uma pergunta que ainda não ouvimos. Ao mesmo tempo, Tadzio olha para o relógio de pulso, murmura uma exclamação inaudível, levanta-se de repente, pega a jaqueta jeans e, como se se lembrasse de um compromisso urgente, sai às pressas. É quando ele sai que temos uma visão inteira da mulher que ele deixou. É magra, bonita, de cabelo escuro, de traços fortes e, nos seus cinquenta e tantos anos, bem conservada. Usa uma saia comprida de algodão verde-escura. Tem mais presença do que convém a uma agente itinerante de inteligência usando a própria identidade. Ela sempre teve: por que mais Arkady teria se apaixonado por ela? Ela era sua Valentina naquela época, é sua Valentina agora. Em algum lugar nos arredores do prédio onde estamos, a equipe de reconhecimento de rostos deve ter chegado à mesma conclusão, porque o codinome previamente atribuído Gama está piscando para nós em letras vermelhas fosforescentes nas nossas duas telas gêmeas.

— Gostaria, senhor? — pergunta ela na câmera em tom bastante espirituoso.

— Bem, sim. Estava pensando se poderia me sentar aqui — explica Ed, batendo a bandeja na mesa com um grande estardalhaço, e se senta onde, segundos antes, era o lugar de Tadzio.

*

Se hoje escrevo *Ed* audaciosamente, como se fosse uma identificação instantânea, certeira, isso não reflete precisamente a minha reação. Este *não* é Ed. Não pode ser. É Delta. Um tipo físico de Ed, sim, concordo. Um quase Ed, semelhante à versão dele que apareceu na entrada do Trois Sommets, coberto de neve, enquanto Prue e eu estávamos apreciando nossos *croûtes au fromages* e uma garrafa de vinho branco. Alto, desajeitado e o mesmo ombro esquerdo caído, a mesma recusa em se manter ereto, é verdade. A voz? Sim, bem, o tipo de voz de Ed, sem dúvida: enrolada, típica do norte, deselegante até que você a conheça melhor, a voz universal dos nossos jovens britânicos quando eles querem que você saiba que não vão engolir suas merdas. Então, uma voz que lembrava a de Ed, sim. E alguém parecido com ele. Mas não o verdadeiro Ed, de jeito nenhum. Nem mesmo nas duas telas ao mesmo tempo.

E foi enquanto eu estava imerso nesse breve estado de negação completa que não consegui — ou não quis —, por dez, doze segundos de acordo com meu cálculo aproximado, assimilar quaisquer trocas de gentilezas entre Ed e Gama depois que Ed se sentou na cadeira ao lado dela. Garantiram-me — considerando que jamais revi a filmagem — que não perdi nada essencial e que as palavras trocadas entre eles foram casuais, como deveriam ser. Minha lembrança fica mais prejudicada pelo fato de que, no momento em que voltei à realidade, o relógio digital na parte inferior das nossas telas tinha na verdade *retrocedido* vinte e nove segundos, tendo Percy Price decidido que esse era o momento oportuno para nos presentear com imagens em *flashback* de nossa mina recém-descoberta. Dentro do café, Ed está de pé na fila, pasta marrom em uma das mãos, bandeja de metal na outra. Num andar arrastado, passa direto por sanduíches, bolos e doces em geral. Seleciona uma baguete com queijo cheddar e picles. Está diante do balcão de bebidas, pedindo um *English breakfast*. Os microfones transmitem sua voz num som alto e metálico:

— Sim, um grande está ótimo. Valeu.

Está de pé perto do caixa meio desengonçado, equilibrando o chá e a baguete, apalpando os bolsos à procura da carteira, com a maleta presa entre os pés avantajados. Ele é Ed, codinome Delta, e segue a passos largos pela soleira até o lado de fora, bandeja em uma das mãos, maleta na outra, piscando ao olhar em volta, como se estivesse usando os óculos errados. Eu me lembro de uma coisa que li séculos atrás em um manual chequista: um encontro clandestino parece mais autêntico se comida for consumida.

15

Eu me lembro de fazer uma leitura de meus *chers collègues* nesse momento e verificar que não havia nenhuma reação conjunta a não ser a atenção geral voltada às duas telas planas. Lembro-me de descobrir que minha cabeça era a única voltada na direção errada e de tê-la ajustado rapidamente. Não me lembro de Dom em absoluto. Eu me lembro de uma ou duas pessoas inquietas na sala, como um sintoma de impaciência durante uma peça de teatro entediante, e algum cruzar de pernas, pigarros aqui e ali, especialmente de nossos mandachuvas do último andar, Guy Brammel, por exemplo. E a sempre descontente Marion do nosso Serviço irmão: eu a vi sair marchando da sala na ponta dos pés, o que é um tipo de anomalia, pois como é possível dar passos largos na ponta dos pés? Mas ela conseguiu, de saia longa e tudo mais, seguida pelos dois advogados escudeiros com seus ternos pretos. E então um clarão breve, assim que as três silhuetas saem furtivamente pela porta antes que os guardas a fechem. E me lembro de ter vontade de engolir sem conseguir e de uma náusea no estômago de quem levou um soco antes de ter chance de se preparar e contrair os músculos. E também me lembro de me bombardear com perguntas irrespondíveis, que em retrospecto fazem parte do processo pelo qual todo profissional do serviço de inteligência tem que passar quando desperta para o fato de que foi enganado de todas as maneiras possíveis pelo seu agente e fica procurando desculpas, sem achar uma sequer.

A vigilância não se desliga só porque você se desliga. O show continua. Meus *chers collègues* continuaram. Eu continuei. Assisti ao restante do filme em tempo real, ao vivo e em cores na tela, sem emitir uma palavra ou produzir o menor gesto que pudesse de alguma maneira inibir o divertimento de meus colegas na plateia — mesmo que trinta horas mais tarde, quando eu estava no chuveiro, Prue tenha notado a marca de sangue deixada pelas unhas que cravei no meu pulso esquerdo. Ela também se recusou a aceitar a história que contei de que o ferimento fora causado durante uma partida de badminton e chegou a sugerir, em um raro momento acusatório, que as unhas não eram as minhas.

E eu não estava só *observando* Ed enquanto o restante do show se desenrolava. Estava compartilhando cada movimento dele com uma familiaridade incomparável à de qualquer um na sala. Somente eu conhecia sua expressão corporal desde a quadra de badminton até o *Stammtisch*. Sabia como poderia ser afetado por alguma raiva interior de que precisasse se livrar, como as palavras se embolavam na boca quando ele tentava falar tudo de uma vez. E talvez por isso eu tenha tido certeza, quando Percy rodou de novo as cenas do arquivo, mostrando Ed saindo do restaurante, que o ligeiro cumprimento de cabeça não foi dirigido a Valentina, mas a Tadzio.

Foi só depois de Ed ter visto Tadzio que ele se aproximou de Valentina. E o fato de que àquela altura Tadzio saía de cena demonstra apenas que, como de costume, em situações de crise, eu continuo fazendo avaliações operacionais razoáveis. Ed e Tadzio já haviam se encontrado previamente. Ao apresentar Ed a Valentina, Tadzio havia cumprido sua missão, por isso a saída de cena repentina, deixando Ed e Valentina à vontade, conversando casualmente como dois estranhos que se sentam um ao lado do outro, tomando chá e comendo baguete com queijo cheddar e pão de ló, respectivamente. Logo, em suma, era um encontro secreto clássico, perfeitamente orquestrado, ou, como Arkady classificaria, perfeito demais, e com excelente uso de uma jaqueta jeans.

Com a trilha sonora não foi diferente. Neste caso, outra vez, eu levava vantagem sobre todos os outros espectadores no recinto. Ed e Valentina falam inglês o tempo todo. Valentina fala bem, mas ainda não se livrou da cadência melosa da Geórgia que tanto encantara Arkady uma década atrás. Havia outro detalhe na sua voz — sotaque, timbre — que, semelhante a uma melodia há muito tempo esquecida, estava me incomodando, porém, quanto mais eu tentava identificar o que era, mais me escapava.

Mas a voz de *Ed*? Nenhum mistério. A mesma voz indelicada que se dirigiu a mim na nossa primeira sessão de badminton: rouca, irritadiça, distraída, e aqui e ali simplesmente grosseira. Vai permanecer na minha memória pelo resto da minha vida.

★

Gama e Ed se inclinam para a frente, conversando. Gama, a profissional, às vezes é quase inaudível, mesmo para os microfones em cima da mesa. Ed, por sua vez, parece incapaz de manter a voz abaixo de determinado volume.

GAMA: Você está bem, Ed? Teve algum incômodo ou problema ao vir para cá?

ED: Estou bem. Só foi difícil encontrar um lugar para deixar a droga da minha bicicleta. Não tem sentido comprar uma nova aqui. As rodas seriam roubadas antes que eu passasse a corrente.

GAMA: Viu algum conhecido? Alguém que o deixou desconfortável?

ED: Não, acho que não. Na verdade, não fiquei olhando muito. De qualquer forma, agora é tarde. E você?

GAMA: Ficou surpreso quando Willi acenou para você na rua? [Willi com W fricativo, como em alemão.] Ele disse que você quase caiu da bicicleta.

ED: Ele tem razão, quase caí mesmo. Ele de pé na calçada, acenando para mim. Pensei que estava chamando um táxi. Nunca me ocorreu que fosse um dos seus. Não depois que Maria me dispensou.

GAMA: Contudo, eu diria que Maria agiu com muita discrição, dadas as circunstâncias. Temos alguns motivos para nos orgulharmos dela, não acha?

ED: Sim, sim, ótimo. Excelente trabalho de todos. Primeiro você não quer nem chegar perto de mim. Depois, Willi me chama em alemão e diz que é amigo de Maria e que você topou e que voltamos à ação e vamos em frente. Um pouco perturbador, sinceramente.

GAMA: Perturbador talvez, mas totalmente necessário. Willi precisava atrair a sua atenção. Se ele o chamasse em inglês, você talvez o dispensasse como se ele fosse um bêbado qualquer e você talvez passasse direto por ele. No entanto, espero que você ainda esteja disposto a colaborar conosco, está?

ED: Bem, alguém tem que colaborar, não é? A gente não pode ficar só sentado dizendo que tudo está errado, mas que não é da nossa conta porque é secreto, não é? Não se formos humanos minimamente decentes, não é?

GAMA: E você é um ser humano *muito* decente, Ed. Nós admiramos a sua coragem e também a sua discrição.

(Pausa demorada. Gama espera que Ed fale. Ed não se apressa.)

ED: Sim, bem, para ser sincero, fiquei muito aliviado quando Maria me dispensou. Tirei um peso e tanto da consciência. Mas não durou. Não quando a gente sabe que tem que agir, senão a gente não é diferente dos outros.

GAMA: [Em tom animado.] Tenho uma sugestão, Ed. [Gama enquanto consulta o celular.] Uma boa sugestão, espero. Por enquanto, somos dois estranhos comuns conversando cordialmente e tomando um chazinho. Daqui a um minuto, eu vou me levantar e desejar a você uma boa noite e agradecer a conversa. Depois de dois minutos, você, por favor, termine de comer a baguete, levante-se devagar, sem esquecer a maleta, e siga em direção à sua bicicleta. Willi vai encontrá-lo e escoltá-lo até um local confortável onde poderemos conversar à vontade e com privacidade. Certo? A minha sugestão de algum modo o incomoda?

ED: De jeito nenhum. Desde que nada aconteça à minha bicicleta.

GAMA: Willi está de olho nela. Nenhum vândalo a atacou. Adeus, então, senhor. [Aperto de mão, quase no estilo de Ed.] É sempre agradável conversar com estranhos no seu país. Especialmente quando são jovens e bonitos como o senhor. Por favor, não se levante. Adeus.

Ela acena e segue pela calçada até a rua principal. Ed acena também, exageradamente, dá uma mordida na baguete, deixa o restante no prato. Toma um gole de chá, franze a testa ao olhar para o relógio de pulso. Durante um minuto e cinquenta segundos nós o observamos, de cabeça baixa, brincando com a xícara de chá, exatamente como costuma brincar com o copo de cerveja gelada no Atlético. Se eu o conheço bem, sei que está se decidindo se vai fazer o que ela sugeriu ou esquecer tudo e voltar para casa. Na marca de um minuto e cinquenta e um segundos, ele pega a pasta e se levanta, pensa e por fim pega a bandeja e se dirige lentamente à lixeira. Descarta o lixo como um bom cidadão, deixa a bandeja empilhada e, com um semblante franzido que denota mais reflexão, resolve seguir Valentina pela calçada de concreto.

★

A segunda filmagem, que assim chamo por conveniência, ocorre no porão de Sergei, mas o próprio Sergei não aparece. Suas ordens, recebidas pelo novo celular "não contaminado" e copiadas em segredo para o Refúgio e para o Escritório Central, são para examinar o parque mais uma vez em busca de "indícios de vigilância hostil" e em seguida se retirar do local. É, portanto, segura a suposição da equipe de vigilância de que Sergei foi descartado e não terá permissão para contatar Ed diretamente. Tadzio, por outro lado, ciente de Ed e vice-versa, vai atender suas necessidades operacionais. Mas Tadzio, assim como Sergei, não estará presente na conversa particular que em breve vai ocorrer entre a ilustre emissária do Centro de Moscou e meu parceiro de badminton e bate-papos das segundas-feiras, Edward Shannon, no apartamento no porão onde Sergei reside.

★

GAMA: Então, Ed. Olá de novo. Estamos sozinhos, seguros e em local privado, então podemos conversar. Primeiro, tenho que lhe agradecer em nome de todos nós seu oferecimento de colaborar nesse momento de necessidade.

ED: Tudo bem. Desde que ajude mesmo.

GAMA: Tenho algumas perguntas obrigatórias para você. Me permite? Você tem algum colega que pensa como você no seu departamento e que lhe está prestando alguma assistência? Correligionários a quem também deveríamos ser agradecidos?

ED: Sou só eu. E não pretendo incomodar ninguém com essas coisas. Não tenho comparsas, certo?

GAMA: Então fale mais um pouco, por favor, sobre seu *modus operandi*. Você disse muitas coisas a Maria e é claro que temos tudo bem registrado. Conte-me talvez um pouco mais sobre o seu trabalho especial com a copiadora. Você disse a Maria que trabalha sozinho às vezes.

ED: Sim, sim, afinal, o objetivo é esse, não é? Quando o assunto é confidencial, eu mesmo me encarrego. Eu entro, a equipe de costume tem que sair e ficar do lado de fora. Não passaram pelo *sheep-dip*.

GAMA: *Sheep-dip?*

ED: Uma verificação detalhada. Além de mim, só uma outra funcionária tem acesso, então nos revezamos. Ela e eu. Ninguém mais confia em eletrônica, não é? Não para o que é realmente delicado. É tudo papel e transporte manual, como voltar no tempo. Se cópias precisam ser feitas, de volta à velha copiadora a vapor.

GAMA: A vapor?

ED: À moda antiga. Básica. É uma piada.

GAMA: E, enquanto operava a copiadora a vapor, você deu uma espiada nos documentos chamados *Jericó*. Certo?

ED: Mais do que uma espiada. Foi tipo um minuto inteiro. A máquina emperrou. Só fiquei lá olhando para os documentos.

GAMA: Então foi o seu momento de epifania, podemos dizer assim?

ED: De quê?

GAMA: De revelação. De esclarecimento. O momento em que você decidiu que precisava dar o passo heroico e contatar Maria.

ED: Bom, eu não sabia que seria *Maria*, não é? Maria foi a pessoa que me disponibilizaram.

GAMA: A sua decisão de nos procurar foi instantânea, você diria, ou um desejo que foi crescendo nas horas ou nos dias seguintes?

ED: Eu vi o material e pensei: Meu Deus, é isso.

GAMA: E o trecho vital que você viu estava assinalado Ultrassecreto Jericó. Certo?

ED: Eu disse tudo isso a ela.

GAMA: Mas eu não sou Maria. O trecho que você viu não tinha destinatário, você diz.

ED: Não era para ter, era? Eu só consegui ver o que estava no meio. Nenhum destinatário, nenhuma assinatura. Só o cabeçalho: Ultrassecreto Jericó e a referência.

GAMA: No entanto, você disse a Maria que o documento era destinado ao Tesouro.

ED: Quando eu vi um jagunço do Tesouro de pé a uns trinta centímetros de mim, esperando que eu fizesse as cópias, me pareceu bem óbvio que era para o Tesouro. Você está me testando?

GAMA: Estou confirmando a informação, como Maria relatou, de que você tem excelente memória e não enfeita as informações para causar maior impacto. E a referência era...?

ED: KIM barra um.

GAMA: KIM seria o símbolo de qual entidade?

ED: Missão britânica de inteligência conjunta, Washington.

GAMA: E o número 1?

ED: O chefe ou a chefe da equipe britânica.

GAMA: Saberia o nome dessa pessoa?

ED: Não.

GAMA: Você é brilhante, Ed. Maria não estava exagerando. Agradeço-lhe sua paciência. Somos cuidadosos. A propósito, você é o feliz proprietário de um smartphone?

ED: Eu dei o número a Maria, não dei?

GAMA: Por segurança, dê para mim outra vez.

(Ed entoa um número monotonamente. Gama parece anotar na agenda.)

GAMA: Você tem permissão de entrar com o smartphone no local de trabalho?

ED: De jeito nenhum. Preciso entregar na entrada. Todos os objetos de metal. Chaves, canetas, moedas. Há alguns dias me fizeram tirar a porcaria dos sapatos.

GAMA: Isso porque suspeitaram de você?

ED: Porque era a semana dos assistentes serem examinados. Na semana anterior tinha sido a vez dos supervisores.

GAMA: Talvez possamos lhe disponibilizar um aparelho discreto que tira fotos, mas não é metálico e não parece um smartphone. Você gostaria?

ED: Não.

GAMA: Não?

ED: Isso é coisa de espião. Não é a minha praia. Ajudo a causa quando tenho vontade. É o máximo que eu faço.

GAMA: Você também entregou a Maria outros materiais recebidos das suas embaixadas na Europa que não estavam protegidos com códigos.

ED: É, bem, aquilo foi para ela saber que eu não era um vigarista.

GAMA: Mas confidencial mesmo assim.

ED: É, bem, tinha que ser, não tinha? Caso contrário, eu poderia ser qualquer um.

GAMA: E você nos trouxe algum material desse tipo hoje? É o que está trazendo na sua maleta infame?

ED: Willi disse traga o que você conseguir, então eu trouxe.

(Longo silêncio antes que Ed, com aparente relutância, solte as fivelas da maleta, retire uma pasta amarela lisa, abra no colo e em seguida passe para ela.)

ED: [Enquanto Gama lê.] Se não for útil, não corro atrás. Pode dizer isso a eles também.

GAMA: Evidentemente, a prioridade de todos nós é o código do material Jericó. Para essas possibilidades adicionais, terei que consultar os meus colegas.

ED: Bem, só não diga a eles onde conseguiu, só isso.

GAMA: E material *dessa* categoria, secreto e sem código, você pode nos trazer cópias sem muito problema?

ED: Sim. Bem. Na hora do almoço é melhor.

(Ela retira um celular da bolsa, fotografa doze páginas.)

GAMA: Willi disse a você quem sou eu?

ED: Disse que você está no topo da hierarquia. Um tipo de mandachuva.

GAMA: Willi está certo. Sou uma mandachuva. No entanto, para você sou Anette, dinamarquesa, professora de língua inglesa do segundo ano, residente em Copenhague. Nós nos conhecemos quando você estava estudando em Tübingen. Estávamos no mesmo curso de verão básico de cultura germânica. Sou uma mulher mais velha, sou casada, você é meu amante. De tempos em tempos, venho à Inglaterra, e é aqui que fazemos amor. É um apartamento que pego emprestado de um amigo meu jornalista, *Markus*. Está escutando?

ED: Claro que estou. Deus do céu.

GAMA: Você não precisa conhecer Markus pessoalmente. Ele é inquilino aqui. Só isso. Mas, quando não pudermos nos encontrar, este será o local onde esperamos que você deixe para mim os documentos e as cartas que tiver, quando passar por aqui de bicicleta, e Markus, sendo um bom amigo, vai se certificar de que a nossa correspondência permaneça completamente privada. Isso é o que chamamos de *lenda*. Está satisfeito com essa lenda ou quer discutir uma diferente?

ED: Me parece boa. Sim. Manda ver.

GAMA: Gostaríamos de recompensá-lo, Ed. Gostaríamos de expressar nosso agradecimento. Financeiramente ou de qualquer outro modo que você quiser. Talvez uma poupança em outro país que você um dia possa resgatar. Sim?

ED: Estou bem, obrigado. É. Me pagam bem. Além do mais, tenho algum dinheiro guardado. [Sorriso forçado.] Cortinas custam caro. Banheiro novo. Legal da parte de vocês mesmo assim, mas não, obrigado. Certo? Então está combinado. Não pergunte de novo, mesmo.

GAMA: Você tem uma bela namorada?

ED: O que isso tem a ver?

GAMA: Ela compartilha das suas ideias?

ED: A maioria. Às vezes.

GAMA: Ela sabe que você está em contato conosco?

ED: Penso que não.

GAMA: Talvez ela pudesse ajudá-lo. Atuar como sua intermediária. Onde ela pensa que você está agora?

ED: A caminho de casa, suponho. Ela tem a própria vida, como eu tenho a minha.

GAMA: Ela está envolvida no mesmo tipo de trabalho que você?

ED: Não. Não. Definitivamente, não. Nem pensaria nisso, jamais.

GAMA: Em que tipo de trabalho ela está envolvida?

ED: Na verdade, assunto encerrado sobre ela, combinado?

GAMA: Claro. E você não chamou atenção para si próprio?

ED: Como eu faria isso?

GAMA: Não roubou dinheiro do seu empregador; não está comprometido com um romance proibido como o nosso? [Espera até que Ed entenda a piada. Eventualmente ele entende e esboça um sorriso tenso.] Não discutiu com os seus superiores, eles não o veem como subversivo ou indisciplinado, você não é alvo de investigação interna por causa de algum ato que cometeu ou tentou cometer? Não estão cientes de que você desaprova as normas deles? Não? Sim?

(Ed outra vez se fechou em si mesmo. Seu semblante está inflexível e sombrio. Se Gama o conhecesse melhor, esperaria pacientemente até ele voltar à superfície.)

GAMA: [Brincando.] Está escondendo algum detalhe constrangedor de mim? Somos pessoas tolerantes, Ed. Temos uma longa tradição de humanismo.

ED: [Após refletir mais.] Sou simplesmente *comum*, certo? Não há muitos de nós por aí, se quer a minha opinião. Todo o resto fica sentado em cima do muro, tomando na bunda, esperando que alguém faça alguma coisa. Eu estou fazendo. É isso.

★

O cão staffordshire de porcelana é o sinal de segurança, ela diz a ele — ou acho que está dizendo, porque meus ouvidos estão falhando. Se não tiver cachorrinho na janela, significa abortar, diz ela. Ou talvez esteja dizendo que significa entrar. Esse cartaz "Armas Nucleares Não" significa *temos uma mensagem vital para você*. Ou talvez diga teremos uma na próxima vez que você vier, ou ainda: nunca mais passe por aqui. Espionagem de áudio requer que o agente saia na frente. Ed e Valentina se levantam olhando um para o outro. Ed parece atordoado, exausto e abatido, do jeito que ele ficava quando eu ainda conseguia derrotá-lo no tudo ou nada no melhor de sete games, antes de nos contentarmos com nossas *lagers*. Valentina segura a mão de Ed em suas duas mãos, puxando-o para perto, e lhe concede um beijo de cada lado do rosto, mas se abstém do terceiro beijo russo. Ed, um tanto a contragosto, se submete. Uma câmera exterior o filma quando ele sobe a escada de ferro, maleta na mão. De cima, outra câmera observa-o desacorrentar a bicicleta, acomodar a maleta no cesto da frente e sair pedalando na direção de Hoxton.

★

As portas duplas da sala de Operações se abrem. Marion e seus escudeiros retornam. Portas fechadas, luzes, por favor. Por trás das paredes de vidro à prova de som do seu ninho de águia, Percy Price está distribuindo suas tropas de modo não muito difícil de se imaginar: uma equipe para Gama, outra para Ed, que permanece com ele apenas em vigilância remota. Uma voz feminina vinda do espaço avisa que o alvo Gama foi "marcado com sucesso", só podemos imaginar com o quê. E do mesmo modo, aparentemente, Ed e sua bicicleta. Percy está bem satisfeito.

As telas piscam e ficam sem imagem. Nenhum lago Windermere no outono. Marion está de pé como um soldado da Guarda Real no fim da mesa longa. Usa óculos. Seus escudeiros de terno escuro estão perto dela, um de cada lado. Marion inspira, ergue um documento do seu lado direito e lê para nós em voz alta, num tom lento e deliberado.

— Lamentamos informar que o homem identificado como *Ed* que vocês acabaram de ver nas imagens da vigilância é membro em tempo integral do meu Serviço. Seu nome é Edward Stanley Shannon e é funcionário administrativo qualificado na Categoria A com acesso a material ultrassecreto. É formado em ciência da computação com louvor e especialista digital Grau 1, atualmente recebendo o salário anual de

32 mil libras com bônus disponíveis por horas extras, fins de semana e habilidade com idiomas. É falante de alemão Classe 3 designado para o elemento europeu de um departamento de interserviços altamente confidenciais sob a égide do governo britânico. De 2015 a 2017, serviu em Berlim no gabinete intermediário de seu departamento. Não é e nunca foi indicado para trabalhos operacionais. Seus deveres atuais incluem limpar ou desinfetar materiais ultrassecretos destinados aos nossos parceiros europeus. Na prática, isso implica extirpar, mediante aconselhamento, material de inteligência destinado exclusivamente aos Estados Unidos. Parte desse material também pode ser interpretado como contrário aos interesses europeus. Como Shannon corretamente afirmou nas imagens que acabaram de ver, ele é um dos dois especialistas Grau 1 encarregados da tarefa de copiar documentos de confidencialidade excepcional. Shannon foi submetido e se saiu bem em mais de uma verificação detalhada de perfil.

Os lábios dela param. Ela os comprime, discretamente os umedece, e continua:

— Em Berlim, Shannon foi objeto de um episódio, atribuído à bebida e ao fim indesejado, de sua parte, de um caso amoroso com uma alemã. Recebeu apoio psicológico e foi considerado recuperado tanto física quanto mentalmente. Não há nenhum outro exemplo de indisciplina, comportamento dissidente ou suspeito registrado contra ele. No trabalho, é visto como um solitário. Seu responsável o descreve como alguém "sem amigos". Não é casado e é classificado heterossexual, atualmente sem companheira. Não tem afiliação política conhecida.

Outra vez umedece os lábios.

— Uma aferição imediata de dano está a caminho, bem como uma investigação de contatos passados e atuais de Shannon. Estando pendente o resultado de tais investigações, Shannon não será, repito, não será informado de que está sob observação. Considerando a natureza do contexto e das circunstâncias do caso, estou autorizada a afirmar que o meu Serviço é favorável à formação de uma força-tarefa conjunta. Obrigada.

— Posso só acrescentar uma palavra?

Para minha surpresa, estou de pé, e Dom está me encarando como se eu tivesse enlouquecido. Também estou falando no que acredito firmemente ser um tom confiante e tranquilo.

— Por acaso, conheço esse homem pessoalmente. Ed. Jogamos badminton quase toda segunda-feira à noite. Em Battersea, para ser exato. Perto de onde moro. No nosso clube. O Atlético. E de costume tomamos umas cervejas depois do jogo. Obviamente me disponho a ajudar como puder.

Em seguida, devo ter me sentado bruscamente e perdido o rumo no processo, porque o que me lembro de ter acontecido em seguida foi Guy Brammel sugerindo que todos deveríamos fazer um intervalo.

16

Jamais saberei por quanto tempo me fizeram esperar naquela saleta, mas não foi por menos de uma hora sem nada para ler e tendo somente uma parede lisa — pintada num amarelo pastel — para olhar, porque apreenderam meu celular da Central. E até hoje não tenho ideia se estava sentado ou de pé na sala de Operações, ou só andando de um lado para o outro quando chegou um zelador, tocou no meu braço e disse:

— Se puder me acompanhar, senhor... — disse, sem completar a frase.

Mas eu me lembro de que havia um segundo zelador esperando na porta, e que os dois tiveram que me levar até o elevador enquanto falávamos do calor absurdo que estávamos enfrentando, e será que todo verão dali em diante seria assim? E sei que as palavras *sem amigos* passavam pela minha mente como uma acusação: não porque eu me culpasse por ser amigo de Ed, mas porque parecia que eu era o único que ele tinha, o que me atribuía uma responsabilidade maior — mas de quê? E é claro que, naqueles elevadores sem indicação de andares, o estômago nunca sabe se você está subindo ou descendo, especialmente quando fica revirado por conta própria, como estava o meu, agora que eu tinha sido escoltado do confinamento da sala de Operações e liberado para a prisão.

Considere uma hora até que o zelador que estava de pé do outro lado da porta de vidro todo esse tempo — Andy era o nome dele, apaixonado por críquete — metesse a cabeça pela porta e dissesse:

— Sua vez, Nat.

Em seguida, no mesmo espírito alegre, levou-me para outra sala bem mais ampla, de novo sem janelas, nem mesmo falsas, e um círculo de boas cadeiras estofadas — sem distinção entre elas, porque somos um Serviço de iguais — e me instruiu a me sentar em qualquer cadeira que eu quisesse, porque *os outros* chegariam num instante.

Então escolhi uma cadeira e me sentei, apoiei as mãos nas extremidades dos braços dela e fiquei me perguntando quem seriam *os outros*. E acredito ter a lembrança de algum lugar, no início da minha saída escoltada da sala de Operações, de um agrupamento de maiorais do último andar murmurando no canto e Dom Trench, como sempre, tentando se meter em momentos críticos e sendo advertido com firmeza por Guy Brammel.

— Não, você não, Dom.

E é claro que, quando meus *chers collègues* entraram, Dom não estava no grupo, o que me levou rapidamente a especular outra vez sobre sua preocupação de que eu deveria defendê-lo quanto ao assunto do carro com motorista que ele solicitara para mim. A primeira a entrar foi Ghita Marsden, que me dirigiu um sorriso amável e um "oi de novo, Nat" que supostamente era para me tranquilizar, mas o que ela quis dizer com *de novo*, como se tivéssemos renascido? Depois a carrancuda Marion do nosso Serviço irmão e apenas um dos seus escudeiros, o maior e mais sombrio, que disse que não tínhamos sido apresentados e que seu nome era Anthony, e em seguida estendeu a mão e quase quebrou a minha.

— Eu também gosto de jogar badminton — disse a mim, como se isso resolvesse tudo.

Então falei:

— Ótimo, Anthony, onde você joga? — Mas parecia que ele não me escutava.

Então Percy Price, grande clérigo, rosto enrugado, fechado. E aquilo me perturbou, nem tanto porque ele me ignorou, mas porque deve ter precisado entregar o comando temporário da Poeira Estelar aos seus vários tenentes para poder estar presente na reunião. Depois, atrás de Percy, trazendo uma xícara de plástico com chá parecida com aquela na bandeja de Ed no café self-service, Guy Brammel, visivelmente à vontade na companhia do diminuto Joe Lavender, um homem apagado do setor de segurança interna secreta da Central. Joe trazia um arquivo, e me lembro de perguntar a ele jocosamente, apenas para estabelecer contato humano, se os zeladores haviam conferido o conteúdo na entrada e obtive como resposta um olhar fulminante.

Enquanto eles entravam, eu tentava elaborar o que todos tinham em comum além das expressões carrancudas, porque grupos desse tipo não se formam por acaso. Ed, como todos agora sabemos, é membro do nosso Serviço irmão, o que significa que, no caso de qualquer disputa acirrada entre Serviços, ele é nosso achado e erro deles, então eles que vivam com isso. Portanto, pode-se imaginar muito bate-boca interno em relação a quem leva a melhor fatia do bolo. E, quando tudo isso estiver pronto e acertado, vai ter uma daquelas correrias de última hora para se certificar de que o sistema de audiovisual na sala está ligado e funcionando, porque não queremos outro fracasso como da última vez, seja lá qual tiver sido a última vez.

Então, quando enfim todos estão sentados confortavelmente, entram os meus dois zeladores trazendo a mesma cafeteira, jarras de água e sanduíches que ninguém conseguiu comer durante a exibição do filme, e Andy, o fã de críquete, pisca para mim. E, quando eles vão embora, eis que chega a figura espectral de Gloria Foxton, a *über*-psiquiatra, com aparência de quem foi arrancada da cama, o que deve ter mesmo acontecido, e três passos atrás dela a minha própria Moira dos recursos humanos, ostentando uma pasta verde e volumosa, que suponho que seja sobre mim, já que a está carregando intencionalmente com o lado sem identificação voltado para a frente.

— Não teve notícias de *Florence*, por acaso, teve, Nat? — pergunta ela de um jeito preocupado, posicionando-se ao meu lado.

— Nem sinal, infelizmente, Moira — respondo com firmeza.

Por que menti? Até hoje não sei. Não tinha aquilo ensaiado. Não havia decidido mentir. Não tinha por que mentir. Em seguida, um segundo olhar para ela me diz que ela sabia a resposta antes de me perguntar, só estava testando a minha veracidade, o que fez com que eu me sentisse um tolo ainda maior.

— *Nat* — diz Gloria Foxton, com imediata empatia psicoterapêutica —, como *estamos*?

— Péssimo, obrigado, Gloria. E *você?* — respondo alegremente, e recebo um sorriso gélido para me lembrar de que pessoas na minha situação, seja ela qual for, não perguntam a psiquiatras como eles estão.

— E a querida *Prue?* — pergunta com um toque a mais de afeição.

— Maravilhosa. A todo vapor. De olho na Big Pharma.

Mas o que estou realmente sentindo é uma onda de revolta injustificada por causa de certas avaliações sábias e dolorosas que Gloria expressou cinco anos antes — quando eu imprudentemente procurei seu aconselhamento gratuito em relação aos assuntos de Steff —, tais como:

— Não seria *possível*, Nat, que, ao se oferecer para qualquer rapaz da turma dela, Stephanie esteja expressando algo sobre o pai ausente? — E seu maior crime foi o fato de que ela provavelmente estava certa.

Estamos afinal acomodados, e já era tempo. Enquanto isso, juntaram-se a Gloria dois *unter*-psiquiatras, Leo e Franzeska, que parecem ter 16 anos. Somando todos, portanto, tenho uma boa dúzia de meus *chers collègues* sentados em semicírculo, todos com visão desobstruída de mim, porque de algum modo a disposição das cadeiras foi alterada e estou isolado, como o menino do quadro a quem perguntam sobre a última vez que viu o pai, só que não é sobre meu pobre pai que estão perguntando, é sobre Ed.

★

Guy Brammel decidiu começar a partida, como ele diria, o que faz certo sentido, já que ele é advogado por treinamento e, na sua mansão em Saint Albans, dirige o próprio time de críquete. Ao longo dos anos ele frequentemente me arrastou para jogar.

— Então, Nat — começa a dizer com sua voz divertida de faisão ao vinho do porto —, danada de má sorte é o que está nos contando, eu acho. Você joga badminton honestamente com um sujeito, e ele no fim das contas é membro de nosso Serviço irmão e um maldito espião russo. Por que não voltamos ao começo e seguimos daí? Como vocês dois se conheceram, o que vocês fizeram e quando, sem omitir nenhum detalhe, por mais trivial que seja.

Voltamos ao começo. Ou melhor, eu volto. Noite de sábado no Atlético. Estou tomando cerveja após o jogo com meu adversário indiano que é da outra margem do rio em Chelsea. Entra Alice com Ed. Ed me desafia para um jogo. Nosso primeiro embate. Suas menções antipáticas aos empregadores, cuidadosamente observadas por Marion e seu escudeiro ao lado. Nossa primeira cerveja depois da partida de badminton no *Stammtisch*. Ed não esconde o desprezo pelo Brexit e por Donald Trump, como se fossem componentes de um mesmo mal.

— E você concordou com isso, Nat? — pergunta Brammel com gentileza suficiente.

— Moderadamente, sim. Ele era anti-Brexit. Eu também. Ainda sou. Como a maioria nesta sala, suponho — respondo bravamente.

— E Trump? — indaga Brammel. — Também concordou com ele em relação a Trump?

— Bem, pelo amor de Deus, Guy. Com certeza Trump não é muito popular por aqui, é? O homem destrói tudo por onde passa.

Olho em volta buscando apoio. Nenhum à vista, mas não me deixo afetar. Não importa o passo em falso com Moira agora há pouco. Sou veterano. Fui treinado para esse tipo de coisa. Ensinei isso aos meus agentes.

— Quando Trump e Putin se unem, é um pacto de demônios, na perspectiva de Shannon — continuo corajosamente. — Todos estão se unindo contra a Europa e ele não aprova. Tem fixação pela Alemanha.

— Então ele desafia você para um jogo — persiste Guy Brammel, deixando de lado o meu falatório. — À vista de todos. Ele se empenhou muito para encontrá-lo, e agora está diante de você.

— Acontece que sou o campeão de simples do clube. Ele ouviu falar de mim e imaginou que tinha chances — eu disse, mantendo a dignidade.

— Procurou você, atravessou Londres de bicicleta, avaliou o seu jogo?

— É bem provável.

— E desafiou *você*. Não desafiou qualquer outra pessoa. Não o seu adversário de Chelsea com quem você tinha acabado de jogar, o que ele poderia ter feito. Tinha que ser você.

— Se o meu adversário de Chelsea, como você o chama, tivesse me derrotado, pelo que conheço de Shannon, ele o teria desafiado em vez de a mim — declaro, não sendo completamente honesto, mas alguma coisa no tom de Guy começava a me desagradar.

Marion lhe entrega um pedaço de papel. Ele põe os óculos de leitura e avalia o documento com calma.

— De acordo com a recepcionista do Atlético, desde o dia em que Shannon o desafiou, ele foi o seu único adversário. Vocês se tornaram um par. A descrição é justa?

— Uma *dupla*, se não se importa.

— Certo. Uma dupla.

— Estávamos bem equiparados. Ele jogava bem e ganhava ou perdia com classe. Jogadores bem-educados são raros.

— Certamente. Você também fez amizade com ele. Bebiam juntos.

— Exagero, Guy. Costumávamos jogar e depois tomávamos uma cerveja.

— Toda semana, algumas vezes até duas vezes por semana, o que é bastante, mesmo para um cara como você, obcecado por exercício físico. E vocês *conversavam*, você diz.

— Sim.

— Por quanto tempo *conversavam*? Tomando cerveja?

— Meia hora. Uma hora talvez. Dependia de como estávamos.

— Dezesseis, dezoito horas, no total? Vinte? Ou vinte seria demais?

— Podem ter sido vinte. Que diferença faz?

— O cara é do tipo autodidata, é isso?

— Na verdade, não. Colégio tradicional.

— Você disse a ele qual é a sua profissão?

— Não se faça de bobo.

— O que você *disse* a ele?

— Dei uma enrolada. Empresário voltando do exterior, procurando alguma oportunidade.

— E ele caiu nessa, você acha?

— Não se interessou, e por sua vez também foi vago com relação ao próprio trabalho. Coisa de mídia, não explicou muito. Nenhum de nós, na verdade.

— Você costuma passar vinte horas conversando sobre política com parceiros de badminton que têm metade da sua idade?

— Se jogam bem e têm algo a dizer, por que não?

— Perguntei se *você costuma*. Não por quê. Estou tentando determinar, pergunta simples, se no passado você conversou sobre política extensivamente com qualquer outro adversário de idade similar?

— Joguei com alguns. E tomei uma bebida depois.

— Mas não com a mesma frequência com que você jogou, bebeu e conversou com Edward Shannon?

— Provavelmente não.

— E você não tem filho. Não que saibamos, considerando seus longos períodos de exílio no exterior.

— Não.

— E nenhum extraoficial?

— Não.

— Joe — diz Brammel, voltando-se para Joe Lavender, estrela da segurança interna —, você queria fazer algumas perguntas.

★

Joe Lavender tem que esperar a sua vez. Surge um mensageiro shakespeariano na pessoa do segundo escudeiro de Marion. Com a permissão de Guy, ele gostaria de me fazer uma pergunta que acaba de chegar da equipe de investigação do seu Serviço. Está inscrita em uma estreita tira de papel que ele segura com a ponta dos dedos de suas mãos enormes.

— Nat. Você *presenciou* ou em algum momento esteve *ciente* — pergunta ele com clareza agressiva —, no decorrer de muitas *conversas* com Edward Stanley Shannon, que a mãe dele Eliza está registrada como *manifestante reincidente, ativista de direitos* atuando em grande escala em questões de *paz* e similares?

— Não, eu *não estava ciente disso* — retruco, sentindo a bílis subir, apesar de meus esforços.

— E a senhora sua *esposa*, somos informados, também é uma defensora vigorosa de nossos *direitos humanos* básicos, com todo o respeito. Estou correto?

— Sim. Muito vigorosa.

— O que tenho certeza de que todos nós concordamos que merece aplauso. Posso então *questionar* se chegou ao seu conhecimento qualquer *interação ou comunicação* entre Eliza Mary Shannon e a senhora sua esposa?

— Que eu saiba, não houve tal interação ou comunicação.

— Obrigado.

— Não há de quê.

Sai o mensageiro pela esquerda.

★

Um período de perguntas e respostas aleatórias se segue, espécie de fogo cruzado que permanece nebuloso na minha memória enquanto meus *chers collègues* se alternam para "acertar os ponteiros" da história de Nat, como Brammel define gentilmente. O silêncio se instala e Joe Lavender finalmente toma a palavra. A voz dele não dá nenhuma pista. Não tem marca social ou regional. É uma fala sem origem, melancólica e anasalada.

— Quero me ater àquele primeiro momento em que Shannon o pegou no Atlético — diz ele.

— Podemos dizer *desafiou*, se não se importa?

— E você, para livrar a cara dele, que foi o que você disse, imediatamente aceitou o desafio. Sendo um integrante experiente desse Serviço, você observou, ou se recorda agora, se havia estranhos no bar, novos sócios, homens ou mulheres, convidados de sócios do clube, prestando mais atenção que o normal no encontro?

— Não.

— Fui informado de que o clube é aberto ao público. Sócios podem levar convidados. Convidados podem comprar bebidas no bar, desde que estejam acompanhados do sócio. Está me dizendo com toda certeza que a abordagem de Shannon...

— Desafio.

— ... que o *desafio* de Shannon não foi visto ou observado de algum modo por partes interessadas? Obviamente vamos entrar em contato com o clube sob qualquer pretexto e desenterrar quaisquer gravações que tiverem.

— Não observei naquele momento, nem me lembro agora de alguém prestando mais atenção que o normal.

— Eles não fariam isso, fariam? Não que você notasse, não se fossem profissionais.

— Tinha um grupo no bar se divertindo, mas eram rostos conhecidos. E não perca tempo procurando gravações. Não instalamos nenhuma câmera.

Os olhos de Joe se arregalam com surpresa teatral.

— Ah? Nenhuma câmera? Nossa. Isso é um pouco estranho, não é, nos dias de hoje? Lugar amplo, muito vaivém, dinheiro circulando, mas nenhuma câmera.

— Foi decisão do comitê.

— Sendo que você próprio é membro do comitê, segundo nos informam. Apoiou a decisão de não instalar o sistema de câmeras?

— Sim, apoiei.

— Seria porque, assim como a sua esposa, você não aprova a vigilância estatal?

— Se importa de deixar a minha esposa fora disso?

Ele me escutou? Aparentemente não. Está ocupado.

— Então por que você não o registrou? — pergunta, sem se incomodar em erguer a cabeça do arquivo no colo.

— Não registrei quem?

— Edward Shannon. O seu companheiro de badminton semanal e às vezes bissemanal. Normas do Serviço exigem que você informe aos recursos humanos todos os contatos regulares de ambos os sexos a despeito da natureza da atividade. Os registros do seu clube Atlético nos revelam que você se encontrou com Shannon em não menos que catorze ocasiões em um período consecutivo. Pergunto-me por que você não o registrou.

Consigo dar um sorriso leve. Com dificuldade.

— Bem, Joe, eu acho que nesses anos que se passaram devo ter jogado com centenas de adversários. Com alguns deles, o quê, vinte, trinta vezes? Não imaginava que você esperava que todos fossem registrados na minha ficha pessoal.

— Você tomou a *decisão* de não registrar Shannon?

— Não foi questão de decidir. Não passou pela minha cabeça.

— Vou colocar de maneira ligeiramente diferente, se me permite. Então talvez eu tenha de você uma resposta apropriada. Foi ou não foi, sim ou não, uma decisão consciente de sua parte *não* registrar Edward Shannon como pessoa conhecida e parceiro de jogo?

— Adversário, por favor. Não, não registrá-lo não foi uma decisão consciente.

— Acontece que, entenda, num espaço de meses você tem andado na companhia de um espião russo identificado que deixou de registrar. "Não passou pela minha cabeça" não é suficiente.

— Eu *não sabia* que ele era um raio de um espião russo, Joe. Certo? E, ao que parece, nem você. Nem o Serviço que o contratou. Ou estou enganado, Marion? Talvez o seu Serviço soubesse desde o começo que ele era um espião russo e não nos informou — sugiro.

Minha réplica não é ouvida. Sentados no seu semicírculo, meus *chers collègues* olham para os laptops ou para o vazio.

— Alguma vez você recebeu Shannon em casa, Nat? — pergunta Joe casualmente.

— Por que eu receberia?

— Por que não? Você não queria apresentá-lo a sua mulher? Uma simpática radical como ela, pensei que ele fosse o tipo de pessoa que lhe interessaria.

— Minha esposa é uma advogada ocupada um tanto distinta e não tem tempo ou interesse de ser apresentada a todos com quem jogo badminton — respondo, exaltado. — Ela não é *radical*, nos seus termos, e não tem participação alguma nessa história, então mais uma vez: por gentileza, deixe-a fora disso.

— Shannon alguma vez recebeu *você* em casa?

Foi demais para mim.

— Olha, Joe, cá entre nós, a gente se contentava com sexo oral no parque. É isso que você quer ouvir? — Volto-me para Brammel: — Guy, pelo amor de Deus.

— Sim, garotão?

— Se Shannon é um espião russo, o que, tudo bem, pelo visto parece ser, me diga o que estamos todos fazendo recostados nas cadeiras nessa sala falando de *mim*? Vamos supor que ele me enganou. Ele fez isso, certo?

Que se dane. Ele também enganou o Serviço dele e todo mundo. Por que não estamos nos perguntando quem o descobriu, quem o recrutou, aqui ou na Alemanha, ou sei lá onde? E quem é a *Maria* que apareceu várias vezes? Maria que só fingiu tê-lo dispensado?

Com nada além de um leve meneio de cabeça, Guy Brammel retoma a própria linha de investigação.

— Sujeito rabugento, não é, o seu companheiro? — comenta.

— Meu companheiro?

— Shannon.

— Ele pode ser rabugento de vez em quando, como a maioria de nós. Mas depois se anima.

— Mas por que tão rabugento logo com a mulher Gama? — reclama.

— Ele não mediu esforços para fazer contato com os russos. A primeira coisa que o Centro de Moscou pensou, e é só um palpite meu, foi que Shannon era um engodo. Ninguém pode julgá-los por *isso*. Depois refletiram melhor e perceberam que tinham encontrado uma mina de ouro. O Tadzio acena para ele na rua, dá a ele a boa notícia e em pouco tempo entra Gama, desculpando-se pelo comportamento de Maria e ansiosa por negociar com ele. Então por que a cara mal-humorada? Ele deveria estar nas nuvens. Fingindo que não sabia o significado de *epifania*. Como assim? Todo mundo tem uma epifania hoje em dia. Não dá para atravessar o raio de uma rua sem ouvir alguém falar de epifania.

— Talvez ele não goste do que está fazendo — sugiro. — De acordo com tudo o que ele me disse, talvez ainda tenha expectativas éticas em relação ao Ocidente.

— O que uma coisa tem a ver com a outra?

— Simplesmente me ocorreu que talvez o lado puritano dele o leve a pensar que o Ocidente precisa de punição. Só isso.

— Deixe-me ver se entendi. Está me dizendo que o Ocidente deixa Shannon puto por não corresponder às expectativas éticas dele?

— Eu disse talvez.

— Então lá vai ele saltitando até Putin, que não reconheceria a ética nem se ela estivesse debaixo do nariz dele. Estou interpretando corretamente? Tipo engraçado de puritanismo, se quer saber. Não que eu seja especialista.

— Foi uma ideia passageira. Não acredito que seja isso que ele está fazendo.

— Então em que merda você *acredita*?

— Só o que posso lhe dizer é que não é o homem que eu conheço. Conheci.

— Nunca *é* o homem que conhecemos, pelo amor de Deus! — explode Brammel de indignação. — Se um traidor não nos surpreende pra cacete, é porque não é bom no que faz. E ele é? Você mais do que todos deveria saber. *Você* mesmo operou alguns traidores na sua época. *Eles* não andavam por aí anunciando opiniões subversivas que tinham para qualquer um. Ou, se fizeram isso, não duraram muito. Bem, duraram?

Pode chamar de frustração, ou perplexidade, ou o despertar involuntário de um instinto de proteção, mas nesse momento tive o impulso de interceder por Ed, coisa que, se eu estivesse mais equilibrado, teria pensado duas vezes antes de fazer.

Escolho Marion.

— Estava pensando, Marion — digo, adotando o tom especulativo de um dos colegas advogados de Prue mais acadêmicos —, se Shannon em qualquer sentido *legal* cometeu um crime. Toda essa conversa sobre material codificado ultrassecreto que ele alega ter *vislumbrado*... Será que é verdade ou mera fantasia? O outro material que ele está oferecendo me parece que vai ser para estabelecer suas credenciais. Talvez nem seja secreto, ou não seja relevante em nenhuma medida. Então, quero dizer, não seria melhor para vocês chamá-lo, dar um esporro, encaminhar aos psiquiatras e se poupar de um monte de aborrecimento?

Marion se vira para seu escudeiro que apertou e quase quebrou a minha mão. Ele me olha como se estivesse maravilhado.

— Está mesmo falando sério? — pergunta ele.

Respondo corajosamente que nunca falei tão sério na vida.

— Então me permita que eu cite para você, com a sua licença, a Seção 3 da Lei de Segredos Oficiais de 1989, que determina o seguinte: Um indivíduo que é ou foi servidor da Coroa ou prestador de serviço ao governo é considerado culpado no caso de *sem a devida autoridade legal fazer uma revelação danosa de qualquer informação*, documento *ou* artigo *pertinente a relações internacionais*. Também temos o juramento solene *por escrito* de Shannon de não divulgar segredos de Estado, mais o entendimento do que lhe aconteceria se o fizesse. Concluindo, diria que estamos diante de um julgamento muito simples num tribunal secreto, finalizando numa pena de detenção de dez a doze anos, seis com remissão por bom comportamento, mais atendimento psiquiátrico gratuito se ele solicitar, o que sinceramente pensei que fosse óbvio.

★

Tinha prometido a mim mesmo, sentado sozinho na sala de espera vazia durante mais de uma hora, que me manteria equilibrado e acima do conflito. Fiquei dizendo a mim mesmo: aceite a premissa. Lide com o fato. Não vai desaparecer quando você acordar. Ed Shannon, o novo e ruborizado sócio do Atlético, tão tímido que precisou de Alice para apresentá-lo, é um membro estabelecido de nosso Serviço irmão e um espião russo voluntário. No meio do caminho, por razões ainda não explicitadas, escolheu você. Certo. Clássico. Quanta honra. Um trabalho realmente impecável. Ele o cultivou, bajulou e o levou aonde bem queria. E obviamente ele *sabia*. Sabia que eu era um oficial veterano provavelmente ressentido, e, portanto, bom para o cultivo.

Então me bajule, por Deus! Me cultive como um futuro informante! E, quando tiver me cultivado, tome a iniciativa e me faça uma proposta, ou me entregue aos seus controladores russos para desenvolvimento! Então por que não fez isso? *E os sinais elementares de acasalamento no processo de recrutamento de agentes?* Onde estavam *tais sinais*, afinal? Como vai o seu casamento instável, Nat? Você nunca me perguntou. Está endividado, Nat? Sente-se pouco valorizado, Nat? Não vai receber uma promoção? Cortaram a sua gratificação, a sua pensão? Você sabe o que os treinadores apregoam. *Todo mundo quer alguma coisa. O trabalho do recrutador é descobrir o quê!* Mas você nem se deu ao trabalho de procurar! Nunca sondou, nunca chegou perto do limite. Nunca se arriscou.

E *como* se arriscaria se só o que você fez desde o momento em que nos sentamos juntos foi falar pomposamente das suas rixas políticas enquanto eu mal conseguia dizer uma palavra, mesmo que quisesse?

★

Meu pedido de atenuação de pena em favor de Ed não caiu bem com os meus *chers collègues*. Não faz mal. Eu me recuperei. Estou sereno. Guy Brammel dirige a Marion um leve movimento de cabeça, o que deu a entender que ela tem perguntas para o acusado.

— Nat.

— Marion.

— Você sugeriu anteriormente que nem você nem Shannon tinham a menor ideia do emprego um do outro. Correto?

— Receio que não, não está correto de maneira alguma, Marion — repito com confiança. — Tínhamos ideias muito *claras*. Ed trabalhava para um certo império da mídia que ele abominava, e eu estava caçando oportunidades de negócios enquanto prestava ajuda a um velho amigo empresário.

— Shannon lhe *disse* especificamente que era para um império da mídia que ele estava trabalhando?

— Com essas exatas palavras, não. Ele *sugeriu* que estava filtrando matérias e distribuindo-as aos clientes. E seus empregadores eram, digamos, insensíveis às suas necessidades — acrescento com um sorriso, sempre ciente da importância das boas relações entre os nossos dois Serviços.

— Logo, é justo dizer, de acordo com o seu relato, que o laço entre vocês dependia mutuamente de falsas premissas sobre a identidade de cada um? — continua ela.

— Se quer interpretar assim, Marion. Basicamente, não era uma questão.

— Porque cada um de vocês aceitou de olhos fechados o disfarce do outro, é o que você quer dizer?

— De olhos fechados é exagero. Nós dois tínhamos boas razões para não sermos inquisitivos.

— Somos informados por nossos investigadores internos que você e Edward Shannon alugaram armários separados no vestiário masculino do Atlético. Correto? — pergunta, sem pausa ou desculpas.

— Bom, você não esperava que fôssemos *dividir* um, não é? — Nenhuma resposta, e certamente sem a risada que eu esperava. — Ed tinha um armário. Eu tinha um armário. Correto — continuo e imagino a pobre Alice sendo arrancada da cama e obrigada a abrir os arquivos a essa hora da madrugada.

— Com chaves? — indaga Marion. — Perguntei se os armários têm *chaves*, em vez de combinações.

— Chaves, Marion. Todos têm chaves — concordo, recuperando-me de um breve lapso de concentração. — Pequenas, chatas, do tamanho de um selo postal.

— Chaves que vocês guardam no bolso enquanto jogam?

— Elas vêm com fitas — respondo, ao mesmo tempo que a imagem de Ed no vestiário preparando-se para o nosso primeiro jogo vem depressa à minha mente. — Pode-se tirar a fita e pôr a chave no bolso, ou mantê-la e deixar a chave pendurada no pescoço. É questão de estilo. Ed e eu retiramos as fitas.

— E deixaram as chaves no bolso da bermuda?

— No meu caso, no bolso *lateral*. O bolso de trás estava reservado ao cartão de crédito quando fôssemos ao bar e a uma nota de vinte libras no caso de eu querer pagar em dinheiro e receber algum troco para o estacionamento. Isso responde à sua pergunta?

Não, evidentemente.

— Conforme seu registro operacional, no passado você usou suas habilidades de jogador de badminton como estratégia para recrutar pelo menos um agente russo e se comunicar em segredo com ele trocando raquetes idênticas. E recebeu condecorações por isso. Estou certa?

— Está certíssima, Marion.

— Então não seria uma *hipótese irrazoável* — continua ela — que, se estivesse disposto, poderia perfeitamente fornecer a Shannon informações secretas do seu próprio Serviço por meio da mesma estratégia.

Passo os olhos lentamente pelo semicírculo. O semblante normalmente gentil de Percy Price ainda está fechado. O mesmo vale para Brammel, Lavender e os dois escudeiros de Marion. A cabeça de Gloria se inclina um pouco para o lado, como se ela tivesse desistido de escutar. Seus dois *unter*-psiquiatras estão tensos e inclinados para a frente, mãos cruzadas no colo em algum tipo de interação biológica. Ghita de costas retas, como uma menina comportada à mesa do jantar. Moira olha lá para fora pela janela, embora não haja janela alguma.

— Alguém apoia essa moção genial? — pergunto, ao mesmo tempo que um suor de raiva desce pelas minhas costelas. — De acordo com Marion, sou subagente de Ed. Passo segredos para ele para posterior transmissão a Moscou. Ficamos todos loucos ou fui só eu?

Ninguém se manifesta. Não era esperado mesmo. Somos pagos para pensar fora dos padrões, então é o que estamos fazendo. Pode ser que a hipótese de Marion não seja tão absurda. Deus bem sabe que o Serviço já teve a sua cota de maçãs podres. Talvez Nat seja mais uma.

Mas Nat não é mais uma. E Nat precisa dizer isso a eles com clareza.

— Certo, todos vocês, me digam se puderem. *Por que* um servidor público pró-comunidade europeia convicto faria uma oferta gratuita de segredos britânicos logo para a Rússia, um país que, de acordo com seu conceito, é administrado por um grande déspota anti-Europa chamado Vladimir Putin? E, uma vez que não conseguem responder a *esta* pergunta, por que diabo *me* escolhem como saco de pancada, só porque Shannon e eu somos bons jogadores de badminton e conversamos sobre bobagens de política, tomando um ou dois copos de cerveja?

E, depois de uma reflexão mal calculada, acrescento:

— Ah, a propósito, alguém aqui pode me dizer do que se trata Jericó? Sei que é protegida por senha e jamais deve ser discutida, e eu não tive acesso. Assim como Maria, Gama, ou supostamente o Centro de Moscou. E com certeza Shannon também não. Então talvez possamos fazer uma exceção neste caso em particular, já que, pelo que todos ouvimos, Jericó foi o gatilho para Ed, e foi Jericó que o levou para os braços de Maria e depois de Gama. Mesmo assim, estamos todos sentados aqui, até *agora*, fingindo que ninguém disse a maldita palavra!

Eles sabem, penso. Todos na sala são doutrinados quanto a Jericó, exceto eu. Não. Estão tão desinformados quanto eu e em estado de choque porque mencionei o que não se pode mencionar.

Brammel é o primeiro a recuperar a capacidade de falar.

— Temos que ouvir de você mais uma vez, Nat — anuncia.

— Ouvir *o quê*? — pergunto.

— A visão de mundo de Shannon. A síntese das motivações dele. Toda a merda que ele despejou em você sobre Trump, a Europa e o universo, que, ao que parece, você engoliu por inteiro.

★

Estou me escutando de longe, que é como parece que estou escutando tudo. Tomo o cuidado de dizer *Shannon*, e não *Ed*, embora escorregue aqui e ali. Estou falando de Ed em relação ao Brexit. Estou falando de Ed em relação a Trump e não tenho mais certeza de como passei de um tópico para o outro. Por prudência, ponho tudo nas costas de Ed. É a visão de mundo dele que eles querem, afinal, e não a minha.

— Na perspectiva de *Shannon*, Trump é o advogado do diabo para todo e qualquer demagogo ordinário e cleptocrata do mundo — declaro com a minha melhor voz casual. — Trump é um nada na visão de Shannon. Um inflamador de multidões. Mas um sintoma do que há de pior no mundo, esperando ser provocado, ele é o diabo encarnado. Uma visão simplista, pode-se dizer, longe de ser consensual. Mas, ainda assim, na qual acreditava profundamente. Ainda mais um sujeito pró-comunidade europeia obsessivo, que é o caso de *Shannon* — acrescento com firmeza, caso não tenha deixado bem clara a diferença entre nós.

Dou uma risada de quem se lembra de algo, e ela ressoa estranhamente no silêncio da sala. Escolho Ghita. Ela é a mais segura.

— Você não vai acreditar, Ghita, mas Shannon chegou a me *dizer* um dia que era uma vergonha que todos os assassinos americanos parecessem ser da extrema direita. Que estava mais do que na hora de a esquerda conseguir um atirador!

O silêncio pode ficar ainda mais profundo? Este pode.

— E você concordou? — pergunta Ghita em nome da sala inteira.

— Com humor, casualmente, tomando cerveja, considerando que não o contradisse, é possível inferir que concordei que o mundo seria sem sombra de dúvida melhor sem Trump. Nem tenho certeza se ele disse *assassinado*. Talvez tenha dito *derrubado* ou *apagado*.

Não tinha notado a garrafa de água ao meu lado. Agora, sim. A Central fornece água de torneira por princípio. Se é engarrafada é porque veio do último andar. Encho um copo, tomo um bom gole e apelo para Guy Brammel, o último homem sensato ali presente.

— Guy, puta merda!

Ele não me escuta. Está afundado no iPad. Por fim, ergue a cabeça.

— Tudo bem, pessoal. Ordens de cima. Nat, você vai para casa em Battersea *agora* e fique por lá. Espere uma ligação hoje à noite às seis, como sempre. Até lá, você está confinado. Ghita, você assume o Refúgio a partir de agora: agentes, operações, a equipe, a bagunça toda. O Refúgio de agora em diante não está mais nas garras do Geral de Londres, mas foi *pro tempore* assimilado pelo departamento da Rússia. Assinado Bryn Jordan, chefe em Washington, pobre coitado. Alguém tem mais alguma coisa a dizer? Ninguém? Então de volta ao trabalho.

Saem marchando. O último a sair é Percy Price, que não emitiu uma palavra em quatro horas.

— Amigos esquisitos esses seus — comenta sem me dirigir o olhar.

★

Há uma lanchonete fuleira na rua onde moramos. Serve café a partir das cinco da manhã. E não sei dizer hoje, assim como não saberia dizer naquela época, quais pensamentos passavam pela minha cabeça no tempo em que fiquei lá sentado, tomando um café atrás do outro e ouvindo, sem prestar atenção, a conversa dos empregados, que, por ser em húngaro, era tão incompreensível para mim quanto os meus próprios sentimentos. Passava das seis da manhã quando paguei a conta e entrei em casa pela porta dos fundos, subi as escadas e caí na cama ao lado de uma Prue adormecida.

17

Pergunto a mim mesmo de tempos em tempos como teria sido aquele sábado se Prue e eu não tivéssemos marcado aquele almoço demorado com Larry e Amy em Great Missenden. Prue e Amy frequentaram a escola juntas e desde então eram amigas. Larry era um distinto advogado de família um pouco mais velho que eu, gostava de golfe e do seu cachorro. O casal não tinha filhos, o que lamentavam, e estavam celebrando o vigésimo quinto aniversário de casamento. Era para sermos só nós quatro no almoço, e depois faríamos uma caminhada nos Chilterns. Prue comprou para eles uma colcha vitoriana de matelassê que embrulhou para presente e um mastigador engraçadinho para o boxer do casal. Prevendo a aparentemente eterna onda de calor e o trânsito de sábado, estimamos duas horas, então precisávamos sair, no mais tardar, às onze.

Às dez eu ainda estava na cama dormindo, então Prue gentilmente trouxe para mim uma xícara de chá. Eu não saberia dizer desde quando ela estava acordada e por que tinha se vestido sem me acordar. Mas, conhecendo-a bem, suponho que ela tenha ficado umas duas horas na mesa de trabalho brigando com a Big Pharma. Foi ainda mais gratificante pensar que ela interrompeu suas tarefas. Estou sendo cerimonioso por uma razão. A conversa subsequente entre nós começa com o previsível "a que horas você chegou ontem à noite, Nat?", ao que respondo só Deus sabe, Prue, tarde pra caramba, ou algo assim. Mas algo na minha voz ou no meu semblante chama a atenção dela. Além disso, como eu bem sei agora, a divergência de nossas supostas vidas paralelas desde o meu regresso começou a afetá-la. Ela receia, e somente mais tarde me confidenciou isso, que a disputa dela com a Big Pharma e a minha com seja lá qual for o alvo designado pela grande sábia Central, longe de nos unir, estão nos lançando para lados opostos. E é essa ansiedade, somada a minha aparência física, que desencadeia nosso diálogo aparentemente simples, mas muito importante.

— Nós *vamos*, não vamos, Nat? — pergunta para mim, de um jeito que continuo a ver como intuição angustiante.

— Vamos aonde? — respondo evasivamente, embora eu saiba muito bem aonde.

— À casa de Larry e Amy. Para o aniversário de vinte e cinco anos de casamento deles. Onde mais podia ser?

— Bom, na verdade, receio que não nós *dois*, Prue. Eu não posso. Você vai ter que ir sozinha. Ou por que não chamar Phoebe? *Ela* não hesitaria em ir com você nem por um segundo.

Phoebe, nossa vizinha de porta, não necessariamente a companhia mais interessante, mas talvez melhor que um lugar vazio.

— Nat, você está doente? — pergunta Prue.

— Não que eu saiba. Estou de prontidão — respondo o mais firme que consigo.

— Para quê?

— Para a Central.

— Você não pode ficar de prontidão e vir comigo mesmo assim?

— Não. Tenho que ficar aqui. Fisicamente. Em casa.

— Por quê? O que está acontecendo em casa?

— Nada.

— Você não pode estar esperando *nada*. Está correndo algum tipo de perigo?

— Não é isso. Larry e Amy sabem que eu tenho as minhas questões. Olha, vou ligar para ele — sugiro bravamente. — *Larry* não vai fazer perguntas — digo, sugerindo nas entrelinhas: *diferentemente de você*.

— E o teatro hoje à noite? Temos dois ingressos para ver Simon Russell Beale, se você se lembra. Na fila da frente.

— Também não posso.

— Porque vai estar de prontidão.

— Vou receber uma ligação às seis. Ninguém sabe o que vai acontecer depois disso.

— Quer dizer que vamos esperar o dia inteiro por uma ligação às seis horas.

— Imagino que sim. Bom, *eu* vou, de qualquer modo — digo.

— E antes disso?

— Não posso sair de casa. Ordens de Bryn. Estou confinado.

— Foi Bryn?

— O próprio. Direto de Washington.

— Então é melhor eu ligar para Amy — diz, depois de um momento de ponderação. — Talvez eles queiram os ingressos também. Vou ligar para ela da cozinha.

Nesse momento Prue faz o que Prue sempre faz, justamente quando eu penso que ela perdeu a paciência comigo: dá um passo atrás, reavalia a situação e se dispõe a resolvê-la. Quando retorna, já se trocou e está usando uma calça jeans velha e um casaco espalhafatoso da Edelweiss que compramos quando fomos esquiar nas férias. Ela está sorrindo.

— Você dormiu? — pergunta, fazendo com que eu chegue para o lado, então se senta na cama.

— Não muito.

Ela encosta a mão na minha testa, para saber se está quente.

— Não estou doente *mesmo*, Prue — repito.

— Não. Mas *estou* imaginando se por acaso a Central botou você para fora — diz, dando um jeito de fazer com que a pergunta seja mais uma confissão de suas próprias preocupações do que das minhas.

— Bem, no geral, sim. Acho que foi o que fizeram, tudo leva a crer — admito.

— Injustamente?

— Não. Na verdade, não.

— *Você* ferrou tudo ou foram eles?

— Um pouco dos dois, na verdade. Eu me envolvi com gente errada.

— Alguém que nós conhecemos?

— Não.

— Eles não vão vir pegar você, não é?

— Não. Não é bem assim — asseguro, ao mesmo tempo me dando conta de que não estou exatamente no comando de mim mesmo como pensava.

— O que aconteceu com o seu celular da Central? Está sempre ao lado da cama.

— Deve estar em algum bolso do meu terno — digo, ainda num modo enganador.

— Não está. Eu procurei. A Central confiscou?

— Sim.

— Desde quando?

— Ontem à noite. Hoje de manhã. Foi uma sessão que durou a noite toda.

— Está com raiva deles?

— Não sei. Estou na dúvida.

— Então fique na cama e tente descobrir. A ligação que você está esperando às dezoito horas provavelmente vai ser no telefone fixo.

— Vai ter que ser, sim.

— Vou mandar um e-mail para Steff e garantir que ela não ligue por Skype na mesma hora. Você vai precisar de toda a concentração.

Então, quando chega à porta, muda de ideia, vira-se e retoma seu lugar na cama.

— Posso dizer uma coisa, Nat? Que não seja invasiva? Só uma questão de ordenar os pensamentos?

— Claro que pode.

Segurou minha mão de novo, desta vez sem a intenção de verificar o meu pulso.

— *Se* a Central estiver enchendo o seu saco — diz com muita firmeza —, e *se* você mesmo assim decidir aguentar firme, aconteça o que acontecer, tem o meu apoio irrestrito até que a morte nos separe, e que se foda o clube do bolinha. Fui clara?

— Sim, foi. Obrigado.

— Da mesma forma, se a Central estiver enchendo o seu saco e você decidir no calor do momento mandar todos tomarem no cu e a sua aposentadoria para o inferno, nós temos o suficiente e podemos nos virar.

— Vou me lembrar disso.

— E pode dizer isso a Bryn também, se ajudar — acrescenta ainda com a mesma firmeza. — Ou então *eu* vou dizer.

— Melhor não — digo, seguido por uma risada espontânea e de alívio de ambos os lados.

Demonstrações mútuas de amor raramente impressionam quem está de fora, mas o que dissemos um ao outro naquele dia — especialmente Prue para mim — ecoa na minha memória como palavra de ordem. Foi como se, com um empurrão, ela tivesse aberto uma porta invisível entre nós. E quero crer que foi através dessa mesma porta que comecei a entender vagamente as teorias desmioladas e os vestígios de uma intuição ainda não amadurecida quanto ao comportamento incompreensível de Ed que brotavam na minha mente como fogos de artifício e depois desapareciam.

★

"O meu sangue alemão", gostava de dizer Ed com um sorriso desconsolado depois de se mostrar sério demais ou didático demais em relação à própria origem.

Sempre o *sangue alemão*.

Para fazer com que parasse a bicicleta, Tadzio falara em *alemão* com Ed.

Por quê? Caso contrário, Ed o teria confundido mesmo com um bêbado qualquer?

E por que estou pensando *alemão, alemão*, quando deveria pensar *russo, russo*?

E me diga, por favor, visto que não tenho bom ouvido musical, por que, cada vez que minha memória reproduz o diálogo entre Ed e Gama, tenho a sensação de estar escutando a música errada?

Se não tenho resposta clara para essas perguntas confusas, se o efeito delas é só intensificar a minha perplexidade, o fato é que às seis horas daquela noite, graças ao auxílio de Prue, eu me sentia mais combativo, mais capaz e muito mais disposto do que às cinco horas daquela manhã para rebater seja lá o que fosse que a Central tivesse para jogar em cima de mim.

★

Seis horas da noite pelo relógio da igreja, seis horas pelo meu relógio de pulso, seis horas pelo relógio da família do avô de Prue no hall de entrada. Mais um anoitecer escaldante em meio à impressionante seca de Londres. Estou sentado no meu escritório, no andar de cima, de short e sandálias. Prue está no jardim, regando as pobres roseiras secas. Uma campainha toca, mas não é o telefone. É a porta.

Levanto-me rapidamente, mas Prue atende. Nos encontramos no meio da escada.

— É melhor você vestir uma roupa mais apropriada — diz. — Tem um sujeito grandalhão lá fora com um carro e disse que veio buscar você.

Vou até a janela do patamar da escada e olho para a rua. Um Ford Mondeo preto, duas antenas. E Arthur, motorista de longa data de Bryn Jordan, apoiado no carro, curtindo um cigarro tranquilamente.

★

A igreja fica no topo do monte Hampstead e é lá que Arthur me deixa. Bryn jamais recebe ou se despede das pessoas do lado de fora.

— O senhor sabe o caminho — diz Arthur, fazendo uma afirmação, não uma pergunta. É a primeira vez que ele fala desde "Oi, Nat". Sim, Arthur, sei bem, obrigado.

Desde que eu era novato na Estação de Moscou e Prue a minha esposa do Serviço, Bryn, sua bela esposa chinesa Ah Chan, suas três filhas musicistas e seu filho problemático moravam nessa mansão enorme do século XVIII no alto do morro com vista para Hampstead Heath. Se fôssemos convocados de Moscou para discutir ideias, ou durante os curtos períodos de férias no nosso país de origem, esse agradável aglomerado de tijolos por trás de portões altos com campainha era onde todos nos reuníamos para alegres refeições em família, com suas filhas tocando *Lieder*, de Schubert, e os mais corajosos de nós cantando com elas; ou, se o Natal estivesse próximo, eram os madrigais, porque os Bryns, como nós os chamávamos, eram católicos tradicionais — e para nos lembrar disso havia um Cristo na cruz, à espreita nas sombras do hall de entrada. Como foi que logo um galês se tornou um devoto católico romano supera a minha compreensão, mas fazia parte da natureza do homem ser inexplicável.

Bryn e Ah Chan eram dez anos mais velhos que nós. Fazia tempo que suas filhas tinham embarcado em suas carreiras extraordinárias. Ah Chan, me explicou Bryn, quando me recebeu à porta com sua costumeira hospitalidade, estava em São Francisco visitando a mãe idosa.

— A jovem senhora completou um século na semana passada e continua esperando a porcaria do telegrama da rainha, ou seja lá o que ela envia nos dias de hoje — reclama ele energicamente enquanto me acompanha por um corredor tão comprido quanto um vagão de trem. — Como bons cidadãos, fizemos a solicitação, mas Sua Majestade não está muito certa se ela se qualifica, sendo nativa da China e morando em São Francisco. Para completar, o velho querido Escritório Central perdeu a pasta com os documentos dela. A ponta do iceberg, se quer saber. O país inteiro em convulsão. Primeira coisa que você percebe quando volta para casa: nada funciona, tudo é na gambiarra. A mesma sensação que tínhamos em Moscou, se você se lembra, naqueles tempos.

Naqueles tempos da Guerra Fria, a guerra que ele continua lutando, segundo seus detratores. Estamos nos aproximando da imponente sala de estar.

— *E* somos alvo de piadas dos nossos queridos aliados e vizinhos, caso você não tenha reparado — continua alegremente. — Bando de pós-imperialistas nostálgicos incapazes de administrar uma barraca de frutas. Sua impressão também?

Digo que sim, bastante.

— E o seu amigo Shannon pensa do mesmo jeito, é claro. Talvez seja essa a motivação dele: *vergonha*. Pensou nisso? A *humilhação nacional*, gota a gota, levada para o lado pessoal. Eu acreditaria nisso.

Digo que é uma ideia, embora eu jamais tenha considerado Ed um nacionalista.

Um teto alto com vigas, poltronas de couro rachado, ícones escuros, oriundos do tempo das primeiras trocas comerciais com a China, pilhas desarrumadas de livros velhos com tiras de papel no meio das páginas, um antigo esqui de madeira quebrado acima da lareira e uma grande bandeja de prata para o nosso uísque, a nossa água com gás e as nossas castanhas-de-caju.

— A porcaria da máquina de gelo está quebrada também — afirma Bryn orgulhosamente. — Tinha que estar. A qualquer lugar que se vá nos Estados Unidos oferecem gelo. E nós, britânicos, não conseguimos nem fazer o negócio. Típico. Mas você não toma com gelo, não é?

Ele se lembrou corretamente. Sempre se lembra. Serve duas doses triplas de uísque sem me perguntar o quanto quero, me passa o copo e, com um sorriso iluminado, faz um gesto para eu me sentar. Ele também se senta e irradia uma boa vontade travessa. Em Moscou ele parecia mais velho do que era. Agora a juventude o alcançou em grande estilo. Seus olhos azuis marejados ainda reluzem com seu brilho semidivino, porém mais intenso e mais focado. Em Moscou ele tinha vivido o disfarce de adido cultural com tamanho brio, proferindo palestras sobre tantos tópicos eruditos à perplexa audiência russa, que quase acreditaram que ele fosse um diplomata convencional. *Disfarce, meu garoto. Ao lado da devoção.* Bryn faz homilias do mesmo modo que outras pessoas falam trivialidades.

Pergunto sobre a família. As meninas estão se saindo maravilhosamente bem, ele confirma, Annie em Courtauld, Eliza na Filarmônica de Londres; sim, violoncelo, gentileza minha lembrar; pelotões de netos nascidos ou esperados. Todos extremamente encantadores.

— E Toby? — pergunto cautelosamente.

— Ah, um fracasso *retumbante* — responde com o mesmo desprezo entusiástico que confere a todas as notícias ruins. — Causa perdida. Compramos para ele um barco de quase sete metros com todos os acessórios, arrumamos para ele um negócio de pesca de caranguejos em Falmouth, e a última notícia que tivemos dele foi que estava na Nova Zelândia envolvido num *monte* de problemas.

Breve silêncio de compaixão.

— E Washington? — pergunto.

— Ai, meu Deus, *ruim pra cacete*, Nat — com um sorriso ainda mais amplo —, guerras civis surgindo em toda parte como se fosse sarampo, e nunca se sabe quem está tendendo para que lado, por quanto tempo, e qual cabeça vai rolar no dia seguinte. E nenhum Thomas Wolsey para segurar as pontas. Há alguns anos éramos os aliados dos estadunidenses na Europa. Sim, era espinhoso, nem sempre fácil. Mas estávamos lá *dentro*, parte do pacote, fora do euro, graças a Deus, e não havia devaneio sobre políticas estrangeiras unificadas, políticas de defesa ou coisas do gênero. — Semicerra os olhos e dá uma gargalhada. — E *essa* era a nossa relação especial com os Estados Unidos, se quer saber. Sugando alegremente na teta do poder americano. Gozando com eles. Como estamos agora? No fim da fila, atrás dos alemães e dos franceses. Com um pouco menos a oferecer. Desastre completo.

Risadinha benévola, e um breve hiato antes de ele avançar para o próximo tópico divertido.

— Bem que me *deixei* levar, por acaso, pelo que o seu amigo Shannon disse sobre o Donald: a noção de que ele teve todas as oportunidades democráticas e as jogou fora. Não tenho certeza absoluta de que seja verdade. A questão de Trump é que ele foi nascido e criado como um chefe de gangue. Foi criado para *ferrar* a sociedade civil de cabo a rabo e não fazer parte dela. O seu parceiro Shannon entendeu isso errado. Ou estou sendo injusto?

Injusto com Trump ou com Ed?

— E o pobrezinho do Vladi Putin jamais teve treinamento nenhum com a democracia — continua, indulgentemente. — Eu concordaria com ele nesse ponto. Nasceu espião, ainda espião, com a paranoia de Stalin para piorar. Acorda todo dia admirado que o Ocidente não o tenha explodido ainda num ataque preventivo. — Mastiga castanhas-de-caju. Ajuda as castanhas a descer com um bom gole de uísque. — É um sonhador, não é?

— Quem?

— Shannon.

— Acredito que sim.

— De que tipo?

— Não sei.

— Não sabe mesmo?

— Não mesmo.

— Guy Brammel veio com uma teoria de que ele transou de raiva. — E continua falando, animado com a ideia, feito um garoto safado: — Já ouviu falar disso?

— Creio que não. Passei tempo demais fora.

— Eu também não. E achei que tinha ouvido de tudo. Mas, enfim, Guy entrou nessa. Um sujeito na missão de transar de raiva diz para a pessoa com quem vai para a cama, nesse caso a Mãe Rússia: eu odeio você, mas só estou aqui porque odeio ainda mais a minha mulher. Então é uma trepada de raiva. Faz sentido com o seu garoto? O que você acha disso?

— Bryn, o que eu acho é o seguinte: levei muita pancada ontem à noite, primeiro de Shannon, depois dos meus queridos amigos e colegas, então o que estou mesmo pensando é por que estou aqui.

— Sim, bem, eles exageraram um pouco, é verdade — concorda ele, aberto como sempre a todos os pontos de vista. — Mas também ninguém sabe quem são eles neste momento, sabe? A merda do país inteiro em desordem. Talvez seja essa a ideia dele. A Grã-Bretanha estraçalhada, monge secreto em busca do absoluto, mesmo que isso envolva traição absoluta. Mas, em vez de tentar explodir as Casas do Parlamento, ele escapole para os russos. Possível?

Digo que qualquer coisa é possível. Olhos semicerrados por algum tempo e um sorriso cativante me avisam que ele está prestes a se aventurar em território mais perigoso.

— Então me diga, Nat. Aqui no pé do ouvido. Como *você* reagiu *pessoalmente*, você na qualidade de mentor de Shannon, confessor, papai substituto, seja lá o que for, quando identificou seu jovem protegido, sem sequer uma palavra de aviso, de conversinha com a presunçosa Gama? — pergunta, completando meu copo com uísque. — O que passou pelas suas duas mentes, a pessoal e a profissional, quando se sentou sozinho e ficou observando e escutando admirado? Não *pense* muito. *Desembuche.*

Em outra época, cativo e a sós com Bryn, eu teria realmente exposto meus sentimentos mais profundos a ele. Talvez até tivesse lhe contado que, enquanto escutava extasiado a voz de Valentina, pensei ter detectado, entre as entonações georgiana e russa, a presença de uma intrusa que não era nem uma nem outra: uma cópia, sim, mas não a original. E que, a certa altura, durante o dia de espera, uma resposta fora do comum tinha ocorrido a mim. Não como uma revelação impactante, mas na ponta dos pés, como alguém que chega atrasado ao teatro, tateando o caminho pela fileira na penumbra. Em algum lugar distante na minha memória, ouvia a voz de minha mãe se elevar com raiva, enquanto me repreendia por alguma negligência percebida, num idioma desconhecido pelo seu amante mais atual antes de negar tudo rapidamente. Mas Valentina-Gama não *negou* o alemão na sua voz. Não aos meus ouvidos. Ela estava *dissimulando*. Estava impondo cadências no seu inglês para *remover* a mancha russo-georgiana.

Mas, mesmo quando esse pensamento bárbaro vem à minha mente, mais fantasioso que factual, alguma coisa dentro de mim me diz que não pode de modo algum ser compartilhado com Bryn. É esse então o ponto de partida de um estratagema que está se formando na minha cabeça, mas para o qual ainda não tenho acesso? Imagino que sim.

— O que eu *acho* que senti, Bryn — respondo a partir da pergunta sobre as minhas duas mentes —, foi que Shannon deve estar sofrendo de algum distúrbio mental. Esquizofrenia, intensa bipolaridade, seja lá o que os psiquiatras sugerirem. E, nesse caso, nós, amadores, estamos perdendo tempo tentando atribuir a ele motivações racionais. E também é claro que houve um *gatilho*, a gota d'água — por que estou indo tão longe? —, a *epifania* dele, pelo amor de Deus. Aquela que ele negou ter. O que realmente fez o bicho pegar, como costumávamos dizer.

Bryn ainda está sorrindo, mas seu sorriso é duro como pedra, me desafiando a continuar.

— Vamos direto ao que interessa? — pergunta suavemente, como se eu não tivesse falado. — Hoje de manhã o Centro de Moscou requisitou um *segundo* encontro com Shannon para daqui a uma semana, e Shannon concordou. A pressa do Centro pode parecer imprópria, mas na minha percepção foi uma decisão profissional. Eles têm medo de perder a fonte deles a longo prazo, quem não teria? E isso significa, é claro, que precisamos ser igualmente ágeis.

Uma onda de ressentimento de repente vem ao meu auxílio.

— Você insiste em dizer *nós* como se fosse algo dado, Bryn — reclamo com a nossa jovialidade de sempre. — O que eu considero difícil de engolir é que tudo isso esteja acontecendo sem o meu conhecimento. Sou o autor da Poeira Estelar, caso você tenha esquecido, então por que não estou sendo informado sobre o andamento da minha própria operação?

— Você *está* sendo informado, meu garoto. Por mim. Para os demais do Serviço você é passado, e com razão. Por mim, você nunca teria conseguido o Refúgio. Os tempos estão mudando. Você está numa idade perigosa. Sempre esteve, mas agora é visível. Prue vai bem?

Manda lembranças, obrigado, Bryn.

— Ela está ciente? Do assunto Shannon?

Não, Bryn.

— Que continue assim.

Sim, Bryn.

Que continue assim? Quer que eu deixe Prue no escuro a respeito de *Ed?* Prue, que naquela mesma manhã prometeu lealdade incondicional, mesmo que eu me sentisse inclinado a mandar a Central tomar no cu? Prue, a melhor esposa-guerreira que a Central poderia desejar, que jamais, com palavras ou sussurros, traiu a confiança que a Central depositou nela? E agora Bryn, logo ele, está me dizendo que ela não é digna de confiança? Ele que se foda.

— Nosso Serviço irmão está, claro, pedindo a cabeça de Shannon, o que não deve ser nenhuma surpresa para você — diz Bryn. — Prenda-o, livre-se dele, faça dele um exemplo, todos recebem medalhas. Resultado: escândalo nacional que ferra com todo mundo e nos faz parecer grandes idiotas bem no meio do Brexit. Então o melhor é nós descartarmos essa opção, na minha opinião.

Outra vez "nós". Ele me oferece o prato de castanhas-de-caju. Pego um punhado para agradá-lo.

— Azeitonas?

Não, obrigado, Bryn.

— Você adorava azeitonas. De Calamata.

Não mesmo, obrigado, Bryn.

— Próxima opção. Arrastamos ele até o Escritório Central e fazemos a clássica proposta. Certo, Shannon, você é um espião inteiramente identificado do Centro de Moscou e daqui em diante fica sob nosso controle ou vai para o buraco. Acha que funcionaria? Você o conhece. Nós não. Nem o departamento dele. Acham que ele tem uma namorada, mas nem têm certeza. Poderia ser um cara. Poderia ser seu decorador de interiores. Ele está reformando o apartamento, dizem. Pegou um empréstimo consignado e comprou o de cima. Ele te contou?

Não, Bryn, não contou.

— Contou que tem uma namorada?

Não, Bryn.

— Então talvez não tenha. Alguns caras conseguem ficar sozinhos, não me pergunte como. Talvez ele seja um desses poucos.

Talvez seja, Bryn.

— Então o que você acha que vai acontecer, se nós fizermos a ele a clássica proposta?

Dedico à pergunta a reflexão que merece.

— Eu acho, Bryn, que Shannon vai mandar vocês se foderem.

— Por quê?

— Experimente jogar badminton com ele. Ele prefere morrer atirando.

— Mas não estamos jogando badminton.

— Não dá para *dobrar* Ed, Bryn. Ele não está nem aí para adulação, ou acordo, ou salvar a própria pele, se achar que a causa é maior que ele.

— Então está disposto ao martírio — comenta Bryn com satisfação, como se reconhecesse uma história batida. — Nesse meio-tempo, estamos, é claro, envolvidos no costumeiro cabo de guerra no que diz respeito a quem é o dono do corpo dele. Nós que o encontramos, então, enquanto quisermos brincar com ele, é nosso. Quando ele deixar de ser útil para nós, a brincadeira acaba, e o Serviço irmão vai recorrer ao método perverso. Agora, deixe-me perguntar. Você ainda o *ama*? Não fisicamente. Você o ama de verdade?

E este é Bryn Jordan, o rio que só se atravessa uma vez. Ele conquista você, escuta as suas queixas e as suas sugestões, nunca eleva o tom de voz, nunca critica, sempre acima do confronto, caminha com você pelo jardim até ele se apropriar do ar que você respira, e então apunhala você.

★

— Sinto afeição por ele, Bryn. Ou sentia, até isso estourar — digo suavemente, depois de um longo gole de uísque.

— Assim como ele sente por você, meu garoto. Consegue imaginá-lo conversando com mais alguém do jeito que conversa com você? Podemos nos aproveitar disso.

— Mas como, Bryn? — insisto com um sorriso sincero, representando o bom discípulo, apesar do coro de vozes conflitantes ressoando naquilo que Bryn teve a satisfação de chamar de minha mente pessoal.

— Continuo perguntando, mas você não responde. Quem você chama de *nós* nesse contexto?

As sobrancelhas do Papai Noel se elevam ao máximo enquanto ele me presenteia com o mais amplo dos sorrisos.

— Ah, meu garoto. Você e eu juntos, quem mais poderia ser?

— Fazendo *o quê*, se me permite perguntar?

— O que você *sempre* fez de melhor! Crie fortes laços de amizade com o seu cara. Você já está na metade do caminho. Escolha o momento certo e vá até o fim. Diga a ele quem você é, mostre onde ele errou, calmamente, sem drama, e o *traga* de volta para o nosso lado. Na hora em que ele disser "vou sim, Nat", ponha a corda no pescoço dele e o conduza gentilmente para o cercado.

— E depois que eu o conduzir gentilmente para o cercado?

— A gente tira proveito dele. Vamos mantê-lo trabalhando arduamente em seu emprego diurno, devidamente alimentado com desinformações fabricadas que ele deixa passar pelo duto até Moscou. Nós o supervisionamos enquanto ele durar e, quando não tivermos mais o que fazer com ele, deixamos o nosso Serviço irmão acabar com a rede Gama de comunicação ao som de trompetes. *Você* recebe uma menção honrosa do Chefe, *nós* o aplaudimos e você terá feito o melhor possível pelo seu jovem amigo. Bravo. Menos que isso seria desleal, e mais seria censurável. E agora escute o *seguinte* — continua com todo o vigor, antes que eu tenha chance de discordar.

★

Bryn não precisa de anotações. Nunca precisou. Não está recitando fatos e números do seu celular da Central. Não pausa, não franze a testa nem vasculha a mente em busca de algum detalhe irritante que deixou escapar. Este é o homem que aprendeu a falar russo fluentemente em apenas um ano na Escola de Estudos Soviéticos em Roma e nas horas vagas acrescentou mandarim ao currículo.

— Nos últimos nove meses, o seu amigo Shannon reportou formalmente aos seus empregadores cinco visitas no total a missões diplomáticas europeias sediadas aqui em Londres. *Duas* só à embaixada da França para eventos culturais. *Três* à embaixada da Alemanha, uma para o Dia da Unidade Germânica, uma para a cerimônia de premiação para professores britânicos de língua alemã. E uma para fins sociais indefinidos. Você disse alguma coisa — acrescenta abruptamente.

— Estou só escutando, Bryn. Só escutando.

Se eu disse alguma coisa, foi só na minha cabeça.

— Todas essas visitas foram aprovadas pelo departamento que o contratou, se prévia ou retroativamente não temos como saber, mas as datas estão registradas e você pode verificar aqui. — E faz surgir do seu lado uma pasta com zíper. — E uma ligação inexplicada de uma cabine pública em Hoxton para a embaixada da Alemanha. Ele pede para falar com Frau Brandt do setor de viagens e é informado corretamente de que não existe nenhuma funcionária com esse nome.

Ele faz uma pausa, mas somente para se certificar de que estou acompanhando. Nem precisava se preocupar. Estou hipnotizado.

— *Também* ficamos sabendo, já que as câmeras de rua abrem seus corações para nós, que, no trajeto de bicicleta até o Marco Beta ontem à noite, Shannon parou e ficou sentado no banco de uma *igreja* por vinte minutos. — Um sorriso indulgente.

— Que tipo de igreja?

— Modesta. O único tipo que deixa as portas abertas nos dias de hoje. Sem prataria, nenhuma obra sacra, nenhum paramento que valha um centavo.

— Com quem ele falou?

— Com ninguém. Havia um casal de moradores de rua, ambos genuínos, e um velho simplório de preto do outro lado do corredor. E um sacristão. Shannon não se ajoelhou, segundo o sacristão. Ficou sentado. Depois saiu e foi embora pedalando de novo. *Então* — prossegue, com satisfação renovada —, o que ele pretendia? Estaria entregando a alma ao Criador? Escolheu um momento esquisito para isso, a meu ver, mas cada um com seu cada um. Ou será que estava se certificando de que não era seguido? Prefiro a segunda opção. O que você supõe que ele tenha ido fazer durante as visitas às embaixadas da França e da Alemanha?

Ele completa nossos copos mais uma vez, senta-se com impaciência e espera minha resposta — assim como eu, mas nenhuma me ocorre imediatamente.

— Bem, Bryn. Quem sabe você primeiro, para variar — sugiro, fazendo o jogo dele, o que o diverte.

— Na minha opinião, estava *pescando informações* nas embaixadas — responde, satisfeito. — Farejando mais informações sensíveis para alimentar o seu vício russo. Ele se fez de ingênuo diante de Gama, mas a meu ver está nessa para ir até o fim, se não fizer papel de idiota nesse meio-tempo. Agora é com você. Faça quantas perguntas quiser.

Há somente uma pergunta que quero fazer, mas o instinto me diz que devo começar com uma que seja mais branda. Escolho Dom Trench.

— *Dom!* — exclama. — Ah, meu bom *Deus! Dom!* Só as trevas. Licença de jardinagem indefinida sem opção.

— Por quê? Qual foi o pecado que ele cometeu?

— Em primeiro lugar, ser recrutado por nós. Esse é o *nosso* pecado. Algumas vezes nossa querida Central se apaixona por estelionato. O pecado *dele* foi se casar com alguém que era areia demais para o caminhãozinho dele. *E* ser pego de calça arriada por jornalistas sensacionalistas na *dark web*. Erraram alguns detalhes, mas acertaram muitos. A propósito, você está transando com aquela garota que abandonou o barco? Florence? — pergunta com o sorriso mais desconfiado possível.

— Não estou transando com Florence, Bryn.

— Nunca transou?

— Nunca.

— Por que então ligar para ela de um telefone público e levá-la para jantar?

— Ela abandonou o Refúgio e deixou os seus agentes a ver navios. É uma garota complicada e pensei que deveria manter contato com ela.

Desculpas demais, mas tudo bem.

— Bem, seja mais cuidadoso daqui em diante. Ela passou dos limites, e você também. Mais perguntas? Leve o tempo que precisar.

Levo o tempo que preciso. E mais tempo ainda.

— Bryn.

— Sim, meu garoto?

— Que raios é Jericó? — pergunto.

★

Para os descrentes, é difícil explicar a sacralidade que envolve o material de um código. Os próprios códigos, regularmente alterados no meio do caminho para confundir o inimigo, são tratados com a mesma confidencialidade que os conteúdos. Para um membro dos poucos doutrinados, o fato de pronunciar um código aos ouvidos de alguém de fora seria definido pelo dicionário de Bryn como pecado mortal. Mesmo assim, aqui estou, logo eu, *solicitando* do icônico dirigente do departamento da Rússia uma resposta para: *que raios é Jericó?*

— Quero dizer, pelo amor de Deus, Bryn — insisto, imperturbável diante do seu sorriso rígido —, Shannon olhou uma vez o material quando passou pela copiadora e pronto. Seja lá o que ele viu ou *acha* que viu, foi o suficiente. O que vou dizer se ele me perguntar sobre o assunto? Dizer que não tenho ideia do que ele está falando? Isso não seria mostrar os erros dele. Não seria laçá-lo pelo pescoço e conduzi-lo gentilmente. — E, com mais veemência: — *Shannon* sabe do que Jericó se trata e...

— Acha que sabe.

— ... e *Moscou* sabe. Gama parece tão entusiasmada por Jericó que ela própria assumiu a tarefa, com Moscou providenciando um elenco inteiro de coadjuvantes.

O sorriso se amplia parecendo consentir, mas os lábios permanecem cerrados, como se decididos a não permitir que nenhuma palavra passe por eles.

— Um diálogo — diz afinal. — Um diálogo entre adultos.

— Que adultos?

Ele ignora a pergunta.

— Somos uma nação dividida, Nat, como você já notou. As divergências entre nós, em todo o país, são claramente refletidas nas divergências entre nossos dirigentes. Não há dois ministros que pensem do mesmo modo no mesmo dia. Portanto, não é surpresa que as solicitações que a inteligência nos faz flutuem conforme o momento, chegando ao ponto de uma contradizer a outra. Afinal de contas, parte das nossas atribuições é pensar o impensável. Quantas vezes nós, os veteranos russos, fizemos isso, sentados nessa mesma sala, pensando o impensável?

Ele está procurando um aforismo. Como sempre, encontra um:

— Placas de sinalização não *seguem* na direção que *apontam*, Nat. Somos nós, pobres mortais, que precisamos escolher o caminho a seguir. A placa não é responsável pela nossa decisão. Não é assim?

Não, Bryn, não é. Ou é. De qualquer forma, você está me enrolando.

— Mas posso deduzir que você é kim/1? — sugiro. — Sendo o chefe da nossa missão em Washington. Ou tal suposição é absurda?

— Meu garoto. Suponha o que quiser.

— Mas é só isso que você tem a me dizer?

— O que mais você precisaria saber? Eis aqui uma amostra, e é só o que você vai ter. O diálogo ultrassecreto em questão está ocorrendo entre nós e nossos primos estadunidenses. A finalidade é exploratória, uma sondagem. Está sendo conduzido no mais alto nível. O Serviço faz a mediação, tudo o que está em discussão é teórico, nada está escrito em pedra. Shannon, pelo que ele próprio declarou, viu um trecho insignificante de um documento de cinquenta e quatro páginas, memorizou, provavelmente incorretamente, e tirou as próprias conclusões equivocadas, que então transmitiu a Moscou. Não temos ideia de qual foi o trecho insignificante. Ele foi pego em flagrante, graças aos seus esforços, Nat, devo acrescentar, ainda que não fosse seu objetivo. Não precisa envolvê-lo em qualquer tipo de dialética. Mostre a ele o chicote. Diga que não vai usar a não ser que seja necessário.

— E é só isso que eu posso saber?

— E é mais que o necessário. Por um momento, me deixei levar pelo sentimento. Pegue isso. É só entre nós dois. Estou na ponte aérea para D.C., então você não vai conseguir me contatar quando eu estiver a bordo.

O repentino "pegue isso" é acompanhado por um tinido de um objeto metálico largado no tampo da mesa de bebidas entre nós. É um smartphone prateado, o mesmo modelo que eu costumava entregar aos meus agentes. Olho para o aparelho, depois para Bryn, e novamente para o smartphone. Demonstrando relutância, pego-o e, com os olhos de Bryn ainda voltados para mim, transfiro-o para o bolso do meu paletó. Sua expressão fica mais suave e a voz retoma a amabilidade.

— Você será o salvador de Shannon, Nat — diz ele, para meu consolo. — Ninguém vai ter metade da gentileza que você tem com ele. Se você estiver com dúvidas, pense nas outras opções. Quer que eu o entregue a Guy Brammel?

Penso nas outras opções, ainda que não as mesmas que ele tem em mente. Ele se levanta, eu me levanto também. Ele segura o meu braço. Sempre fez isso. Tem orgulho de demonstrar afeto fisicamente. Embarcamos na longa caminhada de volta pelo vagão de trem, passamos por retratos de Jordans ancestrais vestindo trajes de renda.

— A família vai bem, no geral?

Conto a ele que Steff está noiva.

— Minha nossa, Nat, ela só tem uns 9 anos!

Nós dois rimos.

— E Ah Chan tem se dedicado à pintura em grande estilo — informa. — Ela tem em vista nada menos que uma megaexposição na Cork Street. Nada mais de giz pastel. Nem aquarela. Nem guache. É óleo ou nada. Eu me lembro que a sua Prue costumava elogiar muito o trabalho dela.

— E ainda elogia — respondo lealmente, embora isso seja novidade para mim.

À porta, ficamos de pé olhando um para o outro. Talvez estejamos compartilhando a premonição de que não voltaremos a nos ver. Vasculho a minha mente em busca de algum assunto irrelevante. Bryn, como sempre, se antecipa a mim.

— E não esquente a cabeça com Dom — insiste com uma risadinha. — O sujeito ferrou tudo que tocou na vida, então vai ser muito requisitado. Provavelmente já garantiu uma cadeira parlamentar a essa altura.

Rimos sabiamente dos caminhos perversos do mundo. Quando trocamos um aperto de mão, ele bate no meu ombro no estilo americano e faz comigo o percurso de praxe até metade da escada. O Mondeo para à minha frente. Arthur me leva para casa.

★

Prue está sentada diante do laptop. Assim que me vê, ela se levanta e, sem dizer uma palavra, destranca a porta da varanda envidraçada que dá para o jardim.

— Bryn quer que eu recrute Ed — digo debaixo da macieira. — O rapaz de quem eu falei. Com quem jogo sempre badminton. Aquele que fala muito.

— Mas recrutar para o quê?

— Como agente duplo.

— Voltado contra quem ou o quê?

— O alvo Rússia.

— Bem, não seria necessário que ele fosse primeiro um agente *comum*?

— Tecnicamente, ele já é. É um assistente administrativo de alto nível no nosso Serviço irmão. Foi pego em flagrante passando segredos para os russos, mas ainda não sabe.

Longo silêncio antes que ela se refugie no seu profissionalismo.

— Nesse caso, a Central precisa reunir *todas* as evidências, a favor *e* contra, entregar à Procuradoria-Geral da Coroa para que ele seja julgado de maneira *justa* por seus colegas em audiência *pública*. E não ficar asse-diando os amigos dele para o intimidarem e chantagearem. Você disse não a Bryn, espero.

— Disse que vou fazer isso.

— Por que...?

— Porque acho que Ed bateu à porta errada.

18

Renate é do tipo que acorda cedo.

São sete da manhã de um domingo, o sol nasceu e a onda de calor não mostra nenhum sinal de trégua enquanto sigo para o norte sobre a tundra queimada do Regent's Park até a vizinhança de Primrose. De acordo com minhas pesquisas, conduzidas no laptop de Prue, e não no meu — com Prue olhando sem compreender inteiramente, já que a lealdade residual ao meu Serviço somada a uma reticência justificável quanto às minhas transgressões passadas me proíbem de doutriná-la por completo —, estou procurando um quarteirão de *apartamentos de luxo de construção vitoriana primorosamente restaurados com porteiro residente no local*, que deveria ter me surpreendido, porque o corpo diplomático prefere ficar junto da nave mãe, que no caso de Renate seria a embaixada da Alemanha na Belgrave Square. Mas, mesmo em Helsinque, onde ela era a número dois na Estação deles, ao passo que eu era o da nossa, Renate insistia em morar o mais longe possível — ou, como ela diria, o mais livre possível — do bando diplomático — *Diplomatengesindel* — que conseguisse, de maneira aceitável.

Entro na vizinhança de Primrose. Uma tranquilidade sagrada impera sobre os casarões eduardianos de tons pastel. Em algum lugar toca o sino de uma igreja, mas discretamente. O vigoroso proprietário italiano de um café gira a manivela para baixar seu toldo listrado, e o ruído acompanha o eco dos meus passos. Viro à direita, depois à esquerda. Belisha Court é um amontoado de tijolos acinzentados em seis andares e ocupa o lado escuro de uma rua sem saída. Degraus de pedra levam a um pórtico wagneriano arqueado. As portas duplas, pretas, estão fechadas a todos que se aproximam. Os apartamentos primorosamente restaurados têm números mas não têm nomes. Há apenas um botão de campainha, com a indicação "Porteiro", mas um aviso insolente escrito a mão enfiado atrás dele diz "Nunca aos domingos". A entrada só é possível para quem tiver chave, e a tranca, para o meu espanto, é do tipo com tambor. Qualquer invasor da Central conseguiria abri-la em segundos. Seria um pouco mais demorado para mim, mas não tenho ferramenta nenhuma. A superfície está arranhada por causa do uso constante.

Atravesso para o lado ensolarado da mesma rua sem saída e finjo interesse por uma vitrine de roupas para crianças enquanto observo o reflexo das portas duplas. Mesmo em Belisha Court algum morador deve fazer uma corridinha de manhã cedo. Metade da porta dupla se abre. Não para um atleta, mas para um casal idoso de roupas pretas. Suponho que estejam a caminho da igreja. Dou um grito de alívio e atravesso a rua correndo até eles: meus salvadores. Como um completo idiota, deixei as minhas chaves lá em cima, explico. Eles riem. Bem, com eles aconteceu o mesmo, quando foi, querido? Quando nos separamos, eles descem depressa as escadas e ainda estão rindo enquanto percorro um corredor sem janelas até chegar à última porta à esquerda, antes da saída para o jardim, porque, tanto em Helsinque quanto em Londres, Renate gosta de um apartamento grande no térreo com uma boa saída pelos fundos.

A porta de número oito tem uma abertura de latão polido para cartas. O envelope nas minhas mãos está endereçado *Para Reni exclusivamente* e assinalado particular. Ela conhece a minha letra. Reni era como ela gostava que eu a chamasse. Deixo o envelope cair pela abertura, abro e fecho a aba de latão duas vezes, aperto a campainha e saio depressa pelo corredor até a rua sem saída, esquerda e direita para a rua principal, passo pelo café com um aceno e digo "oi" para o proprietário italiano, atravesso a rua, do outro lado passo por um portão de ferro e subo a Primrose Hill, que se ergue à minha frente como um domo cor de tabaco seco. No topo dela, uma família de indianos vestindo roupas de cores vibrantes tenta empinar uma gigantesca pipa, mas o vento é insuficiente mesmo para agitar as folhas áridas ao redor do banco solitário que escolho.

★

Por quinze minutos esperei, e no décimo sexto minuto já tinha quase desistido. Ela não está em casa. Saiu para correr, está com algum agente, algum amante, viajou em uma de suas excursões culturais para Edimburgo, ou Glyndebourne, ou seja lá onde for que seu disfarce exija que ela mostre a cara e cumprimente pessoas. Está se divertindo em uma de suas adoradas praias em Sylt. Em seguida, uma segunda onda de possibilidades, potencialmente muito mais constrangedoras: está em casa com o marido ou o amante, ele arrancou a carta da sua mão e está vindo me pegar: só que, nesse momento, não é o marido ou o amante vingativo, mas a própria Renate que vem andando morro acima, o movimento dos punhos cerrados parecendo socos ao lado do corpo robusto e pequeno, cabelo curto e loiro balançando com o movimento, olhos azuis faiscando, uma Valquíria em miniatura vindo me dizer que estou prestes a morrer durante a batalha.

Ela me vê, muda de direção, espalhando poeira no seu rastro. Quando se aproxima, eu me levanto por cortesia, mas ela passa por mim, desaba no banco e, me fuzilando com os olhos, espera que eu me sente ao seu lado. Em Helsinque ela falava inglês razoavelmente bem, e, melhor ainda, russo, mas, quando era dominada pela emoção, deixava de lado os dois idiomas e apelava para o conforto do seu próprio alemão do norte. Pelo seu tiroteio verbal inicial, é evidente que seu inglês melhorou muito desde que o escutei da última vez, oito anos atrás, durante nossos fins de semana furtivos em um chalé precário no litoral báltico, com uma cama de casal e um fogão a lenha.

— Perdeu de vez a sua *cabecinha minúscula*, Nat? — pergunta idiomaticamente, erguendo os olhos ferozes para mim. — Que raios você quer dizer com: *em particular, pessoalmente, conversa extraoficial*? Está tentando me recrutar ou me comer? Como não estou interessada em nenhuma dessas propostas, pode dizer isso a seja lá quem tiver mandado você aqui, porque você perdeu *completamente* a linha, *surtou* e está sendo inconveniente. Certo?

— Certo — concordo e espero que ela se acalme, porque a mulher que existe na Renate sempre foi mais impulsiva que a espiã.

— Stephanie está bem? — pergunta ela, momentaneamente apaziguada.

— Ótima, obrigado. Finalmente pôs os pés no chão, está noiva, acredite se quiser. E Paul?

Paul não é filho dela. Para sua tristeza, Renate não tem filhos. Paul é o seu marido, ou era; parte playboy de meia-idade, parte editor em Berlim.

— Obrigada, Paul também está ótimo. Suas mulheres cada vez mais jovens e mais burras, e os livros no catálogo dele cada vez piores. Então a vida está normal. Você teve outras aventuras amorosas depois de mim?

— Estou bem. Sosseguei.

— E ainda está com Prue, espero.

— Sim, com certeza.

— Então, vai me dizer por que me convocou aqui, ou preciso ligar para o meu embaixador e dizer que os nossos amigos britânicos estão fazendo propostas indecentes à sua chefe de Estação em um parque de Londres?

— Talvez deva dizer a ele que fui expulso do meu Serviço e estou em plena missão de resgate — sugiro e espero até que ela se recomponha: cotovelos e joelhos tensionados e juntos, mãos unidas no colo.

— É verdade? Demitiram você? — pergunta. — Isso não é uma estratégia idiota? Quando foi?

— Ontem, pelo que me lembro.

— Por causa de algum *romance* imprudente?

— Não.

— E quem você veio resgatar, se me permite perguntar?

— Vocês. No plural. Você, a sua equipe, a sua Estação, o seu embaixador e um punhado de gente em Berlim.

Quando Renate escuta, ninguém imagina que seus olhos grandes e azuis possam piscar.

— Você está falando sério, Nat?

— Como nunca.

Ela reflete sobre o assunto.

— E sem dúvida você está gravando a nossa conversa para a posteridade.

— Na verdade, não. E você?

— Também não, na verdade — responde. — Agora, por favor, resgate-nos depressa, se foi para isso que veio.

— Se eu disser a você que o meu ex-Serviço tinha a informação de que um membro da comunidade da inteligência britânica aqui em Londres estava oferecendo a vocês informações sobre diálogos ultrassecretos entre nós e os nossos parceiros americanos, o que você diria?

A resposta veio mais rápido do que eu esperava. Será que ela havia pensado no que iria dizer quando subiu a colina? Ou teria pedido conselho a um superior ao sair do apartamento?

— Eu diria que vocês, britânicos, estão numa expedição de pesca ridícula.

— De que tipo?

— Talvez estejam tentando fazer um teste grosseiro da nossa lealdade profissional à luz do iminente Brexit. Nada está além disso que vocês chamam de governo nessa crise atual e absurda.

— Mas você não está dizendo que tal oferta não foi feita?

— Você me fez uma pergunta hipotética e eu lhe dei uma resposta hipotética.

Ao dizer isso, a sua boca se fecha para indicar que o encontro acabou; só que, em vez de ir embora, permanece sentada e imóvel, esperando mais informação sem querer demonstrar isso. A família de indianos, cansada de tentar empinar a pipa, desce a colina. Lá embaixo, pelotões de atletas correm para a esquerda e para a direita.

— Vamos imaginar que o nome dele é Edward Shannon — sugiro.

Um dar de ombros.

— E, ainda hipoteticamente, que Shannon é ex-membro da nossa equipe de contato entre Serviços sediada em Berlim. Além disso, que ele é encantado pela Alemanha e tenha uma fixação pelo país. A motivação dele é complexa e irrelevante para os nossos propósitos mútuos. Mas não é maligna. É, na verdade, bem-intencionada.

— Naturalmente, nunca ouvi falar desse homem.

— Naturalmente, não ouviu. Contudo, ele fez uma série de visitas à sua embaixada nos últimos meses.

Menciono as datas, cortesia de Bryn.

— Como não obteve do trabalho dele em Londres um contato para a sua Estação aqui, ele não sabia a quem recorrer para oferecer seus segredos. Então agarrou o primeiro que encontrou na sua embaixada até que foi entregue a um membro da sua Estação. Shannon é um homem inteligente, mas para conspiração é o que você chamaria de um *Vollidiot*. É um cenário plausível, hipoteticamente?

— Claro que é plausível. Como um conto de fadas, tudo é plausível.

— Talvez fosse útil se eu mencionasse que Shannon foi recebido por uma integrante da sua equipe chamada Maria Brandt.

— Não temos nenhuma Maria Brandt.

— Tenho certeza que não. Mas a sua Estação levou dez dias para decidir que não tinham. Dez dias de muito debate até vocês dizerem a ele que não estavam interessados no que ele tinha a oferecer.

— Se dissemos a ele que não tínhamos interesse, o que eu nego, obviamente, por que nós dois estamos sentados aqui? Você sabe o nome dele. Sabe que ele está tentando vender segredos. Sabe que ele é um *Vollidiot*. Falta só apresentar um comprador falso e prendê-lo. Nessa eventualidade hipotética, a minha embaixada procedeu corretamente sob todos os aspectos.

— *Comprador falso*, Reni? — exclamo, incrédulo. — Está me dizendo que Ed *deu o preço dele*? Acho bem difícil de acreditar.

O olhar fixo novamente, mais suave, mais perto.

— *Ed?* — repete. — É assim que o chama? Seu hipotético traidor? *Ed?*

— É como outras pessoas o chamam.

— Mas você também?

— É prático. Não significa nada — argumento, momentaneamente na defensiva. — Você acabou de dizer que Shannon estava tentando *vender* segredos que tinha em seu poder.

Agora é a vez dela de dar um passo atrás.

— Eu não disse nada disso. Estávamos discutindo a sua hipótese absurda. Vendedores de inteligência não dizem o seu preço de cara. Primeiro apresentam a mercadoria para ganhar a confiança do comprador. Somente mais tarde os termos são discutidos. Como você e eu sabemos muito bem, não sabemos?

De fato, sabemos muito bem. Foi um vendedor de inteligência nativo da Alemanha que nos aproximou em Helsinque. Bryn Jordan farejou um delator e me instruiu a averiguar junto aos nossos amigos alemães. Eles indicaram Reni.

— Então, dez longos dias e noites até que Berlim finalmente desse ordens para que você recusasse a oferta dele — reflito.

— Está dizendo bobagens.

— Não, Reni. Estou tentando compartilhar a sua dor. Dez dias, dez noites esperando Berlim para não chegar a lugar nenhum. E lá está você, chefe da sua Estação de Londres, um prêmio reluzente ao seu alcance. Shannon lhe oferecendo o sonho da inteligência pura. Mas, que merda, o que acontece se ele for descoberto? Pense na repercussão diplomática, na nossa querida imprensa britânica: um baita escândalo de espionagem alemã em pleno Brexit!

Ela começa a protestar, mas não lhe dou trégua, já que não estou dando nem a mim mesmo.

— Você bobeou? Você não. A sua estação bobeou? O seu embaixador? Berlim bobeou? Dez dias e dez noites até lhe informarem que Shannon precisava receber a resposta de que a oferta dele era inaceitável. Se ele a abordar outra vez, você o denunciará às autoridades britânicas competentes. E é isso que Maria diz a ele antes de desaparecer numa nuvem de fumaça verde.

— Não existe essa história de *dez* dias — contesta. — Você está fantasiando, como sempre. Se tal oferta foi feita a nós, o que não aconteceu, então foi rejeitada imediata e irrevogavelmente pela minha embaixada. Se o seu Serviço ou antigo Serviço pensa diferente, está enganado. Sou mentirosa agora?

— Não, Reni. Você está fazendo o seu trabalho.

Ela está com raiva. De mim e dela mesma.

— Está tentando me conquistar para me submeter outra vez?

— Foi isso que eu fiz em Helsinque?

— Claro que foi. Você conquista todo mundo. É conhecido por isso. Foi para isso que foi contratado. Como um Romeu. Pelo seu charme homoerótico universal. Você foi insistente, eu era jovem. *Voilà*.

— Nós dois éramos jovens. E nós dois fomos insistentes, se você se lembra.

— Não me lembro disso. Temos lembranças totalmente diferentes do mesmo acontecimento infeliz. Vamos concordar com isso de uma vez por todas.

Ela é uma mulher. Estou sendo autoritário e me impondo a ela. Ela é uma agente profissional de inteligência do alto escalão. Está sendo cercada e isso não lhe agrada. Sou um antigo amante e faço parte do resto da plebe, como os demais. Sou uma parte pequena, mas preciosa, de sua vida, e ela jamais vai me deixar para lá.

— Só o que estou tentando fazer, Reni — insisto, sem me preocupar mais em conter a urgência que dominou a minha voz —, é entender da maneira mais objetiva possível o *procedimento*, dentro *e* fora do seu Serviço, no período de dez dias e dez noites, para lidar com a oferta espontânea e de alta qualidade de inteligência de Edward Shannon sobre o alvo britânico. Quantas reuniões convocadas às pressas? Quantas pessoas manusearam os documentos, trocaram telefonemas, e-mails, sinalizações, nem sempre nos meios mais seguros? Quantas conversas a meia-voz nos corredores entre políticos apavorados e servidores públicos desesperados para se proteger? Quer dizer, *Deus do céu*, Reni! — explodo. — Um jovem que viveu e trabalhou no meio de vocês em Berlim, ama a sua língua e o seu povo e considera que tem um coração germânico. Não se trata de um mercenário imoral, mas um homem pensante com a missão louca de salvar sozinho a Europa. Você não *percebeu* isso quando interpretou Maria Brandt para ele?

— De repente *eu* interpretei Maria Brandt? O que nesse mundo fez você ter *essa* ideia idiota?

— Não me diga que entregou essa tarefa à sua segunda em comando. Não você, Reni. Alguém da inteligência britânica que chega voluntariamente com uma lista de informações ultrassecretas?

Fico imaginando que ela vá protestar de novo, negar, negar, como fomos ensinados a fazer. Em vez disso, certa suavidade ou resignação a domina, e ela deixa de me olhar e examina o céu matutino.

— Foi por isso que o demitiram, Nat? — pergunta. — Por causa do rapaz?

— Em parte.

— E agora você veio para nos resgatar dele?

— Não de Ed. Mas de vocês mesmos. O que estou tentando dizer é que em algum lugar ao longo da conexão entre Londres, Berlim, Munique, Frankfurt e onde mais os seus chefes deliberem, a oferta de Shannon para vocês não só foi descoberta. Foi interceptada e captada por uma agência rival.

Um bando de gaivotas pousou ao mesmo tempo abaixo de onde estávamos.

— Uma agência *americana*?

— Russa — respondo e aguardo enquanto ela continua a observar com grande interesse as gaivotas.

— Fazendo-se passar pelo *nosso* Serviço? Sob *nossa* falsa bandeira? Moscou recrutou Shannon? — pergunta, para se certificar.

Apenas os punhos pequenos de Reni, cerrados sobre os joelhos em posição de combate, denotam sua indignação.

— Disseram a ele que a recusa de Maria em aceitar a oferta era uma tática de retardamento até se organizarem.

— E ele *acreditou* nessa merda? Meu Deus.

De novo ficamos em silêncio. Mas a hostilidade defensiva que ela acabou de demonstrar se dissipou. Assim como em Helsinque, somos camaradas na mesma causa, mesmo sem querermos admitir.

— O que é Jericó? — pergunto. — O material megassecreto protegido por código que o fez mudar de lado. Shannon leu apenas uma pequena parte do documento, mas parece que foi o suficiente para vir correndo até vocês.

Os olhos dela estão arregalados e encarando os meus o tempo todo, como ficavam quando fazíamos amor. Sua voz perdeu o tom oficial.

— Você não sabe o que é *Jericó*?

— Não estou autorizado a saber. Jamais estive e, ao que parece, jamais estarei.

Ela se desligou. Está meditando. Entrou em transe. Lentamente seus olhos se abrem. Ainda estou aqui.

— Jura para mim, Nat, como homem, como quem você é, que está me dizendo a verdade? Toda a verdade?

— Se eu soubesse toda a verdade, eu diria. O que eu disse a você é tudo o que sei.

— E os russos o *convenceram*?

— Convenceram o meu Serviço também. Fizeram um ótimo trabalho. O que é Jericó? — pergunto outra vez.

— Segundo o que Shannon me disse? Por acaso devo contar a você os segredos sujos do seu próprio país?

— Se é isso que são. Ouvi *diálogo*. Foi o máximo que peguei. Um diálogo anglo-americano superconfidencial conduzido através de canais da inteligência.

Ela respira, fecha os olhos de novo, abre-os e me encara.

— De acordo com Shannon, o que ele leu foi a prova irrefutável de uma operação secreta anglo-americana já em estágio de planejamento com o propósito duplo de enfraquecer as instituições social-democratas da União Europeia e desmantelar as nossas tarifas internacionais de comércio. — Ela respira fundo mais uma vez e continua: — Na era pós-Brexit, a Grã-Bretanha ficará desesperada por um aumento do comércio com os Estados Unidos. Os Estados Unidos vão acomodar as necessidades britânicas, mas apenas com certas condições. Uma delas será uma operação secreta em conjunto para cooptar por persuasão, inclusive suborno e extorsão, funcionários, parlamentares e formadores de opinião do contexto europeu. E também disseminar *fake news* em larga escala para intensificar as diferenças entre os Estados-membros da União Europeia.

— Está citando Shannon, por acaso?

— Estou citando o mais próximo do que ele alegou ser o prefácio do documento Jericó. Ele alega ter memorizado trezentas palavras. Escrevi todas elas. De início não acreditei.

— Agora acredita?

— Sim. E o meu Serviço também. Assim como o meu governo. Parece que temos inteligência colateral que confirma a história dele. Nem todos os estadunidenses são eurofóbicos. Nem todos os britânicos se empolgam com uma aliança de comércio com os Estados Unidos de Trump a qualquer custo.

— Mas ainda assim vocês o recusaram.

— Meu governo prefere acreditar que o Reino Unido um dia retomará seu lugar na família europeia e por isso não deseja se engajar em atividades de espionagem contra uma nação amiga. Agradecemos a sua oferta, Sr. Shannon, mas lamentamos que por tais razões seja inaceitável.

— E foi isso que você disse a ele.

— Isso é o que fui instruída a dizer a ele, então foi o que eu disse.

— Em alemão?

— Na verdade, em inglês. O alemão dele não é tão bom como ele gostaria que fosse.

E foi por isso que Valentina falou em inglês com ele, e não em alemão, reflito, assim incidentalmente resolvendo um problema que me perturbara a noite toda.

— Você perguntou a ele suas motivações? — pergunto.

— É claro que perguntei. Ele citou *Fausto*, de Goethe, para mim. No princípio era a ação. Perguntei se ele tinha cúmplices, ele citou Rilke: *Ich bin der Eine.*

— Que significa o quê?

— Que ele é o *tal*. Talvez o solitário. Ou o único. Talvez ambos. Pergunte a Rilke. Procurei a citação e não encontrei.

— Isso foi no primeiro ou no segundo encontro?

— No nosso segundo encontro ele estava com raiva de mim. Na nossa profissão, não choramos, mas fiquei tentada. Vocês vão prendê-lo?

Um aforismo de Bryn voltou à minha mente:

— Como dizemos no meio profissional, ele é bom demais para ser preso.

O olhar dela volta à encosta ressecada do morro.

— Obrigada por vir nos resgatar, Nat — diz afinal, como se tivesse acordado diante da minha presença. — É uma pena que não possamos retribuir o favor. Acho que agora você deveria ir para casa, para Prue.

19

Só Deus sabe que tipo de reação eu esperava de Ed quando ele entrou andando devagar no vestiário para a nossa décima quinta sessão de badminton no Atlético, mas certamente não o sorriso animado e o "Oi, Nat, foi bom o fim de semana?" que recebi. Traidores que horas antes atravessaram o Rubicão e sabem que não existe caminho de volta, de acordo com a minha experiência, não demonstram tal satisfação. O júbilo que surge de você acreditar que é o centro do universo normalmente é seguido de um mergulho em sentimentos de medo, autorrecriminação e profunda solidão: pois em quem mais você pode confiar de agora em diante além do inimigo?

E mesmo Ed deveria ter despertado a essa altura para o fato de que a perfeccionista Anette não era necessariamente a mais confiável das amigas, mesmo que a admiração dela por Jericó fosse ilimitada. Será que ele despertou para qualquer outro detalhe sobre ela, como a eventual insegurança de sua pronúncia germano-inglesa, quando escorregava temporária e involuntariamente para o russo com entonação georgiana? Seus modos alemães exagerados, um tanto estereotipados, um tanto *ultrapassados*? Observando-o se livrar das suas roupas de trabalho, procuro em vão qualquer indício que possa contradizer minha primeira impressão: nenhum traço sombrio no rosto quando ele pensa que não estou olhando, nenhuma incerteza nos gestos ou na voz.

— Meu fim de semana foi bom, obrigado — digo. — E o seu?

— Foi ótimo, Nat, sim, *realmente* muito bom — afirma.

E, considerando que desde o primeiro dia, que eu saiba, ele jamais fingiu minimamente nenhuma emoção, só posso imaginar que a euforia inicial da sua traição ainda vá se dissipar e, já que ele acredita estar promovendo a maior causa da Grã-Bretanha na Europa, e não a traindo, é compreensível que esteja de fato satisfeito consigo mesmo como demonstra.

Nos dirigimos à quadra um, Ed à frente, movimentando a raquete e rindo sozinho. Jogamos a peteca no chão para ver quem saca. Ela cai apontando para o lado de Ed da quadra. Talvez um dia o Criador me explique como foi possível que, desde aquela segunda-feira sombria, quando Ed deu início à sua sequência de vitórias, ele ganhou todas as malditas disputas de saque.

Mas me recuso a ficar intimidado. Posso não estar na melhor forma. Por motivos de *force majeure*, não tenho feito minhas corridas matinais, nem meus treinos na academia. Mas hoje, por razões complexas demais para eu identificar, resolvo derrotá-lo nem que seja a última coisa que eu faça.

Chegamos a um empate de dois a dois. Ed demonstra todos os sinais de estar entrando em uma de suas fases letárgicas, quando durante alguns rallies não se importa tanto em vencer. Se eu puder mantê-lo ocupado com *lobs* na linha de fundo, ele começará a bater erraticamente. Mando-lhe um *lob*. Mas, em vez de atirar a peteca contra a rede, como faria todo o sentido eu esperar, ele lança a raquete para cima, agarra-a e anuncia com segurança e estilo:

— É isso, obrigado, Nat. Nós dois somos vencedores hoje. E, por sinal, obrigado por algo mais também.

Por *algo mais*? Como acidentalmente expor que ele é a porcaria de um espião russo? Passando por baixo da rede, ele bate a mão no meu ombro — a primeira vez que faz isso — e anda comigo para o bar até o nosso *Stammtisch*, onde me manda sentar. Retorna com dois copos gelados com cerveja *lager* Carlsberg, azeitonas, castanhas-de-caju e salgadinhos. Ele se senta diante de mim, me entrega o meu copo, ergue o dele e inicia um discurso preparado com o tipo de voz que faz lembrar suas origens do norte.

— Nat, eu tenho algo a lhe dizer da maior importância para mim e espero que para você também. Vou me casar com uma mulher maravilhosa e se não fosse você eu jamais a teria conhecido. Então sou verdadeiramente grato a você, não apenas por algumas partidas de badminton muitíssimo divertidas nos últimos meses mas por me apresentar à mulher dos meus sonhos. Então, sou muito, muito grato. Pois é.

Muito antes do "pois é" eu tinha entendido tudo. Havia apenas uma mulher maravilhosa que eu tinha apresentado a ele, e, de acordo com a história cheia de furos para compor o disfarce que Florence, enraivecida, se recusou a compartilhar, eu tinha me encontrado com ela precisamente em duas ocasiões: a primeira, quando entrei no escritório do meu amigo fictício, o investidor de *commodities*, de quem ela era secretária temporária de alto nível, e, a segunda, quando ela me comunicou que não queria mais mentir porra nenhuma. Será que nesse ínterim ela disse ao noivo que seu querido parceiro de badminton era um espião veterano profissional? Se a doçura espontânea do sorriso dele enquanto erguemos os copos um para o outro serve de algum indicativo, ela não disse.

— Ed, é realmente uma notícia sensacional — declaro —, mas quem *é* essa mulher maravilhosa?

Ele vai me dizer que sou um mentiroso e uma fraude porque sabe muito bem que Florence e eu trabalhamos lado a lado durante a maior parte do tempo nos últimos seis meses? Ou vai fazer o que faz agora, que é exibir um sorriso astuto de mágico para mim, tirar o nome dela da cartola e me surpreender?

— Por acaso, se lembra de *Florence*?

Tento. Florence? *Florence*? Me dê um momento. Deve ser a idade. Sacudidela de cabeça. Não consigo me lembrar, receio que não.

— A garota com quem jogamos *badminton*, pelo amor de Deus, Nat — desabafa ele. — *Aqui* mesmo. Com Laura. Quadra três. *Você* se lembra! Ela estava trabalhando temporariamente para o seu amigo empresário e você a trouxe para formarmos duas duplas.

Permito que caia a ficha.

— Claro! *Aquela* Florence. Uma supergarota, realmente. Meus sinceros parabéns. Como pude ser tão imbecil? Meu caro...

Quando trocamos um aperto de mão, deparo com mais dois detalhes irreconciliáveis de espionagem. Florence ficou presa aos seus juramentos à Central, pelo menos segundo me consta. E Ed, um espião russo identificado, pede em casamento uma pessoa que há pouco tempo trabalhava no meu Serviço, desse modo multiplicando infinitamente a chance de um escândalo nacional. Mas são apenas pensamentos dispersos pairando na minha mente enquanto ele expõe os planos de "algo rápido no cartório, sem conversa fiada".

— Liguei para a minha mãe, e ela ficou *fascinada* — confidencia ele, inclinando-se para a frente por cima do copo de cerveja e agarrando meu antebraço em meio ao entusiasmo. — Ela é ligada em Jesus de um jeito muito especial, a minha mãe, assim como Laura. E *pensei* que ela fosse dizer, sabe, se Jesus não vai estar presente no casamento, vai ser um fiasco.

Estou ouvindo Bryn Jordan: *ficou sentado no banco de uma igreja por vinte minutos... modesta... sem prataria.*

— Só que a minha mãe não pode viajar, não tão fácil assim — explica. — Não assim de repente, com o problema da perna e com Laura. Então o que ela disse foi: faça como vocês dois quiserem. Depois, quando estiverem prontos, não antes, faremos do jeito certo na igreja e vamos convidar um monte de gente. Ela acha, assim como Laura, que Florence é a melhor do mundo; aliás, quem iria discordar? Então marcamos para essa próxima sexta, como costuma ser, ao meio-dia em ponto no Cartório de Registro Civil em Holborn, porque há uma fila, especialmente por causa do fim de semana. Calculam no máximo quinze minutos para cada um, e depois é o casal seguinte que entra e direto para o pub, se você e Prue puderem, sendo tão em cima da hora, e eu sei que ela é uma advogada importante e superocupada.

Estou sorrindo de um jeito benigno, paternal, que costuma tirar Steff do sério. Ainda não tirei o meu antebraço da mão dele. Dou a mim mesmo tempo para assimilar a notícia surpreendente.

— Então você está convidando a mim e a Prue para o seu casamento, Ed — confirmo com a apropriada e solene admiração. — Você e Florence. Ficamos muito honrados, é o que posso dizer. Sei que Prue vai sentir o mesmo. Ela já ouviu falar muito de você.

Ainda estou tentando assimilar essa notícia memorável quando ele desfere o golpe de misericórdia:

— Sim, bem, pensei que, como você vai estar presente, poderia... bem... tipo, ser o meu padrinho também. Se você concordar — acrescenta, dando lugar ao seu sorriso largo, que, assim como sua necessidade recém-descoberta de precisar me tocar a cada oportunidade, se tornou, por assim dizer, algo frequente na nossa interação.

Olhe para o lado. Olhe para baixo. Clareie a mente. Levante a cabeça. Sorria espontaneamente mal acreditando.

— Ora, é claro que *concordo*, Ed. Mas certamente você tem alguém melhor, mais próximo da sua idade, não? Um antigo colega de escola? Alguém da universidade?

Ele pensa sobre o que falei, dá de ombros, balança a cabeça, sorri timidamente.

— Na verdade, não — responde, e, a essa altura, estou desnorteado, sem saber a diferença entre o que estou sentindo e o que estou fingindo sentir.

Recupero o meu antebraço e de novo trocamos um aperto de mão másculo, no estilo inglês.

— E, se Prue estiver de acordo, pensamos que ela poderia ser a *testemunha*, porque alguém tem que ser — continua implacavelmente, como se eu já não estivesse transbordando com as notícias anteriores. — Eles têm alguém que pode ser contratado no próprio cartório se for necessário, mas consideramos que Prue seria melhor. E ela é advogada, não é? Vai se certificar de que tudo está legal e em ordem.

— Sim, sem dúvida, Ed. Se ela puder se ausentar do trabalho — acrescento, tomando o devido cuidado.

— Aliás, se você puder, reservei mesa para três no chinês às oito e meia — continua, quando penso que já tinha ouvido tudo.

— *Hoje à noite?* — pergunto.

— Se não tiver problema — diz ele e espia semicerrando os olhos o relógio atrás do bar que está dez minutos adiantado e marca oito e quinze. — Só é uma pena que Prue não possa ir — acrescenta atenciosamente. — Florence queria muito conhecê-la. E ainda quer. Pois é.

Por acaso, Prue cancelou pela primeira vez as consultas *pro bono* com os clientes e está em casa esperando o resultado do encontro com Ed naquela noite. Mas por enquanto prefiro guardar essa informação para mim, porque neste momento o agente secreto está reassumindo o controle.

— Florence quer muito encontrar *você* também, Nat — acrescenta, com receio de que eu me sinta ofendido. — Oficialmente. Como meu padrinho e tal. Sem falar em todas as partidas que jogamos.

— E eu também quero muito encontrá-*la* oficialmente — digo e peço licença enquanto vou até o banheiro masculino.

No caminho, localizo uma mesa com duas mulheres e dois homens numa conversa animada quando passo por eles. Se não me engano, a mulher mais alta foi vista empurrando um carrinho de bebê no Marco Beta. No meio de um alarido de vozes masculinas que vem da área dos chuveiros do vestiário, informo a Prue as boas notícias em tons adequados e esterilizados e lhe comunico meu plano de ação imediata: levá-los à nossa casa assim que terminarmos o jantar no chinês. Sua voz não se altera. Pergunta se há algo específico que eu queira pedir a ela. Digo que vou precisar de quinze minutos no meu escritório para ligar para Steff, como prometi. Ela diz sim, é claro, querido, ela vai segurar as pontas, e mais alguma coisa? Por enquanto é isso, digo. Acabei de dar o meu primeiro passo, irreversível, no plano que, se não me engano, teve sua origem não reconhecida no que Bryn chamou de minha outra mente desde que me reuni com ele, e provavelmente antes, considerando que as sementes da insubordinação, de acordo com nossos psiquiatras internos, são em grande parte plantadas antes do ato externo que delas resulta.

Dito isso, na minha própria lembrança da breve conversa com Prue que acabo de descrever, fui a objetividade em pessoa. Na lembrança de Prue, eu estava à beira de perder as estribeiras. Mas não há dúvida de que, ao ouvir a minha voz, ela percebeu imediatamente que estávamos no modo operacional e que, embora eu jamais tenha permissão de dizer, ela continua sendo uma grande perda para a Central.

*

O Golden Moon está encantado em nos receber. O proprietário chinês é membro vitalício do Atlético. Fica impressionado de saber que Ed é meu adversário habitual. Florence chega na hora marcada, afobada e mesmo assim esbanjando charme, e logo faz sucesso com os garçons, que se lembram dela da última vez que esteve lá. Veio direto da obra, onde estava lidando com pedreiros, e tem manchas de tinta na calça jeans para comprovar.

De acordo com qualquer padrão racional, a essa altura eu deveria estar perdido e sem saber o que fazer, mas mesmo antes de nos sentarmos minhas duas maiores preocupações são resolvidas. Florence decidiu se manter fiel ao disfarce improvável, a julgar por nossos oi-de-novo simpáticos mas sem intimidade. Meu convite para um café pós-prandial com Prue, no qual se apoia todo o meu plano, é recebido com entusiasmo e a aprovação do casal. Só o que preciso fazer é pedir uma garrafa de espumante em homenagem a eles — o melhor que a casa puder oferecer em termos de champanhe — e desfrutar da companhia deles até conseguir levá-los para casa e dar uma escapada sozinho ao meu escritório.

Pergunto-lhes, como convém, já que parece que foi ontem que apresentei os jovens pombinhos um ao outro, se foi amor à primeira vista. Ambos ficam intrigados com a pergunta, não porque não soubessem a resposta, mas por acharem que era gratuita. Bem, houve as duplas de badminton, não houve? Como se isso explicasse tudo, o que mal explicava, considerando que minha única memória duradoura do evento era de Florence furiosa comigo depois de se demitir da Central. E depois houve o jantar no chinês que eu perdi.

— Nessa mesma mesa onde estamos sentados agora, não é, Flo? — diz Ed, com orgulho. E ali estão eles, uma das mãos segurando o hashi e a outra fazendo carícias. — E daí em diante, bem, ficou bem claro, não ficou, Flo?

É *Flo* mesmo que estou escutando? *Jamais a chame de Flo* — a não ser que você seja o homem dos seus sonhos? A conversa deles sobre o casamento e a incapacidade de pararem de se acariciar despertam em mim lembranças de Steff e Juno no almoço de domingo. Digo a eles que Steff está noiva e eles se desmancham em alegria simbiótica. Conto em detalhes a história que agora virou minha atração de festa: morcegos gigantes em Barro Colorado. O único problema é que, cada vez que Ed entra na conversa, eu me pego comparando a voz alegre, apaixonada que estou escutando com a versão rancorosa que Valentina, ou Anette, ou Gama teve que tolerar três noites atrás.

Fingindo que estou com dificuldade de conseguir sinal no meu celular, vou até a rua e ligo pela segunda vez para Prue, adotando o mesmo tom leve. Uma van branca está estacionada do outro lado da rua.

— Qual é o problema agora? — pergunta ela.

— Nenhum, na verdade. Só para saber se está tudo bem — respondo e me sinto idiota.

Volto para a nossa mesa e confirmo que Prue está de volta do escritório de advocacia e ansiosa para nos receber. Meu comunicado é ouvido por dois homens na mesa ao lado, e os dois comem devagar. Cientes de sua tarefa de espionagem, continuam mastigando quando saímos.

Consta abertamente no meu arquivo pessoal do Escritório Central que, se por um lado sou capaz de raciocínios operacionais rápidos de primeiro nível, o mesmo não pode ser dito sempre dos meus relatórios. Enquanto nós três percorremos de braços dados as poucas centenas de metros até a minha casa — com Ed animado por meia garrafa de espumante, insistindo em que eu, sendo seu padrinho, devo aguentar o aperto da sua mão esquerda ossuda —, me ocorre que, mesmo que eu esteja fazendo algum raciocínio operacional de alto nível, tudo agora vai depender da qualidade do meu relatório.

*

Tenho adiado até agora a minha descrição de Prue, mas só porque estava esperando as nuvens do nosso distanciamento forçado se dissiparem e nosso afeto mútuo emergir de maneira sincera, o que se deu graças à declaração providencial de Prue na manhã seguinte ao meu interrogatório conduzido por meus *chers collègues*.

Se nosso casamento não é em geral compreendido, tampouco é Prue. Franca, advogada de esquerda e defensora dos pobres e dos oprimidos; campeã destemida das ações coletivas; bolchevique de Battersea; nenhum dos slogans óbvios que a acompanham faz jus a Prue que conheço. Mesmo considerando o contexto elitista de sua origem, ela conquistou tudo sozinha. Seu pai, juiz, era um canalha que odiava a competição dos filhos, fez da vida deles um inferno e se recusou a sustentar Prue na faculdade de direito. Sua mãe morreu de alcoolismo. Seu irmão desapareceu. Não há necessidade, na minha opinião, de ressaltar sua humanidade e seu bom senso, mas para outros, especialmente para meus *chers collègues*, às vezes, sim.

★

Os cumprimentos eufóricos terminaram. Estamos os quatro acomodados no solário da nossa casa em Battersea, conversando sobre assuntos banais e divertidos. Prue e Ed estão sentados no sofá. Prue abriu as portas que dão para o jardim, deixando entrar a brisa escassa. Dispôs algumas velas e desenterrou da sua gaveta de presentes uma caixa de chocolates finos para os futuros noivos. Ela arrumou uma garrafa de Armagnac envelhecido que eu nem sabia que tínhamos em casa e fez café e colocou numa grande garrafa térmica. Mas há algo que, no meio de todo o divertimento, ela precisa dizer:

— Nat, querido, me desculpe, mas, *por favor*, não esqueça que você e Steff têm um assunto urgente para discutir. Acho que você disse nove horas. — E essa é a minha deixa para olhar o relógio, ficar de pé, dizendo "graças a Deus você me lembrou, volto em dois tempos", e subir depressa as escadas até o escritório.

Tiro da parede uma foto emoldurada do meu falecido pai numa carruagem cerimonial, coloco-a voltada para cima na minha escrivaninha, pego um maço de papel de uma gaveta e disponho folha por folha na superfície de vidro para não deixar marca. Só mais tarde me dou conta de que estou seguindo uma antiga prática da Central enquanto me preparo para romper com todas as regras do manual da própria Central.

Primeiro escrevo um resumo das informações até então disponíveis contra Ed. Em seguida, exponho dez instruções de campo, um parágrafo claro de cada vez, nenhum maldito advérbio, como Florence diria. No alto do documento, acrescento o antigo símbolo da Central e, na parte inferior, o meu. Releio o que escrevi, sem encontrar falha, dobro a página duas vezes, insiro em um envelope pardo e escrevo *Recibo para a Sra. Florence Shannon* com a caligrafia de uma pessoa sem instrução.

Volto para o solário e percebo que sou dispensável. Prue já elegeu Florence como sua companheira foragida das garras da Central, embora não declarada, e, portanto, uma mulher por quem ela sente afinidade imediata, embora indefinida. O assunto do momento é operários de obra. Florence, portando uma taça de Armagnac envelhecido, apesar do declarado vício por borgonha tinto, domina o assunto enquanto Ed cochila ao seu lado no sofá e de tempos em tempos abre os olhos para adorá-la.

— Assim, *sinceramente*, Prue, depois de lidar com pedreiros poloneses, carpinteiros búlgaros e um mestre de obras escocês, fico pensando: preciso de *legendas*! — diz Florence às gargalhadas.

Ela precisa fazer xixi. Prue mostra o caminho. Ed olha para elas quando se afastam, então inclina a cabeça para a frente, enfia as mãos entre os joelhos e se entrega a um de seus devaneios. A jaqueta de couro de Florence está no encosto de uma cadeira. Sem que Ed perceba, retiro-a da cadeira, levo-a para o hall, coloco o envelope pardo no bolso do lado direito e a deixo pendurada ao lado da porta. Florence e Prue retornam. Florence nota a falta da jaqueta e olha para mim questionando. Ed ainda está de cabeça baixa.

— Ah. A sua jaqueta — digo. — De repente fiquei preocupado de você a esquecer. Tem alguma coisa meio para fora do seu bolso. Me pareceu uma conta.

— Ah, merda — responde mais rápido que num piscar de olhos. — Deve ser do eletricista polonês.

Mensagem recebida.

Prue faz uma narrativa breve de sua batalha em andamento com os barões da Big Pharma. Florence responde com um vigoroso "Esses são os piores dos piores. Que se fodam todos eles". Ed está quase adormecido. Sugiro que já é hora de criança estar na cama. Florence concorda. Eles moram do outro lado de Londres, ela nos diz, como se eu não soubesse: a pouco mais de um quilômetro e meio do Marco Beta, para ser preciso, mas ela não chega a dizer essa parte. Talvez não saiba. Usando meu celular pessoal, peço um Uber. Chega tão rápido que assusta. Ajudo Florence a vestir a jaqueta de couro. A partida, depois de vários muito-obrigados, felizmente é rápida.

— Muito, muito bom, Prue — diz Florence.

— Maravilhoso — concorda Ed em meio à névoa de sono, espumante e Armagnac envelhecido.

Ficamos de pé à porta acenando para o carro que se afasta. Continuamos acenando até ele desaparecer de vista. Prue segura meu braço. Que tal um passeio no parque nessa linda noite de verão?

*

Na extremidade norte do parque há um banco mais distante da pista de caminhada, que fica num pequeno espaço entre o rio e um amontoado de salgueiros. Prue e eu o chamamos de *nosso banco* e é onde gostamos de nos sentar e nos aninhar depois de um jantar social se o clima estiver bom e tivermos nos livrado dos convidados até uma hora razoável. Eu me recordo que, por algum instinto remanescente do nosso tempo em Moscou, não trocamos nenhuma palavra comprometedora antes de nos sentarmos lá, nossas vozes abafadas pelo barulho do rio e pelo ruído da cidade noturna.

— Você acha que é para valer? — pergunto, depois de um prolongado silêncio entre nós, que sou o primeiro a interromper.

— Você se refere aos dois juntos?

Prue, normalmente tão cuidadosa nos julgamentos, não tem dúvida sobre o assunto.

— Eram como duas corchas à deriva e agora se encontraram — declara com seu jeito franco. — Essa é a visão de Florence, e fico feliz de compartilhar. Os dois foram cortados do mesmo sobreiro ao nascerem e, enquanto ela acreditar nisso, eles vão ficar bem, porque ele vai acreditar em tudo que ela disser. Florence acha que está grávida, espera que esteja, mas não tem certeza. Então, seja lá o que você estiver preparando para Ed, lembre-se de que vai ser para os três.

*

Prue e eu podemos discordar sobre qual de nós pensou o quê ou disse o quê na troca de ideias sussurradas que se seguiu, mas me lembro claramente de como nossas vozes mergulharam ao nível de Moscou como se estivéssemos num banco do Parque Central de Cultura e Lazer de Gorky em vez de em Battersea. Eu contei a ela tudo o que Bryn me dissera, tudo o que Reni me dissera, e ela ouviu sem comentar. Dei pouca atenção à parte de Valentina e a saga para desmascarar Ed, porque fazia parte do passado distante. A questão, assim como é recorrente no planejamento operacional, era como usar os recursos do inimigo contra ele, embora eu tivesse menos disposição do que Prue para definir a Central como inimiga.

E me lembro de que estava repleto da mais pura gratidão quando embarcamos nos ajustes finos do que gradualmente passou a ser nosso plano mestre, pois, do jeito que nossas ideias e palavras se fundiram num só fluxo, a autoria se tornou irrelevante. Mas Prue, pelas melhores razões, não quer saber disso. Ela ressalta as providências iniciais que já tomei, mencionando a carta manuscrita importante que escrevi com instruções para Florence. Na versão de Prue, sou eu a força motora e ela segue no meu vácuo: qualquer coisa é melhor, a seu ver, do que admitir que a esposa dos tempos de juventude na Central e a advogada da maturidade têm algum parentesco distante.

Certo é que, quando me levantei do nosso banco, andei alguns metros ao longo da trilha do rio, ainda me certificando de que Prue pudesse escutar, e toquei a tecla para contatar Bryn Jordan no celular adulterado que ele havia me entregado, Prue e eu estávamos, segundo ela mesma definiria, de pleno acordo em todos os aspectos fundamentais.

*

Bryn tinha me avisado que poderia estar em trânsito entre Londres e Washington, mas o ruído que escuto ao fundo no receptor me diz que ele está em terra firme, tem pessoas ao redor, a maioria homens, e que são americanos. Minha suposição, por conseguinte, é de que ele está em Washington, e estou interrompendo uma reunião, o que significa que, com sorte, talvez não tenha sua total atenção.

— Sim, Nat. Como estamos? — pergunta no habitual tom gentil com um toque de impaciência.

— Ed vai se casar, Bryn — informo categoricamente. — Na sexta. Com a minha ex-número dois no Refúgio. A mulher sobre quem conversamos. Florence. No Cartório de Registro Civil em Holborn. Saíram da nossa casa há poucos instantes.

Ele não demonstra nenhuma surpresa. Já sabe. Sabe mais que eu. Quando foi que não soube? Mas não lhe pertenço mais nem estou mais sob seu comando. Pertenço a mim mesmo. Ele precisa mais de mim que eu dele. Não se esqueça.

— Ele quer que eu seja o padrinho, acredite se quiser — acrescento.

— E você aceitou?

— O que você esperava que eu fizesse?

Efervescência nos bastidores enquanto ele despacha algum assunto urgente.

— Você teve uma hora inteira com ele a sós no clube — me lembra Bryn, rabugento. — Por que raios não partiu para cima dele?

— Como eu faria isso?

— Dizendo que, antes de você aceitar a função de padrinho, ele precisava saber algumas coisas sobre ele mesmo, e seguir daí. Minha vontade é entregar o trabalho a Guy. Ele não vai ficar de palhaçada.

— Bryn, quer me ouvir, por favor? O casamento vai ser daqui a quatro dias. Shannon está com a cabeça em outro planeta. Não se trata de quem vai abordá-lo. Trata-se de decidirmos se vamos abordá-lo agora ou esperar até que ele se case.

Eu também estou sendo rabugento. Sou um homem livre. Do nosso banco a quase cinco metros da trilha que acompanha o rio, Prue faz um aceno de cabeça silencioso de aprovação.

— Shannon está nas alturas, Bryn. Se eu o abordar agora, ele vai me mandar para o inferno com todas as consequências. Bryn?

— Espere!

Espero.

— Está ouvindo?

Estou, Bryn.

— Não vou permitir que Shannon tenha outro *treff* com Gama ou seja lá quem for antes que o tenhamos nas nossas mãos. Entendeu?

Treff é encontro secreto. Jargão alemão de espionagem. E de Bryn.

— E é sério que cabe a mim *dizer* isso a ele? — respondo, indignado.

— Cabe a você dar conta dessa merda de trabalho e não perder mais tempo — retruca enquanto o clima entre nós esquenta.

— Estou lhe dizendo, Bryn. Ele está totalmente ingovernável no atual estado de espírito. Ponto final. Não vou fazer isso até que ele esteja com os pés no chão.

— Então o que você *vai* fazer?

— Deixe-me conversar com a noiva, a Florence. Ela é o único caminho possível para se chegar até ele.

— Ela vai alertar Shannon.

— Ela foi treinada pela Central e trabalhou para mim. É esperta e conhece os riscos. Se eu explicitar a situação, ela vai convencê-lo.

Burburinho ao fundo antes que ele continue a falar.

— Ela está *ciente*? A garota. Do que o noivo está fazendo?

— Não acho que isso importe tanto, Bryn. Eu nunca expus a situação para ela. Se ela for cúmplice, sabe que vai se dar mal também.

A voz dele se suaviza um pouco.

— Como propõe abordá-la?

— Vou convidá-la para almoçar.

Mais barulho de bastidores. Então um retorno veemente:

— Você o *quê*?

— Ela é adulta, Bryn. Não faz escândalo e gosta de peixe.

Vozes, mas Bryn não está entre elas.

Por fim:

— Para onde vai levá-la, pelo amor de Deus?

— Ao mesmo lugar onde a levei antes. — Hora de demonstrar mais um pouco de temperamento difícil. — Olha, Bryn, se não gosta do que estou sugerindo, tudo bem para mim, dê o raio do trabalho para Guy. Ou venha e faça você mesmo.

Do nosso banco, Prue passa um dedo pelo pescoço, sinalizando para eu desligar, mas Bryn, com um "Me informe assim que tiver conversado com ela" seco, desliga antes de mim.

Cabeça baixa, de braços dados, voltamos andando para casa.

— Acho que ela *suspeita*, de qualquer forma — reflete Prue. — Pode não *saber* muito, mas sabe o bastante para se preocupar.

— Bom, agora vai ser mais que uma *suspeita* — respondo impetuosamente, ao imaginar Florence sozinha e curvada no meio do entulho dos pedreiros no apartamento deles em Hoxton, lendo minha carta de dez itens, enquanto Ed dorme o sono dos justos.

20

Não me surpreendeu — teria me surpreendido muito mais se fosse diferente — que eu jamais tivesse visto o semblante de Florence tão firme ou destituído de expressão; nem mesmo quando ela estava sentada do outro lado da mesa naquele mesmo restaurante, recitando a lista de acusações contra Dom Trench e sua caridosa baronesa.

Bem, quanto ao meu semblante, refletido em vários espelhos, impassível como o de um agente a trabalho é a melhor descrição.

O restaurante tem o formato de L. Na área menor há um bar com bancos acolchoados para clientes cujas mesas ainda não estão prontas, como informam os atendentes, então por que não aguardar sentado e beber champanhe por doze libras a taça? E é isso que estou fazendo agora, esperando a chegada de Florence. Mas não sou o único esperando por ela. Foram-se os garçons sonolentos. A turma de hoje está extremamente solícita, a começar pelo *maître*, ansioso por me mostrar a mesa que reservei e perguntar se eu ou *madame* temos alguma restrição alimentar ou exigências especiais. Nossa mesa não é a que pedi, próxima à janela — infelizmente nossas mesas próximas às janelas foram reservadas há muito tempo, senhor —, mas ele espera que esse canto silencioso seja aceitável. Poderia ter acrescentado "e aceitável para os microfones de Percy Price", porque, de acordo com Percy, janelas, quando tem muito falatório ao fundo, disputando com as nossas vozes, atrapalham feito o cão a captação do som.

Mas nem mesmo os magos de Percy podem cobrir cada fresta e canto de um bar lotado, por isso vem a seguinte pergunta do *maître* para mim, expressa no tempo verbal profético e amado de seu ofício:

— E gostariam de ir diretamente para a mesa e degustar nosso aperitivo com tranquilidade, ou preferem se aventurar no bar, que *pode* ficar um tanto animado para algumas pessoas?

Como animado significa exatamente do que preciso, e os microfones de Percy não, opto por me aventurar no bar. Escolho um sofá aveludado para dois e peço uma taça grande de borgonha tinto além da minha taça de champanhe de doze libras. Um grupo de clientes entra, provavelmente providenciados por Percy. Florence deve ter se misturado a eles porque, quando percebo, ela já está sentada ao meu lado, mal reconhecendo a minha presença. Mostro a ela a taça de borgonha tinto. Ela balança a cabeça. Peço água com gelo e limão. No lugar do seu uniforme da Central, ela usa o terninho. No lugar do anel de prata velho no anelar, nada.

Quanto a mim, estou usando blazer azul-marinho e calça social cinza. No bolso direito do meu blazer levo um batom cujo estojo é um tubo de metal. É de fabricação japonesa e o único luxo de Prue. Corte fora a parte de baixo do batom e você terá uma cavidade profunda e larga o suficiente para acomodar uma tira de microfilme ou, no meu caso, uma mensagem escrita a mão num pedaço de papel de impressora.

A conduta de Florence é de falsa descontração, precisamente como deveria ser. Eu a convidei para almoçar, mas meu tom de voz era enigmático e ela ainda precisa saber por quê: estou convidando-a enquanto padrinho escolhido por seu futuro marido ou como seu antigo chefe? Falamos banalidades. Ela é educada, mas cautelosa. Mantendo a voz abaixo do burburinho, avanço para o assunto em questão.

— Primeira pergunta — digo.

Ela respira fundo e inclina a cabeça tão perto da minha que sinto o toque do seu cabelo.

— Sim, ainda quero me casar com ele.

— Próxima pergunta?

— Sim, eu disse para ele fazer isso, mas não sabia do que se tratava.

— Mas você o incentivou — sugiro.

— Ele disse que precisava fazer alguma coisa para impedir uma conspiração anticomunidade europeia, mas que seria contrária ao regulamento.

— E você?

— Se ele achava que devia, que fizesse e foda-se o regulamento.

Ignorando a ordem das minhas perguntas, ela se precipita e continua:

— Depois de feito, era uma sexta, ele voltou para casa, chorou e não disse por quê. Eu disse que fosse lá o que tivesse feito, se era pelo que acreditava, então estava tudo bem. Ele disse que acreditava. Eu disse então você está bem, não está?

Esquecendo-se do que havia decidido, toma um gole do borgonha.

— E se ele descobrisse com quem estava lidando? — instigo.

— Ele se entregaria ou se mataria. É o que você quer ouvir?

— É informação.

Sua voz começa a se elevar. Ela baixa o tom.

— Ele não consegue mentir, Nat. Só sabe dizer a verdade. Ele seria inútil como agente duplo, mesmo que aceitasse fazer isso, o que jamais aceitaria.

— E os planos de casamento? — instigo novamente.

— Convidei todo mundo e mais um pouco para nos reunirmos depois no pub, conforme as suas instruções. Ed pensa que estou louca.

— Onde vão passar a lua de mel?

— Não vamos.

— Reserve um hotel em Torquay assim que voltar para casa. O Imperial ou equivalente. A suíte nupcial. Duas noites. Se pedirem um depósito, pague. Agora pense em algum pretexto para abrir a bolsa e a ponha entre nós.

Ela abre a bolsa, retira um lenço de papel, passa no olho, deixa-a displicentemente aberta entre nós. Tomo um gole de champanhe, e, passando o braço na frente do meu corpo, deixo cair na bolsa o batom de Prue.

— No momento em que estivermos no salão de jantar, estaremos no ar — digo-lhe. — A mesa está grampeada, e o restaurante, repleto do pessoal de Percy. Seja complicada como você sempre foi e mais um pouco. Entendeu?

Ligeiro movimento de cabeça.

— Diga.

— *Entendido, que merda* — sibila para mim.

O *maître* está nos aguardando. Ocupamos a nossa mesa simpática no canto, sentados um de frente para o outro. O *maître* garante que tenho a melhor vista do restaurante. Percy deve tê-lo mandado fazer um curso de carisma. Os mesmos cardápios enormes. Insisto em que peçamos *hors-d'oeuvres*. Florence se opõe. Persisto sugerindo salmão defumado e ela diz tudo bem. Concordamos que linguado será o prato principal.

— Então hoje vai ser o mesmo prato para ambos, senhor — exclama o *maître*, como se hoje fosse um dia diferente de todos os outros.

Até esse momento ela conseguira evitar olhar para mim. Agora olha.

— Se importa de me dizer por que *caralho* você me arrastou para cá? — pergunta na minha cara.

— Digo de bom grado — respondo no mesmo tom irritado. — O homem com quem você está vivendo e aparentemente quer se casar foi identificado pelo Serviço ao qual você uma vez pertenceu como agente voluntário da inteligência Russa. Mas isso talvez não seja novidade para você. Ou é?

Sobem as cortinas. Estamos no ar. Sombras de Prue e eu mesmo fingindo para os microfones em Moscou.

*

Disseram-me no Refúgio que Florence tinha um temperamento forte, mas até agora só presenciei isso na quadra de badminton. Pergunte-me se foi real ou simulado, só posso dizer que ela tem jeito para a coisa. Foi improvisação em larga escala: artística, inspirada, espontânea, implacável.

Primeiro ela me escuta imóvel feito uma pedra, o rosto rígido. Digo a ela que temos provas inquestionáveis da traição de Ed em vídeo e áudio. Digo que ela pode assistir confidencialmente à filmagem, uma mentira deslavada. Informo que temos bons motivos para acreditar que, no momento em que ela saiu porta afora da Central, estava tomada pelo ódio da elite política britânica e, portanto, não me surpreende descobrir que ela se envolveu com um tipo amargurado e solitário imbuído de sentimento de vingança e que está oferecendo nossos segredos mais recentes aos russos. Digo ainda que, apesar desse ato de insensatez desmedida ou coisa pior, estou autorizado a lhe oferecer uma tábua de salvação.

— Para começar, explique a Ed em alto e bom som que o ardil dele foi para o espaço. Diga que temos provas sólidas, irrefutáveis. Informe que o próprio Serviço quer a cabeça dele, mas há um caminho de salvação se ele concordar em colaborar incondicionalmente. Caso ele fique na dúvida, a alternativa é um longo período de prisão.

Tudo isso dito discretamente, você entende, nada de drama, interrompido somente uma vez pela chegada do salmão defumado. Percebo, pela sua contínua imobilidade, que ela está espumando de raiva, com razão, mas nada do que vi ou ouvi da parte de Florence até agora me prepara para a escala da explosão. Ignorando inteiramente a mensagem inequívoca que acabei de transmitir, lança um ataque frontal ao mensageiro: eu.

Penso que, só pelo fato de ser espião, sou ungido por Deus, o umbigo da porra do universo, enquanto não passo de mais um babaca mauricinho supercontrolado. Sou um coroa jogador de badminton metido a jovem. Badminton é como atraio garotos bonitos. Sinto tesão por Ed e agora eu armei para ele ser enquadrado como espião russo porque ele recusou as minhas investidas.

Destruindo-me cegamente dessa maneira, ela é o animal ferido, feroz protetora de seu homem e da criança ainda por nascer. Se ela tivesse passado a noite inteira escavando todos os pensamentos obscuros que já teve a meu respeito, não teria se saído melhor.

Depois de uma intervenção desnecessária do *maître*, que insiste em saber se tudo está satisfatório, ela volta à investida. Seguindo uma sugestão do manual dos instrutores, ela me oferece seu primeiro recuo tático:

Certo, vamos *supor*, para essa discussão, que Ed *distorceu* suas lealdades. Vamos supor que certa noite caiu na bebedeira e os russos lhe impuseram um *kompromat*. E que Ed concordou, o que jamais faria, de maneira alguma, mas vamos supor mesmo assim. Por acaso eu *realmente* devo achar que *sem nenhum tipo de acordo* ele se comprometeria a agir como a *porra de um agente duplo* com total conhecimento de que vai ser jogado em um buraco quando bem entendermos? Então, em poucas palavras, que eu tenha a gentileza de dizer a ela, se puder, quais *garantias a minha Central* vai oferecer a um agente duplo que não tem costas quentes e que está prestes a colocar a cabeça na porra da boca do leão?

E, quando respondo que Ed não está em posição de barganhar e que ele deve nos dar um voto de confiança ou aceitar as consequências, só escapo de outra investida violenta graças à chegada do linguado, que ela ataca com facadas curtas e impiedosas enquanto pensa no segundo recuo tático.

— Vamos supor que ele *passe a trabalhar* para vocês — cede, em um tom um pouco mais flexível. — Vamos supor, apenas. Digamos que eu o convença, o que eu teria que fazer. E ele comete um erro, ou os russos o desmascaram, seja lá o que acontecer primeiro. E *aí*? Ele é descoberto, é mercadoria usada, ele que se foda, vai para o lixo. Por que ele deveria passar por toda essa merda? Por que se dar ao trabalho? Por que não mandar vocês todos se lixarem e simplesmente ir para a cadeia? O que é pior, afinal? Ser usado pelos dois lados como se fosse a porra de uma marionete e acabar morto num beco, ou pagar a dívida com a sociedade e sair inteiro?

O que interpreto como a minha deixa para forçar a barra:

— Você está ignorando deliberadamente a dimensão do crime dele e a montanha de provas concretas contra ele — digo no meu tom mais persuasivo e categórico. — O resto é pura especulação. O seu futuro marido está atolado até o pescoço, e estamos oferecendo a você uma chance de tirá-lo do buraco. Receio que seja questão de pegar ou largar.

Mas isso serve apenas para desencadear outra resposta mordaz.

— Então você é juiz e júri agora, não é? Que se fodam os tribunais! Que se fodam os julgamentos justos! Que se fodam os *direitos humanos* e seja lá que setor da sociedade civil a sua esposa acha que defende!

Só depois de uma reflexão demorada de sua parte obtenho a revelação relutante que exigiu de mim tanto esforço. No entanto, ela ainda consegue manter a aparência de dignidade.

— Não estou admitindo coisa nenhuma, certo? Nada mesmo.

— Continue.

— *Se*, e somente se, Ed disser: está bem, me enganei, amo o meu país, vou colaborar, serei um duplo, vou correr o risco. Eu disse *se*. Ele consegue a anistia ou não?

Continuo fazendo o jogo. Não prometa nada que não possa voltar atrás. Um aforismo de Bryn.

— Se ele merecer, e nós *decidirmos* que ele mereceu, e o ministro do Interior aprovar: sim, existe uma enorme probabilidade de ele obter a anistia.

— *Então* o quê? Ele arrisca o pescoço de graça? Eu arrisco? Que tal um pouco de dinheiro pelo risco?

Foi o suficiente. Ela está exausta, eu estou exausto. Hora de baixar a cortina.

— Florence, foi um longo caminho para chegar até você. Queremos adesão incondicional. Sua e de Ed. Em contrapartida, oferecemos assistência especializada e apoio total. Bryn precisa de uma resposta clara. *Agora*. Não amanhã. Ou é sim, Bryn, vou colaborar. Ou é não, Bryn, e aceito as consequências. Qual vai ser?

— Primeiro preciso me casar com Ed — diz, sem erguer a cabeça.

— Antes disso, nada.

— Antes que você diga a ele que nós chegamos a um acordo?

— Sim.

— Quando você vai dizer a ele?

— Depois de Torquay.

— *Torquay?*

— Onde vamos passar a porra da nossa lua de mel de quarenta e oito horas — diz com rispidez, numa nova onda de raiva.

Silêncio compartilhado, mutuamente orquestrado.

— Somos amigos, Florence? — pergunto e ainda acrescento: — Acho que somos.

Estendo a mão para ela. Ainda sem erguer a cabeça, ela pega a minha mão, de início hesitante e em seguida a segura de verdade, enquanto secretamente eu a parabenizo pela melhor atuação de sua vida.

21

Os dois dias e meio de espera poderiam muito bem ter sido cem, e me lembro de cada hora deles. Os insultos de Florence, apesar de equivocados, tinham fundamento na realidade, e, nas raras ocasiões em que eu deixava de refletir sobre as contingências operacionais à nossa frente, sua atuação pungente voltava para me acusar de pecados que eu não havia cometido e de alguns que eu cometera.

Nem uma vez sequer, desde sua declaração de solidariedade, Prue dera a menor demonstração de se arrepender de qualquer comprometimento. Não expressou nenhuma mágoa quanto ao meu encontro com Reni. Havia muito tempo que tinha relegado assuntos dessa natureza ao passado irrecuperável. Quando eu ousava lembrá-la dos riscos que ameaçariam sua carreira legal, ela respondia com acidez que estava ciente de tais riscos, obrigada. Quando perguntei se algum juiz britânico faria distinção entre transmitir segredos aos alemães e aos russos, ela respondeu com uma risada sinistra que, aos olhos de muitos dos nossos queridos juízes, os alemães eram piores. E, durante todo esse tempo, a esposa treinada pela Central que havia nela, um fato que continuava a negar, desempenhou suas funções secretas com uma eficiência que eu diplomaticamente preferi não elogiar.

Na vida profissional, manteve o nome de solteira, Stoneway, e foi com esse nome que instruiu sua assistente a alugar um carro para ela. Se a empresa exigisse detalhes da carteira de motorista, ela passaria os dados quando fosse buscar o veículo.

A meu pedido, ela ligou duas vezes para Florence, a primeira vez para perguntar em tom de confidência feminina em que hotel de Torquay o casal passaria a lua de mel, porque ela queria muito mandar flores e Nat estava igualmente determinado a enviar para Ed uma garrafa de champanhe. Florence disse o Imperial, em nome de Sr. e Sra. Shannon, e Prue relatou que ela soava concentrada e representava bem o papel da futura noiva nervosa para os ouvintes de Percy. Prue mandou as flores. Eu enviei a garrafa, e fizemos a encomenda separadamente pela internet, confiantes na vigilância da equipe de Percy.

A segunda vez que Prue ligou para Florence foi para perguntar se poderia ajudá-la de alguma forma na organização da recepção que aconteceria no pub depois do casamento, uma vez que seu escritório ficava na mesma rua. Florence disse que havia reservado um grande salão particular, que era ok mas tinha cheiro de mijo. Prue prometeu dar uma olhada, embora as duas concordassem que era muito tarde para mudar o local. Percy, está ouvindo aí no fundo?

Usando o laptop e o cartão de crédito de Prue, em vez de os meus próprios, pesquisamos voos para vários destinos na Europa e notamos que, na alta temporada, havia muitas passagens de classe executiva das companhias aéreas comuns ainda disponíveis. À sombra da macieira, revisamos mais uma vez cada último detalhe do nosso plano operacional. Teria eu negligenciado alguma ação vital? Era concebível que, depois de uma vida inteira devotada ao trabalho secreto, eu estivesse prestes a cair no último obstáculo? Prue disse que não. Ela havia revisado nosso esquema e não encontrou uma falha sequer. Então por que, em vez de me desgastar desnecessariamente, eu não ligo para Ed e vejo se ele tem tempo para almoçar? E, sem precisar de incentivo adicional, é o que faço no meu papel de padrinho, apenas vinte e quatro horas antes de Ed trocar votos com Florence.

Ligo para Ed.

Ele fica empolgado. Que ótima ideia, Nat! Sensacional! Ele só tem uma hora disponível, mas talvez possa esticar. Que tal o bar Dog & Goat, chegamos à uma em ponto?

O Dog & Goat, perfeito, respondo. Vejo você lá. Treze horas em ponto.

★

O salão do Dog & Goat está abarrotado de servidores públicos nesse dia, o que não é surpresa, já que ele fica a menos de quinhentos metros da Downing Street e dos ministérios das Relações Exteriores e do Tesouro. E um bom número dos servidores tem aproximadamente a idade de Ed, então me parece estranho, quando ele atravessa a multidão e vem na minha direção, na véspera do seu casamento, que quase nenhuma cabeça se vire para notar sua presença.

Nenhum *Stammtisch* disponível, mas Ed usa com bons resultados a sua estatura e os cotovelos e logo libera, no meio da confusão, dois bancos no balcão. E, de algum modo, abro caminho até a linha de frente e compro dois chopes *lager*, os copos não congelados, mas gelados o suficiente, e dois pratos contendo queijo cheddar, cebolas em conserva e torradas, passados de mão em mão por cima do balcão.

Com esses itens básicos, tivemos êxito ao improvisar para nós um canto relativamente discreto, onde conversamos aos berros por causa da barulheira. Só espero que a turma do Percy tenha conseguido providenciar uma escuta, porque tudo que Ed diz é um bálsamo para os meus nervos à flor da pele:

— Ela está completamente fora de si, Nat! Flo! Convidou todos os amigos chiques dela para o pub depois do casamento! Crianças e tudo mais! *E* reservou para nós um *hotel* sensacional em Torquay com *piscina e salão de massagem*! Sabe de uma coisa?

— O quê?

— Estamos duros, Nat! Quebrados! Foi tudo para a obra! É! Vamos ter que lavar pratos na manhã seguinte à nossa noite de núpcias!

Então, de repente, já é hora de ele voltar para sabe-se lá em que buraco negro de Whitehall o colocaram. O bar esvazia como se todos tivessem recebido uma ordem, e estamos de pé em meio ao relativo silêncio da calçada, somente com o barulho do tráfego de Whitehall.

— Eu pretendia ter uma despedida de solteiro — diz ele meio sem graça. — Algo assim, eu e você. Flo cortou o lance, disse que é tudo bobagem de macho.

— Florence tem razão.

— Eu peguei de volta o anel dela — diz. — Falei que vou devolver quando ela for minha esposa.

— Boa ideia.

— Tenho andado com ele no bolso para não esquecer.

— Não quer que eu fique com ele até amanhã?

— Não, mesmo. Ótimo badminton, Nat. O melhor de todos.

— E muito mais quando você voltar de Torquay.

— Seria ótimo. Pois é. Até amanhã, então.

Não se abraça ninguém nas calçadas de Whitehall, embora eu suspeite que isso esteja passando pela cabeça dele. Em vez disso, ele dá um duplo aperto de mão, segurando a minha mão direita nas suas duas e bombeando-a para cima e para baixo.

★

De alguma forma as horas voaram. Está anoitecendo. Prue e eu voltamos a nos encontrar sob a macieira, ela e o iPad, eu com um livro de ecologia recomendado por Steff sobre o iminente apocalipse. Eu tinha deixado o meu paletó dobrado no encosto da cadeira e devo ter entrado em algum tipo de devaneio, porque levo um instante para perceber que o barulho que estou ouvindo vem do smartphone adulterado de Bryn Jordan. Mas desta vez sou muito lento. Prue o alcança no bolso do paletó e o coloca no ouvido.

— Não, Bryn. É a mulher dele — diz bruscamente. — Uma voz do passado. Como você está? Que bom. E a família? Que bom. Ele está na cama, infelizmente, não está muito bem. Nosso bairro inteiro está de cama. Posso ajudar? Bem, isso vai fazer com que ele se sinta *muito* melhor, tenho certeza. Eu digo a ele assim que ele acordar. Para você também, Bryn. Não, ainda não, mas o correio aqui é imprevisível. Tenho certeza de que vamos, se for possível. Ela é muito talentosa. Tentei óleo uma vez, mas não deu muito certo. E boa noite para você, Bryn, onde quer que esteja.

Ela desliga.

— Ele manda os parabéns — diz Prue. — E um convite para a exposição de arte de Ah Chan na Cork Street. Por algum motivo, tenho a impressão de que não vamos comparecer.

É de manhã. Tem sido de manhã há muito tempo: manhã nos bosques das montanhas de Karlovy Vary, manhã no topo de um monte encharcado de chuva em Yorkshire, no Marco Beta e nas telas duplas na sala de Operações; manhã em Primrose Hill, no Refúgio, na quadra número um no Atlético. Preparei chá e espremi suco de laranja, então volto para a cama: a melhor hora que temos para tomar decisões que não pudemos tomar no dia anterior, ou pensar no que faremos no fim de semana, ou aonde vamos nas férias.

Mas hoje a nossa conversa é apenas sobre o que vamos vestir no grande evento e como vai ser divertido, e que sacada de gênio da minha parte sugerir Torquay, porque as crianças *parecem* incapazes de tomar *qualquer* decisão prática *sozinhas* — crianças é nossa abreviação para Ed e Florence, e nossa conversa é um retorno precavido aos nossos dias em Moscou, porque se existe uma coisa importante sobre Percy Price é que amizade vem em segundo lugar quando há uma extensão telefônica bem ao lado da sua cama.

Até ontem à tarde eu presumia que todos os casamentos eram realizados no térreo, mas fui bruscamente corrigido quanto a esse detalhe quando, no caminho de volta do Dog & Goat, realizei um discreto reconhecimento fotográfico da nossa área-alvo e confirmei que o cartório escolhido por Ed e Florence ficava no quinto andar, e a única explicação para ter disponibilidade de última hora eram os oito árduos lances de escada de pedra fria até o balcão de recepção e mais meio lance antes de se chegar a uma sala de espera ampla e inóspita, arqueada, como um teatro sem palco, com música suave tocando, cadeiras acolchoadas, um mar de pessoas desconfortáveis em grupos e uma porta preta laqueada no fim da sala com os dizeres "Somente casamentos". Havia um elevador minúsculo, prioritário para deficientes.

Também identifiquei no decurso do mesmo reconhecimento que o terceiro andar, que estava inteiramente alugado para um escritório de contabilidade, era voltado para uma passarela de pedestres de estilo veneziano que levava a um prédio similar do outro lado da rua; e, melhor ainda, para uma escada em caracol que descia até o estacionamento subterrâneo. Das profundezas insalubres do estacionamento, a escadaria era acessível a qualquer um tolo o suficiente para querer subir por ela. Mas, para quem desejasse descer a escada recorrendo à passarela no terceiro andar, o acesso era negado, com exceção dos moradores credenciados do quarteirão, lendo-se no aviso sinistro "PROIBIDA A ENTRADA AO PÚBLICO" afixado nas portas duplas controladas eletronicamente. Na placa de metal do escritório de contabilidade constava o nome de seis sócios. O primeiro nome no alto da lista era Sr. M. Bailey.

Na manhã seguinte, praticamente em silêncio, Prue e eu nos vestimos.

*

Vou relatar os acontecimentos como faria com qualquer operação especial. Chegamos cedo propositalmente, às 11:15. Na subida da escada de pedra, paramos no terceiro andar, enquanto Prue, com o seu chapéu florido, sorri e eu envolvo a recepcionista do escritório de contabilidade em uma conversa casual. Não, ela diz em resposta à minha pergunta, seus empregadores não fecham as portas mais cedo às sextas. Informo que sou cliente antigo do Sr. Bailey. Ela responde mecanicamente que ele vai passar a manhã inteira em reunião. Digo que somos antigos colegas de escola, mas que não o perturbe, marcarei formalmente uma reunião para a semana seguinte em algum horário. Entrego-lhe um cartão de visita que restou do meu cargo anterior: *Consultor comercial, embaixada de Sua Majestade, Talin*; e espero até que ela resolva ler.

— Onde fica Talin? — pergunta com insolência.

— Na Estônia.

— Onde fica a Estônia? — Risadinha.

— No Báltico — digo. — Ao norte da Letônia.

Ela não me pergunta onde fica o Báltico, mas a risadinha me diz que deixei a minha marca. Também desperdicei meu disfarce, mas e daí? Subimos mais dois andares até a sala de espera ampla e inóspita e nos posicionamos ao lado da entrada. Uma mulher corpulenta de farda verde com dragonas de general de brigada está organizando os grupos de casamento em fila. O tocar dos sinos ecoa nos alto-falantes cada vez que um casamento é concluído, ao que o grupo mais próximo da porta preta brilhante é chamado para entrar. As portas se fecham, e os sinos voltam a tocar quinze minutos depois.

Às 11:51, Florence e Ed surgem de braços dados, vindos da escadaria, parecendo uma propaganda de instituição financeira: Ed com um terno cinza novo que lhe cai tão mal quanto o antigo e Florence com o mesmo terninho que usou em um dia ensolarado de primavera há séculos, quando, na condição de jovem e promissora oficial de inteligência, apresentou o projeto Rosebud para os sábios anciãos do Diretório de Operações. Ela segura um punhado de rosas vermelhas. Ed deve ter comprado para ela.

Trocamos beijos de cumprimento: Prue e Florence, Prue e Ed; e depois, como padrinho, dou o meu beijo no rosto de Florence, nosso primeiro.

— Nada de desistir agora — sussurro alto no seu ouvido, no meu tom mais brincalhão.

Mal nos desvencilhamos e os braços compridos de Ed me envolvem num abraço masculino atrapalhado — duvido que ele já tenha feito isso antes —, então me dou conta de que me levantou até a sua altura e está me segurando tórax contra tórax, quase me sufocando no processo.

— Prue — anuncia ele —, esse homem é péssimo no badminton, mas de resto ele é ótimo.

Ele me põe no chão, ofegando e rindo em meio ao entusiasmo enquanto passo os olhos pelas últimas pessoas que chegaram, procurando um rosto, um gesto ou uma silhueta que confirme o que já sabemos: Prue não vai ser de modo algum a única testemunha deste casamento.

— *Grupo de Edward e Florence*, por favor! *Grupo de Edward e Florence*, obrigada. Por aqui, por favor. Sigam por aqui.

A general de brigada em sua farda verde vai nos conduzindo, mas a porta preta brilhante ainda está fechada. O som dos sinos ressoa aumentando gradativamente e depois se dissipa.

— Sabe, Nat, acabei esquecendo o anel — murmura Ed para mim com um sorriso afetado.

— Então você é um babaca — reajo, ao mesmo tempo que ele me dá um leve empurrão no ombro para dizer que é brincadeira.

Será que Florence olhou dentro do tubo do batom japonês caro de Prue que coloquei na sua bolsa? Viu o endereço que estava nele? Procurou o endereço no Google Earth e identificou a remota pousada no alto dos Alpes da Transilvânia, de propriedade de um casal de catalães idosos que um dia foram meus agentes? Não, ela não o faria, é esperta demais, é versada em contravigilância. Mas ao menos leu minha carta anexada a esses itens, escrita com letra miúda em um pedacinho de papel enrolado, conforme a nossa boa tradição? *Caros Pauli e Francesca, por favor, façam o que puderem por essas boas pessoas, Adam.*

A escrivã é uma senhora magnânima e austera numa boa causa. Tem uma vasta cabeleira loira e ganha a vida formalizando casamentos, ano após ano, o que se percebe pelo ritmo paciente de sua voz. Quando volta para casa e encontra o marido à noite, ele pergunta "Quantos foram hoje, querida?", ao que ela responde "Incontáveis, Ted", ou George, ou seja lá qual for o nome dele, e eles se sentam para ver televisão.

Chegamos ao ápice da cerimônia de casamento. Há dois tipos de noiva, segundo a minha experiência: aquelas que sussurram seus votos de maneira inaudível e aquelas que os proferem a plenos pulmões para o mundo todo ouvir. Florence pertence à última escola. Ed segue a deixa e fala alto também, segurando fortemente a mão dela e olhando para o seu rosto em close-up.

Hiato.

A escrivã está descontente. Seus olhos estão no relógio acima da porta. Ed está vasculhando a roupa, atrapalhado. Não se lembra em qual bolso do terno novo pôs o anel e está murmurando "merda". O descontentamento da escrivã muda para um sorriso compreensivo. Achei!, bolso direito da calça nova, no mesmo lugar onde guarda a chave do armário quando está me derrotando no badminton, pois é.

Trocam os anéis. Prue se desloca para o lado esquerdo de Florence. A escrivã acrescenta seus mais sinceros votos de felicidade. Acrescenta-os vinte vezes por dia. Os sinos tocam anunciando a alegre notícia da união. Uma segunda porta se abre diante de nós. Pronto.

Um corredor para a esquerda, outro para a direita. Descemos a escadaria até o terceiro andar, todos apressados, exceto Florence, que fica para trás. Será que ela mudou de ideia? A recepcionista do escritório de contabilidade sorri quando nos aproximamos.

— Eu pesquisei — diz com orgulho. — Tem telhados vermelhos. Talin.

— De fato, tem mesmo. E o Sr. Bailey me garantiu que poderíamos usar a passarela a qualquer hora — digo a ela.

— Sem problema — diz ela, quase cantando, e aperta um botão amarelo ao seu lado.

As portas eletrônicas vibram e deslizam se separando lentamente, depois se fecham também lentamente atrás de nós.

— Aonde estamos indo? — pergunta Ed.

— Atalho, querido — diz Prue, enquanto disparamos pela passarela de estilo veneziano, com Prue na frente e carros passando abaixo de nós.

Eu corro mais à frente, descendo a escada em caracol, dois degraus de cada vez. Ed e Florence logo atrás de mim, Prue na retaguarda. Mas o que ainda não sei quando entramos no estacionamento subterrâneo é se o pessoal de Percy está nos perseguindo, ou se é apenas o ressoar dos nossos próprios passos seguindo-nos escada abaixo. O carro alugado é um Volkswagen Golf híbrido preto. Prue o estacionou ali uma hora atrás. Destrancou a porta e está sentada no banco do motorista. Abro a porta de trás para a noiva e o noivo.

— Vamos, Ed querido. Surpresa — diz Prue habilmente.

Ed hesita, olha para Florence. Florence passa por mim, ocupa o banco de trás e dá um tapinha no assento vago ao seu lado.

— Vamos, marido. Não estrague tudo. Estamos de partida.

Ed entra e se senta ao lado de Florence, eu na frente, no banco do carona. Ed está sentado de lado com suas pernas compridas. Prue aciona a trava elétrica, dirige até a saída e insere o tíquete do estacionamento na máquina. A cancela estremece e sobe. Os espelhos retrovisores até agora não mostram nada: nenhum carro, nenhuma moto. Mas nada disso quer dizer grande coisa se o pessoal de Percy tiver marcado os sapatos de Ed, ou seu terno novo, ou seja lá o que mais eles costumam marcar.

Prue já havia digitado Aeroporto da Cidade de Londres no GPS que mostra o nosso destino. Droga. Devia ter pensado nisso. Não pensei.

Florence e Ed estão ocupados se beijando, mas não demora muito até Ed se esticar para a frente e olhar para a tela do GPS, então de volta para Florence.

— O que está acontecendo? — pergunta. E, como ninguém responde: — O que é, Flo? Diga. Não me enrole. Nem pense em fazer isso.

— Vamos para o exterior — diz ela.

— Não podemos. Não temos bagagem. E toda aquela gente que convidamos para o pub? Não estamos com os nossos passaportes. Que loucura.

— Eu estou com os passaportes. A bagagem vamos conseguir depois. Vamos comprar.

— Com o quê?

— Nat e Prue nos deram algum dinheiro.

— Por quê?

Em seguida, cada um com seu silêncio: Prue ao meu lado, Ed e Florence no espelho, afastados e olhando fixamente um para o outro.

— Porque eles sabem, Ed — responde Florence por fim.

— Sabem o quê? — pergunta Ed.

E de novo seguimos em silêncio.

— Sabem que você fez o que a sua consciência mandou — diz ela. — Eles pegaram você em flagrante e estão furiosos.

— Eles *quem*? — pergunta Ed.

— O seu próprio Serviço. E o Serviço de Nat.

— O Serviço de *Nat*? Nat não tem Serviço. Ele é o Nat.

— O seu Serviço irmão. Ele é um deles. Não é culpa dele. Então você e eu vamos passar um tempo no exterior com ajuda de Nat e Prue. Caso contrário, vai ser cadeia para nós dois.

— Isso é verdade, Nat, sobre você? — pergunta Ed.

— É sim, Ed, infelizmente — respondo.

★

Depois disso, tudo aconteceu como se fosse um sonho. Em termos operacionais, a exfiltração não poderia ter sido mais tranquila. Eu tinha feito algumas na minha época, mas nunca de dentro do meu próprio país.

Nenhum problema quando Prue comprou de última hora passagens para Viena na classe executiva utilizando o próprio cartão de crédito. Nenhum nome chamado pelos alto-falantes durante o check-in. Nenhum sigam-por-aqui-por-favor quando Prue e eu acenamos enquanto o casal feliz atravessava o portão de embarque em direção ao controle de segurança. É verdade que eles não acenaram, mas, afinal, estavam casados havia apenas duas horas.

É verdade que, desde o momento em que Florence revelou o meu disfarce, Ed não falou comigo, nem mesmo para se despedir. Estava bem com Prue, murmurou "Até logo, Prue" e conseguiu dar um beijo no rosto dela. Mas, quando chegou a minha vez, apenas olhou para mim através dos grandes óculos, então desviou o olhar, como se tivesse visto mais do que pudesse suportar. Queria ter dito a ele que eu era um homem decente, mas era tarde demais.

Agradecimentos

Meus sinceros agradecimentos ao pequeno grupo de amigos leais e leitores antecipados, dentre os quais alguns preferem não ser nomeados, que percorreram os primeiros rascunhos deste livro e foram generosos com seu tempo, seus conselhos e seu incentivo. Posso citar Hamish MacGibbon, John Goldsmith, Nicholas Shakespeare, Carrie e Anthony Rowell e Bernhard Docke. Durante provavelmente meio século, Marie Ingram, decana da família literária, nunca nos faltou com erudição ou entusiasmo. O autor e jornalista Misha Glenny compartilhou incansavelmente comigo sua especialidade nos assuntos pertinentes a russos e tchecos. Às vezes me pergunto se meus romances tropeçam deliberadamente no labirinto da prática legal inglesa pela absoluta satisfação de contar com Philippe Sands, escritor e consultor da rainha, para me socorrer. Assim ele o fez mais uma vez, enquanto emprestava seu olhar magistral às minhas infelicidades textuais. Quanto à poesia do badminton, devo ao meu filho, Timothy. À minha assistente de longa data, Vicki Phillips, agradeço sinceramente a dedicação, os talentos múltiplos e o sorriso infalível.

Este livro foi composto na tipologia Dante MT Std,
em corpo 12/15,15, e impresso em papel off-white
no Sistema Cameron da Divisão Gráfica
da Distribuidora Record.